KB131671

고백

KOKUHAKU

by Kanae Minato

Copyright © 2007 by Kanae Minato
All right reserved.

First published in Japan in 2007 by Futabasha Publishers Ltd., Tokyo.
Korean translation rights arranged with Futabasha Publishers Ltd.
through JM Contents Agency.

고백
告白

장편소설

미나토 가나에

김선영 옮김

비채

1 장

성직자

聖職者

우유를 다 마셨으면 차례대로 자기 번호가 적힌 케이스에 종이팩을 갖다놓고 자리에 앉아요. 다들 마신 것 같군요. '종업식 날까지 우유야?'라는 소리도 들리던데 우유 시간도 오늘로 끝입니다. 고생 많았어요. '내년에는 없나?' 없습니다. 이 S중학교는 올해 '후생노동성 전국 중고생 유제품 촉진 운동' 시범학교였습니다. 그래서 여러분에게 매일 200밀리리터씩 우유를 마시게 했던 거예요. 4월에 신체검사를 하면 신장 성장률도 골밀도도 같은 나이대의 전국 평균을 웃돌지 않을까요? 기대가 되는군요. '우리가 실험체야?' 분명 속이 약간 좋지 않거나 우유를 싫어하는 학생들에게는 운 나쁜 한 해였을지도 모르겠군요. 시범학교는 교육위원회가 무작위로 선택한 데다, 종이팩과 케이스 양쪽에 학급명과 출석번호까지 기입해가며 제대로 마시고 있는지 확인했으니 실험체 취급을 받는다고 느껴도 이상하지 않겠지요. 하지만 방금 전까지 맛있게 마시고 있다가 실험체라는 말을 들은 순간 얼굴을 찌푸린 사람들, 잠깐 기다려보세요. 매일 우유를 마시는 일이 나쁜 일일까요? 여러분은 지금 제2차 성징기에 접어들었습니다. 튼튼한 뼈를 만들기 위해 집에서 매일 우유를 마시자고 호소한들 대체 몇 명이나 실행할 수 있을까요? 또 우유에 포함된 칼슘은 뼈를 구성하는 성분만 되는 것이 아니라 신경 전달 물질에도 작용한답니다. 쉽게 화를 내는 사람에게 '칼슘 부족 아냐?'라고 하는 건 이 작용을 가리키는 말이지요. 집이 전파상을 하는 와타나베 군은 성인 비디오에서 모자이크된 부분을 구십 퍼센트가량 제거할 수 있다면서요? 그 비디오를 학습 연구 수업 봉투에 넣어 남학생들끼리 돌려본다고 하던데, 그 점에서 알 수 있듯, 여러분은 이 시기에 신체만 현저하게 성장하는 것이 아니랍니다. 마음도 크게 변화하지요. 썩 좋은 예는 아닐지도 모르시민 그게 제2 반항기입니다. 성징기와 반항기를 통틀어서 사춘기라 부릅니다. 사소한 말에 상처입거나, 사소한 일에 영향받기 쉬운, 그러면서도 자기 확립을 깊이 추구하는 시기이지요. 마음속에 뭔가 짐작 가는 바가 없나요? 예를 들어 누가 먼저 '매일 공짜로 우유를 마실 수 있다니 땡 잡았다!'라고 말한다면 어떨까요? 지금 여러분 주위에 흐르고 있는 약간의 불만스러운 공기는 전혀 다른 양상을 보일 거라고 생각하지 않나요? 같은 일이라도 사고방식 하나로 변하는 경우는 세상에 얼마든지 많습니다. 우유 이야기로 시작해서 이런 소리를 해봤자 감이 오지 않을지도 모르겠군요. 그래도 교과 선생님들이 올해 1학년은 다들 예년보다 분위기가 차분하다고 자주 칭찬하셨던 건 의외로 우유의 효과일지도 모릅니다.

우유 이야기는 그만하고, 저는 이번 달을 마지막으로 퇴직하게 되었습니다. '다른 학교로 이동?' 아니요, 교사직을 그만두는 겁니다. 사직입니다. 그래서 1학년 B반 여러분은 영원히 잊을 수 없는 제 마지막 학생입니다. 아쉽다고 말해준 여러분, 고마워요. '그만두는 건 그 일이 원인?' 그래요, 그것에 대한 답변을 겸해 마지막으로 여러분에게 하고 싶은 이야기가 있습니다.

○

막상 그만두려니 새삼 교사란 무엇일까, 하는 생각이 드는군요.

제가 교사가 된 건 인생을 바꿔준 은사가 있거나 딱히 특별한 이유 때문이 아닙니다. 제가 나고 자란 집이 가난했기 때문이었어요. 부모님께서는 계집아이니까 진학은 포기하라고 몇 번이나 말씀하셨지만 저는 공부가 좋았습니다. 그래서 육영회 장학금을 신청했더니 덜컥 선정이 되었어요. 성적이 좋았다기보다 제가 생각했던 것 이상으로 집이 가난했기 때문이었을 거예요. 저는 지역 국립대학에 진학했고, 좋아하는 화학 공부에 힘쓰며 학원 강사 아르바이트를 시작했습니다. 식사도 거르면서 밤늦도록 학원에서 공부하는 아이들이 불쌍하다는 어른도 있지만, 제 입장에서 보면 부모가 읍소하며 진학까지 시켜주다니 참 속 편한 입장이다 싶어요. 그러다 대학 4학년이 되어 취업준비를 시작했습니다. 연구자의 길도 버리기 힘들었지만 안정적인 생활을 하고 싶다는 마음이 컸어요. 더군다나 육영회 장학금은 교사가 되면 갚지 않아도 된다지 않겠어요? 저는 주저 없이 교원 채용시험을 치렀습니다. '동기가 불순?' 그렇게 생각해도 어쩔 수 없군요. 하지만 이왕 하는 일이니 교직자로서 최선을 다하자고 결심했습니다. 하고 싶은 일을 찾을 수 없다고 변명하면서 나잇살 먹고도 집에서 빈둥거리는 사람이 있는데, 하고 싶은 일을 금방 찾아 그 일에 종사할 수 있는 사람은 극소수입니다. 그렇다면 눈앞에 있는 일을 열심히 하면 되지 않을까요? 하고 싶은 일을 찾았을 때 본인에게도 결코 마이너스가 되지 않을 겁니다. '어째서 고등학교가 아니라 중학교 선생님이 되려고 했나?' 어차피 똑같은 교직자가 된다면 의무교육 현장에 도전하고 싶다는 생각에서였습니다. 고등학교는 그만두고 싶으면 그만둘 수 있으니까요. 도망칠 곳 없는 현장에 있는 아이들과 함께하고 싶다, 그런 뜻을 가지고 있었습니다. 제게도 뜨거운 시절이 있었어요.

다나카 군, 오가와 군, 웃으라고 한 얘기가 아니에요.

중학교 교사가 된 지 꼬박 팔 년. 처음에는 일도 배울 겸 도시에 있는 M중학교에서 삼 년, 그 후에 일 년 휴직하고 이번에는 지역 경계선에 가깝고 느긋한 분위기가 감도는 이 S중학교에서 사 년. 실질적으로는 칠 년 동안 근무한 셈이 됩니다.

'그 M중학교?' 그렇습니다. 최근 텔레비전에 종종 나오는 사쿠라노미야 마사요시 선생님이 계신 학교예요. 자, 조용히. 그렇게 유명한 사람인가요? '아는 사이?' 일단은 삼 년 동안 같은 직장에서 근무했으니 알기는 합니다. 그 무렵에도 열혈 선생이었지만 지금만큼은 아니었으니, 아마 여러분이 더 잘 알지 않을까요? 왜 그러지요, 마에카와 양? '모르니까 설명해달라?' 그럼, 썩 내키지는 않지만 간단히. 사쿠라노미야 선생님은 중학생 때부터 불량 그룹 리더였는데, 고등학교 2학년 때 담임교사에 대한 상해 행위로 퇴학 처분을 받았습니다. 그 후 전세계를 방랑했고, 그러면서도 상당히 위험한 짓을 했다고 하던데, 분쟁이나 빈곤 속에서 살아가는 사람들을 만나 함께 생활하면서 자신의 과오를 깨닫고는 귀국한 후에 고등학교 졸업 자격을 땄고, 유명 사립대학에 진학해 중학교 영어 교사가 되었습니다. 중학교를 선택한 이유는 자기가 길을 잘못 들었던 나이대의 아이들이 똑같은 과오를 되풀이하지 않도록 지도하고 싶었기 때문이었다고 해요. 몇 년 전부터는 수업이 끝난 후에도 번화가를 야간 순찰하며 집에 돌아가지 않고 정처 없이 배회하는 아이들, 자기 학교 학생이 아닌 아이들에게도 일일이 말을 걸어 '자신을 소중히 여기자. 지금 당장이라도 새로 시작할 수 있어'라고 열의를 갖고 설득해서 '세상을 바꾸는 철부지 선생님'이라고 불리게 되었고, 현재는 방송에 출연하거나 책을 출판하는 등 활동 영역을 넓히고 있는 것 같더군요. '지난주 텔레비전에서 똑같은 소리를 했다?' 이거 실례했습니다. 아는 사람에게는 지루한 설명이었던 것 같군요. '중요한 부분이 빠졌다?' 서른세 살을 맞이한 작년 말, 의사가 몇 개월밖에 남지 않았다고 선고했지만 인생을 비관하지 않고 최후의 순간까지 교육자이길 원하는 그 모습은 열혈 선생님이 아니라 이미 성직자라고 했던 부분 말인가요? 아베 군은 잘 알고 있군요. '존경하고 있다?' '사쿠라노미야 선생님처럼 되고 싶다?' 그렇습니까.

가능하다면 뒷부분만 배우도록 하세요.

자, 사쿠라노미야 선생님 이야기가 되고 말았는데, 열혈 선생님을 동경하는 학생들이 보면 저는 약간 부족한 선생님이었을지도 모르겠군요. 아까도 말했지만, 갓 교사가 되었을 무렵에는 저도 열혈 선생을 목표로 했습니다. 뭔가 문제가 하나 터지면 수업도 내팽개치고 함께 해결하려 했고, 누구 하나라도 교실을 뛰쳐나가면 비록 수업중이더라도 뒤쫓아갔습니다. 하지만 어느 순간, 이런 생각이 들더군요. 완벽한 인간은 어디에도 없다. 한낱 교사가 아이들에게 강하게 뭐라 호소하다니 착각도 유분수 아닐까. 아이들에게 자기 인생관을 강요하고, 자기만족을 얻고 있는 것뿐이 아닐까. 결국 높은 곳에서 아이들을 굽어보고 있는 것뿐이 아닐까. 일 년의 휴직 기간이 끝나고 S중학교에 부임했을 때, 저는 자신에게 규칙을 정했습니다. 아이들을 이름으로 막 부르지 않는다, 최대한 같은 눈높이에 서서 정중한 말씨로 이야기한다, 이 두 가지입니다. 별것 아닌 일이지만 분명 알아주는 사람은 있었습니다. '무엇을?' 자기가 어떤 사람인가, 하는 점이 아닐까요? 아동 학대 뉴스가 매일처럼 반복되다보면 아이는 어른에게 학대받고 있다고 생각하기 십상이지요. 하지만 여러분의 대다수는 공부해주세요, 밥을 먹어주세요, 하고 어른들이 고개 숙여가며 고이 키워주지 않았던가요? 그래서 함부로 어른들의 이름을 부르고, 반말을 할 수 있는 것이 아닐까요? 선생님 중에는 학생들이 별명으로 부르거나 반말로 말을 거는 게 학생들에게 사랑받고 있다는 증거라고 생각하는 분도 많습니다. 드라마에 나오는 열혈 선생은 거의 다 그러니까요. 여러분은 학교 드라마를 볼 때 이런 생각이 들지 않던가요? 열혈 선생과 문제를 일으키는 학생, 두 사람은 무슨 사건이 터질 때마다 깊은 신뢰 관계를 쌓아가지요. 그렇다면 기껏 엔딩 화면에 나오는 몇 학년 몇 반 학생들이라는 자막이 고작인, 그 외 수많은 학생들의 입장은 어떻게 될까 하는 생각. 열혈 선생님은 수업중이건 말건 자기 경험이나 문제를 일으킨 학생의 마음속 생각을 뜨겁게 늘어놓습니다. 하지만 모두가 그런 이야기를 듣고 싶을까요? '그런 이야기는 그만 됐으니 수업 좀 하시죠.' 성실한 학생이 용기를 내어 말하면, '사람 인人이라는 글자는 말이지……' 하고 쓸데없는 이야기가 또 이어집니다. 심지어 성실한 학생이 문제를 일으킨 학생에게 '아까는 미안했어' 하고 사과하는 경우도 있습니다. 드라마라면 그래도 괜찮을지 모르지만 실제로 그런 상황이 닥친다면 어떨까요? 애초에 수업까지 중단해가며 늘 성실한 학생에게 설명해야 할 말이 과연 있을까요? 길을 잘못 들었다가 갱생한 사람보다, 처음부터 길을 잘못 들지 않았던 사람이 당연히 훌륭합니다. 하지만 애석하게도 그런 사람은 평소에 거의 주목을 받지 못하지요. 학교에서도 마찬가지입니다. 그리고 그것이 매일 성실하게 생활하는 사람에게 자신의 존재가치에 대한 의문을 품게 하고, 때로는 마이너스적인 사고로 몰아가는 원인이 되는 것이 아닐까요?

○

교사와 학생 사이에서는 '신뢰관계'라는 단어를 흔히 사용하지요. 중학생도 휴대전화 소지가 당연시된 무렵부터 이따금 제 휴대전화로 죽고 싶다거나 살아 있는 이유를 모르겠다는 문자메시지가 오게 되었습니다. 대개가 심야 2-3시라, 그렇게 비상식적인 시간에 오는 문자메시지는 무시해버릴까 싶을 때도 있지만, 그럴 수만도 없지요. 악질적인 경우도 있었습니다. 젊은 남자 선생님이 그 학급 여학생에게 '선생님 도와주세요, 친구가 큰일 났어요'라는 메시지를 받고 러브호텔 앞으로 불려 나갔습니다. 장소가 장소이니만큼 그 선생님도 조금쯤 경계해야 했지만, 어쨌든 황급히 달려갔어요. 그 장면을 사진으로 찍었던 겁니다. 이튿날, 보호자가 학교에 들이닥쳤습니다. 경찰에 신고하겠다고 난리를 피웠습니다. 하지만 우리 교사들은 그게 거짓말이라는 걸 금방 알았어요. 그 선생님은 외견으로 보이는 성性과 내면의 성이 달랐기 때문입니다. 우리는 그런 거짓말 때문에 성 동일성 장애를 공표할 필요는 없다고 말렸지만, 그 선생님은 교사로서의 자존심을 지키고 싶다며 보호자와 학생에게 진실을 공표했습니다. '수업중에 떠든다고 주의를 받았는데 왜 나한테만 그러는지 화나서 그랬어.' 그런 시시한 이유가 원인이었습니다. '처분?' 없었습니다. '안 그래도 정서가 불안정한 시기인데 담임 자리에 게이에 싱글맘이라니, 대체 이 학교는 어떻게 돼먹은 거야!' 자기 딸이 저지른 행동은 덮어두고 무조건 학교를 규탄하는 보호자에게 결국 굴복하고 만 걸까요. 교육 현장에서 이기고 진다는 말 자체가 이상하지만…… '그 선생님은?' 작년에 전근 가서, 다른 중학교에서 여성 교사로 활약하고 계십니다.

극단적인 예를 들고 말았지만, 만약 다른 남성 교사였다면 결백을 증명하기 어려웠을지도 모릅니다. 그 후로 S중학교에서는 비록 자기 반 학생이라도 호출한 상대가 이성일 경우 학생과 동성인 선생님에게 연락을 하고, 연락받은 그 선생님이 대신 가도록 되었습니다. 모든 학년이 네 학급으로 이루어져 있는데, 어느 학년이나 담임선생님이 남녀 각각 두 사람씩인 이유는 그런 경우에 빨리 대처하기 위해서입니다. 우리 반 남학생이 저를 불러낼 경우, 저는 A반 도쿠라 선생님에게 연락을 취해 대신 가달라고 합니다. 반대로 A반 여학생에게 무슨 일이 있을 경우는 제가 갑니다. '몰랐다?' 알려주지 않았으니까요. '도쿠라 선생님이 올 정도라면 정말 위험한 순간이라도 메시지를 못 보내겠다?' 하세가와 군, 체육 시간에 무슨 잘못이라도 저질렀나요? 지금 하세가와 군이 정말 위험한 순간이라고 말했는데, 개중에는 그런 메시지도 있어요. 하지만, 제 개인적인 판단이라 미안하지만, 그런 내용은 일 년에 몇 번 있을까 말까 합니다. 물론 메시지를 보낸 본인은, 그 순간에는 정말로 죽고 싶다고 생각했거나 왜 사는지 모르겠다는 막다른 심정이었을지도 모릅니다. 자기 세상에 푹 빠져, 세상에 자기 혼자만 남았다는 생각이 들었을지도 모릅니다. 자기 일 하나만으로도 벅찼을지 모릅니다. 그것도 좋다고 칩시다. 하지만 적어도 메시지를 받는 상대가 무엇을 하고 있는지, 그런 작은 배려 정도는 할 수 있으면 좋겠군요. 그래도 메시지가 오는 동안은 그나마 나은 건지도 모릅니다. 정말로 마음 깊이 음습한 생각을 품고 있는 학생은 교사에게 메시지를 보낼 리 없으니까요.

메시지에 의존했던 사람은 오히려 제 쪽이었던 겁니다.

○

저는 교사라고 해서 이십사 시간 내내 학생들 생각만 했던 건 아닙니다. 더 소중한 존재가 있었기 때문이죠. 다들 알다시피 저는 싱글맘, 요컨대 미혼모였어요. 네 살이었던 딸 마나미의 아버지와는 결혼할 예정이었습니다. 제게 없는 점들을 많이 가지고 있는, 진심으로 존경할 수 있는 사람이었어요. 결혼식 직전에 임신 사실을 알았습니다. 속도위반이네, 라는 대화를 주고받으면서 서로 두 배의 기쁨을 느꼈지요. 제 임신을 계기로 그 사람도 겸사겸사 건강진단을 받았습니다. 가벼운 마음으로 받았는데, 거기서 그 사람이 큰 병에 걸렸다는 사실을 알았습니다. 결혼은 취소되었습니다. '병 때문에?' 물론 그렇습니다. '남자가 불쌍하다?' 그러게요, 이사카 양. 분명 파트너가 중병을 앓고 있어도 결혼해서 부부로 살며 그 역경을 뛰어넘으려는 사람은 많습니다. 그렇다면, 여러분이라면 어떨까요? 남자친구, 여자친구가 만약 HIV 감염자라면……. HIV란 후천 면역 결핍증, 통칭 에이즈의 원인이 되는 바이러스입니다. 이런 설명은 필요 없나요? 여름방학 숙제로 낸 독서 감상문 말인데, 대개 같은 소설을 골랐더군요. 다들 감동했다느니 눈물이 그치지 않았다느니 하기에 그 정도인가 싶어 저도 읽어보았습니다. 원조교제를 하던 소녀가 HIV에 감염되고, 마지막에는 발병해 죽는다는 이야기더군요. '그런 단순한 이야기가 아니다?' 불만인 것 같군요. 하지만 그 소설에 감동한 사람들도 눈앞에 HIV 감염자와 성교를 한 사람이 있다니까 화들짝 놀라는 것 같네요. 하마사키 양, 맨 앞자리라고 숨을 멈출 필요는 없어요. 공기로 감염되지는 않으니까요. 제가 반경 몇 미터 이내로 다가오지 말았으면 하는 분위기가 있는데, 악수, 기침이나 재채기, 입욕이나 수영장, 공용 식기 사용, 모기나 애완동물, 그러한 것들을 통해 감염될 일은 없습니다. 가벼운 키스로도 감염은 되지 않아요. 가까운 곳에 감염자가 있어도 일상 생활에서 감염될 일은 없고, 같은 반에 감염자가 있어 함께 지낸다고 해도 감염될 일은 없습니다. 소설에는 그런 말이 없더군요. 말하는 게 늦었지만, 저는 감염되지 않았습니다. 못 믿겠다는 얼굴이로군요. 분명 성교는 HIV 감염 경로 중 하나지만, 백 퍼센트 감염되는 것은 아닙니다. 임신 검사 단계에서 음성이라는 사실을 알고 있었지만, 감염되지 않았다는 편이 더 믿기 어려워 재검사를 부탁했을 정도였어요. 나중에야 성교로 감염될 확률을 듣고 납득할 수 있었지만, 숫자에 쉽게 영향받는 여러분에게는 굳이 몇 퍼센트인지 말하지 않겠습니다. 알고 싶은 사람은 직접 조사해보세요.

그 사람이 HIV에 감염된 것은 한때 외국에서 무책임한 생활을 했기 때문이었습니다. 물론 저는 그런 그 사람을 무조건 받아들일 수는 없었습니다. 그 사람이 HIV에 감염되었다는 사실을 안 순간, 제가 음성이라는 걸 알아도 제 마음이 받은 충격은 엄청났어요. 만약 검사 순서가 바뀌었다면 나도 감염되었을지 모른다는 공포에 시달렸을 거예요. 하지만 나는 괜찮아도 배 속의 아이가 감염되었으면 어쩌나, 하고 밤에도 잠 못 이루는 나날이 이어졌습니다. 존경해 마지않던 사람인데 증오심을 느끼기도 했습니다. 그 사람은 몇 번이나 제게 사과했습니다. 사과하면서도 아이는 낳아달라고 애원했어요. 저도 아이를 지울 생각은 처음부터 없었습니다. 낙태는 살인입니다. HIV 감염 사실을 알았다고 해서 그 사람 본인이 자포자기하는 일은 없었습니다. 자업자득이라고 하면 그만입니다. 혈우병 환자처럼 자기에게는 아무런 과실이 없는데 감염되는 분도 많으니까요.

그래도 그 사람의 내적인 절망감은 헤아릴 수 없는 것이었습니다. 저는 그 사람에게 결혼하자고 했어요. 서로가 상황을 이해한다면 일상생활에 큰 지장도 없을 테고, 앞으로 태어난 아이를 위해서도 아버지가 있어야 한다고 생각했거든요. 하지만 그 사람은 그 제안을 완강하게 거절했어요. 그 사람은 좋게 말하면 의지가 강한 사람이지만, 나쁘게 말하면 몹시 완고한 사람이었으니까요. 아이의 행복을 먼저 생각하자. 아까 많은 학생들이 한순간 숨을 멈췄던 것처럼, 뭔가 이물질이라도 보는 눈빛이었던 것처럼, 세상은 HIV 감염자에게 편견의 시선을 던집니다.

비록 아이가 감염되지 않았어도, 아버지가 HIV 감염자라는 사실이 알려지면 어떤 취급을 받을지. 친구가 생겨도 그 집 부모는 자기 아이에게 그 애하고 놀면 안 된다고 말할지도 모릅니다. 학교에 다니게 되면, 급식도 체육 수업도 무엇 하나 문제가 없는데 동급생은 물론이고 교사들도 아이를 박해할지 모릅니다. 분명 아버지가 없는 아이도 편견의 대상이 될 수 있습니다. 그래도 그나마 사회적으로는 그쪽을 용인해주지 않을까. 그런 토론을 거듭한 저희는 결혼을 단념했고, 저는 홀몸으로 아이를 낳았습니다.

출산 후, 마나미도 감염되지 않았다는 사실을 알았습니다. 얼마나 가슴을 쓸어내렸던지. 고이고이 키우자. 내가 이 아이를 지키는 거야. 그렇게 다짐한 저는 딸에게 모든 애정을 쏟았습니다. 학급 학생들과 딸, 누가 더 소중하냐고 묻는다면 당연히 딸이라고 대답합니다. 당연하지요. 마나미가 딱 한 번 '아빠는?' 하고 물은 적이 있습니다. 아빠는 마나미가 만날 수 없는 곳에서 열심히 일하고 계셔. 아버지라는 이름을 스스로 포기한 그 사람은 남은 인생을 전부 걸듯이 일에 정열을 쏟았습니다.

하지만 마나미는 이제 없습니다.

○

　돌이 지난 마나미를 유아원에 맡기고, 저는 업무에 복귀했어요. 도시라면 밤늦게까지 맡아주는 유아원도 있지만, 한적한 시골 유아원에서는 연장을 해도 6시가 한계입니다. 친정도 멀어 실버 인재 파견 센터에 부탁하기로 했습니다. 거기서 소개해준 분이 학교 수영장 뒤편에 살고 계시는 다케나카 씨였어요. 그래요, 무쿠라고 하는 크고 검은 개를 키우는 집입니다. 수영장 옆에 있는 철망 너머로 무쿠에게 도시락 반찬이나 과자를 줬던 학생도 있지 않나요? 다케나카 씨는 매일 4시에 유아원이 끝나면 마나미를 데려와서 제 일이 끝날 때까지 맡아주셨습니다. 마나미는 다케나카 씨를 좋아해서 할머니, 할머니, 하며 잘 따랐고, '내가 무쿠 밥 담당이야' 하며 무쿠도 몹시 귀여워했어요. 그렇게 삼 년 가까이 다케나카 씨게 신세를 졌는데, 올해 들어 다케나카 씨가 건강이 좋지 않아 한동안 입원하게 되었습니다. 입원하셨다고 곧바로 다음 사람을 소개해달라고 하는 것도 내키지 않아, 다케나카 씨가 회복될 때까지 저는 마나미를 직접 마중 가기로 했습니다. 평소에는 유아원 시간을 6시까지 연장해 업무를 빨리 마치고 데리러 갔어요. 하지만 직원회의가 있는 수요일만은 회의가 길어지면 제시간에 데리러 갈 수가 없어, 4시에 미리 데려와서 회의가 끝날 때까지 양호실에서 기다리게 했습니다. 나

23

이토 양, 마쓰카와 양, 마나미하고 자주 놀아주었지요. 정말 고마워요. 몹시 기뻤던지 '언니들이 마나미가 솜토끼 같다고 했어'라고 귓가에 대고 비밀이야기라도 하듯 가르쳐준 적도 있었어요.

울지 말아요, 둘 다.

마나미는 토끼를 무척 좋아했습니다. 폭신폭신한 그 감촉도 굉장히 좋아했어요. 그래서 어린아이를 비롯해 여러분이나 고등학생들에게도 인기 있는 '솜토끼' 캐릭터를 무척 좋아했습니다. 유아원에 들고 가는 가방도, 손수건도, 휴지도, 양말도, 신발도, 하나부터 열까지 솜토끼였어요. 매일 아침 좋아하는 솜토끼 머리끈을 들고 제 무릎에 앉아 '솜토끼처럼 묶어줘'라고 하는 게 입버릇이었어요. 휴일에 쇼핑센터에 갔다가 솜토끼 상품을 발견하고는 '귀여워' 하며 눈을 반짝였습니다.

마나미가 죽기 약 일주일 전이었어요. 오랜만에 둘이서 쇼핑센터에 갔더니 밸런타인데이 행사를 하고 있더군요. 넓은 특설 매대에는 다양한 초콜릿이 있었는데, 요새는 '우정 초코'라고 하던가요? 여학생들끼리 초콜릿을 주고받는 게 유행인지 거기에 어울리는 귀여운 초콜릿도 잔뜩 진열되어 있었어요. 마나미는 거기서 솜토끼 초콜릿을 발견했어요. 솜토끼 얼굴 모양으로 만든 솜털 주머니에 솜토끼 얼굴이 찍힌 화이트초콜릿이 가득 들어 있는 상품이었어요. 아니나 다를까, 마나미는 그걸 사달라고 졸랐습니다. 하지만 우리 사이에는 쇼핑은 딱 하나만 한다는 약속이 있었어요. 마나미는 그날 이미 솜토끼 체육복을 샀습니다. 죽었을 때 입고 있었던 핑크색 체육복 말이에요. 저는 다음에 사줄게, 하고 마나미의 손을 잡아끌었어요. 평소 같으면 아무리 솜토끼 상품이라도 그렇게 말하면 마지못해 물러나는데, 그날 마나미는 필사적이었습니다. '옷은 필요 없으니까 이거 사줘.' 울면서 그 자리에 주저앉았어요. 하지만 약속은 약속입니다. 저도 물러날 수 없었어요. 몰래 사서 밸런타인데이에 선물하면 기뻐하려나? 내심 그런 생각을 하면서도 약속했잖아, 하고 엄하게 혼을 냈습니다. 애정을 쏟는 것과 응석을 받아주는 것은 별개입니다. 가족들과 쇼핑을 왔다가 우연히 마주친 시모무라 군이, 고작 700엔인데 저렇게 갖고 싶어하니 하나 사주면 어떠냐고 해서 부끄러웠지만, 제삼자의 등장에 마나미도 약간 냉정을 되찾았는지 뺨은 부루퉁했지만 '다음에 꼭 사줘야 해' 하며 일어섰습니다. 쓴웃음을 지으며 시모무라 군에게 손을 흔들고 그 자리를 떠났습니다. 하지만 밸런타인데이를 기다리지 못하고 마나미가 죽어버린 이제는 그때 사줬더라면, 하고 매일매일 후회합니다.

그날, 직원회의가 끝난 것은 6시 조금 전이었습니다. 직원회의에는 양호 선생님도 참가하지만, 하교 시간인 6시까지는 언제나 몇몇 여학생들이 번갈아가며 마나미와 놀아주어서 아이는 쓸쓸하다거나 지루하다고 불평하는 일 없이 양호실에서 얌전히 기다렸습니다. 그런데 데리러 가보니 마나미가 없더군요. 화장실을 찾아보아도 없었습니다. 마침 동아리 활동 뒷정리도 마치고 옷도 다 갈아입었을 시간이라, 언니들이 있는 동아리 방에라도 놀러갔나? 하고 가벼운 마음으로 저는 마나미를 찾으러 교내를 돌아다니기 시작했습니다. 처음 만난 사람은 나이토 양과 마쓰카와 양이었지요. 마나미가 미술실에 오지 않았냐고 물었더니 '마나미하고 놀려고 5시 전에 양호실에 갔는데 안 보여서 오늘은 오지 않은 줄 알았다'며 함께 마나미를 찾았어요. 해는 이미 저물었지만 학교에는 아직 남아 있는 사람이 많아, 선생님들을 포함해 많은 분들이 함께 마나미를 찾았죠. 발견한 사람은 야구부 호시노 군이었어요. '오늘은 보지 못했지만 전에 한 번 수영장 쪽에서 나오는 모습을 본 적이 있다'며 함께 수영장까지 가주었지요. 겨울철에는 쇠사슬을 둘러 수영장 입구를 막아놓기 때문에 우리는 철망을 넘어 안으로 들어갔지만, 쇠사슬을 최대한 벌리면 마나미라면 충분히 들어갈 수 있는 폭이었습니다. 하계 수영 수업이 끝나도 수영장에는 일 년 내내 물을 받아놓습니다. 화재가 발생했을 때 방화수 역할도 겸하고 있기 때문이지요. 마나미는 낙엽과 함께 어두운 수면에 떠 있었습니다. 달려가 끌어올린 마나미의 몸은 얼음장처럼 차가웠고, 심장은 뛰지 않았습니다. 그래도 저는 마나미의 이름을 부르며 인공호흡과 마사지를 반복했습니다. 어린아이의 시체를 두 눈으로 보고 충격이 컸을 텐데도, 호시노 군이 곧장 다른 선생님들을 부르러 갔어요.

병원에 실려간 마나미는 익사라는 진단을 받았고, 경찰은 외상이나 옷매무새가 단정했다는 점에서 실수로 수영장에 추락한 것으로 보고 사고사로 판단했습니다. 그때, 주위도 캄캄했고 그런 여유도 없었을 텐데, 다케나카 씨 댁과 경계를 이루고 있는 철망 사이로 무쿠가 코를 내밀고 이쪽을 보고 있었던 것이 기억나는 군요. 경찰 조사로 그 철망 부근에 손으로 찢은 빵조각이 떨어져 있었다는 사실을 알았습니다. 마나미가 다니는 유아원 급식에 나왔던 빵과 똑같은 것이었습니다. 몇몇 학생들이 '수영장 부근에서 마나미를 본 적이 있다'는 증언을 했고, 마나미가 매주 수영장에 들렀다는 사실을 알았습니다. 무쿠에게 밥을 주러 갔던 것 같더군요. 다케나카 씨는 무쿠를 이웃분께 부탁했지만, 그 사실을 모르는 마나미는 자기가 밥을 주지 않으면 무쿠가 죽는다고 생각했을지도 모릅니다. 양호실 밖에 나갔다는 걸 들키면 제게 혼날 줄 알았던지, 언제나 혼자 몰래 가서 십 분 정도 있다가 돌아왔다고 해요. 저는 아무것도 몰랐습니다. 엄마를 기다리는 동안 뭘 했니? 하고 물으면 마나미는 언제나 장난기 가득한 눈으로 저를 보면서 언니들하고 놀았던 이야기를 들려주었어요. 그건 뭔가 비밀이 있는 눈이었는데, 좀 더 제대로 이야기를 나누면 좋았을걸……. 그랬더라면 마나미를 혼자 수영장에 보내는 일도 없었겠지요.

마나미의 죽음은 보호자인 저의 감독불찰이 원인입니다. 학교에서 이런 문제를 일으켜 여러분 마음에 적잖은 충격을 준 점, 정말 미안하게 생각합니다. 그 후로 이미 한 달 이상 지났건만, 새벽녘이면 언제나 이불 속에서 손을 뻗어 마나미를 찾습니다. 마나미는 잘 때 항상 몸 어딘가를 제게 꼭 붙였습니다. 짓궂게 몸을 떼면 눈을 감은 채로 손을 더듬어 저를 찾았고, 손을 꼬옥 잡아주면 다시 고른 숨소리를 냈습니다. 눈을 뜰 때마다 이제 아무리 손을 뻗어도 그 보드라운 뺨이나 솜털 같은 머리카락을 만질 수 없다는 사실을 깨닫고는 하염없이 눈물을 흘립니다. 교장 선생님께 사직 의사를 밝히니 그 사고가 원인이냐고 물어보시더군요. 아까 기타하라 양도 같은 질문을 했지요.

분명 제가 사직을 결심한 것은 마나미의 죽음이 원인입니다. 하지만 만약 마나미의 죽음이 정말 사고였다면, 슬픔을 달래기 위해서도, 그리고 제가 저지른 죄를 반성하기 위해서도 교사직을 계속했을 겁니다. 그렇다면 어째서 사직하는가?

마나미는 사고로 죽은 게 아니라 우리 반 학생에게 살해당했기 때문입니다.

○

여러분은 연령제한에 대해 어떻게 생각하나요?

예를 들어 음주나 흡연은 몇 살부터 가능할까요, 니시오 군.

그렇습니다, 스무 살부터지요. 알면 됐습니다. 스무 살이라고 하면 성인식이 생각나지요. 해마다 무슨 행사처럼 술에 잔뜩 취해 날뛰는 신출내기 성인들을 텔레비전 뉴스에서 볼 수 있는데, 어째서 그 사람들은 이때를 기다렸다는 듯이 술을 마시는 걸까요? 물론 매스컴의 선동도 한 가지 원인이겠지만, 만약 '음주는 스무 살부터'라는 제한이 없어도 그 정도로 난동을 부릴까요? 음주를 법률로 허용했을 뿐이지 음주를 조장하는 것은 아닙니다. 그럼에도 불구하고 연령제한은, 마시기 싫지만 마시지 않으면 손해라는 마음을 자극하는 데 한몫 거들고 있는 게 아닐까요? 하지만 제한이 없으면 술에 취해 학교에 오는 학생이 있을지도 모르죠. 이 안에도 제한 같은 거야 깨끗이 무시하고 친척 어른이 권하는 술을 마셔본 사람이 분명 있을 겁니다. 행동을 개인의 윤리관에 맡기는 것은 역시 이상론에 지나지 않을까요?

무슨 소리를 하고 싶은 건지 모르겠다?

그보다 다들 범인이 궁금해 죽겠다는 눈치로군요. 이 안에 범죄자가 있다는 공포심보다 분명 호기심 쪽이 더 크겠지요. 개중에는 예상하고 있는 사람도 있는 것 같고, 벌써 알고 있다는 얼굴인 사람도 있네요. 제 눈에는 이런 이야기를 하는데 태연한 얼굴로 여기 앉아 있는 범인이 더 놀랍습니다. 놀랍다? 아니, 꼭 그렇지만도 않군요. 범인 중 한 사람은 자기 이름이 밝혀지길 원하고 있었으니까요. 반대로 또 한 사람은 아까부터 낯빛이 별로 좋지 않군요. 약속과 다르다고 내심 안절부절못하는 눈치네요. 안심하세요. 저는 두 사람의 이름을 이 자리에서 공표할 생각은 없습니다.

여러분은 소년법을 알고 있나요?

청소년은 미숙하고 발달 도상에 있기 때문에 국가가 부모를 대신해 최선의 갱생 방법을 고려한다는 내용인데, 제가 십대였을 무렵에는 십육 세 미만 청소년은 살인을 저질러도 가정법원이 인정할 경우 소년원에도 들어가지 않았어요. 아이가 순진하다니, 대체 어느 시절 이야기일까요. 소년법의 허점을 노려 1990년대에 십사오 세 아이들에 의한 흉악 범죄가 빈번히 발생했습니다. 여러분이 아직 두세 살이었을 때지만, 'K시 아동 살상 사건'은 많이들 알고 있지 않나요? 범인이 협박장에 사용한 이름을 말하면 '아아, 그건가' 하고 기억해낼 사람도 있을지 모릅니다. 그런 사건이 발생하자 세간에서는 소년법 개정 논의가 열기를 띠었습니다. 그리고 2001년 4월, 형사처벌 대상 연령을 십육 세에서 십사 세로 낮추는 내용을 포함한 개정 소년법이 시행되었습니다.

여러분은 열세 살이지요. 그렇다면 연령이란 대체 뭘까요?

작년 8월에 일어난 'T시 일가 다섯 명 살해 사건'은 여러분 기억에도 선명할 것 같군요. 범인은 여름방학 동안 가족들의 저녁 식사에 추리소설에나 등장할 법한 약품을 조금씩 섞어넣고는,

각자의 증상을 매일 블로그에 기록했습니다. 하지만 예상보다 증상이 가볍다는 사실에 불만을 품은 범인은 마침내 저녁식사인 카레에 청산가리를 섞어 부모, 조부모, 초등학교 4학년 남동생을 살해했습니다. 범인은 중학교 1학년, 당시 열세 살이던 장녀였습니다. 블로그에 올라간 마지막 문장은 '뭐니 뭐니 해도 결국 청산가리가 효과 최고!'였지요. 텔레비전과 신문은 이 사건을 연일 크게 다뤘습니다. '루나시 사건?' 소네 양 말처럼, 여러분은 그 이름으로 기억하고 있는 듯하군요. 루나는 로마신화에서 달, 혹은 달의 여신을 뜻합니다. 그리스신화에서 말하는 셀레네입니다. '그쪽은 모른다?' 뭐, 상관없겠지요. 그리고 루나시란 정신이상, 심신상실, 혹은 어리석은 행동을 뜻합니다. 범인인 소녀가 블로그에서 그 이름을 사용했던 점에서 매스컴은 이 사건을 '루나시 사건'이라 명명하고 '성실하고 얌전했던 소녀가 광기의 여신 루나시가 되기까지' 어쩌고 하며 이중인격설까지 세워 흥미본위로 불을 지폈습니다. 이 소녀가 어떤 처분을 받았는지, 여러분 가운데 그걸 아는 사람이 과연 몇 명이나 있을까요? 그럴싸한 이름이 붙은 이 사건은 범인이 미성년이라는 사실 때문에 얼굴과 실명을 가렸고, 잔인한 사건 내용과 오로지 추측만으로 소녀의 마음속에 있는 어둠을 선정적으로 다루었을 뿐, 중요한 진상은 하나도 알려지지 않은 채 잠잠해지고 말았습니다. 보도가 이래도 될까요? 이 사건 보도는 인간미를 전혀 느낄 수 없는 루나시라는 엽기적 범죄자의 존재를 일부 아이들의 마음에 자리한 어둠에 각인시켰을 뿐이고, 어리석은 범죄자를 숭배하는 가련한 아이들을 선동했을 뿐 아닐까요? 저는 미성년이라는 이유로 얼굴 사진도 이름도 공표하지 않는다면, 범인이 자만에 빠져 붙인 이름도 공표하지 않아야 한다고 생각해요. 블로그에서 아무리 루나시라는 이름을 사용했어도, 실명을 소년 A, 소녀 A로 표기한다면 그 부분도 모자이크 처리해서 얼간이니 개똥이니 하는 볼품없는 가명을 붙이면 그만입니다. K시의 아동 살상 사건도 굳이 그런 자필 서명을 공개할 것 없이 '평범한 이름에 그럴듯한 한자를 갖다 붙였군요. 어려운 한자를 쓸 수 있다고 자랑하고 싶은 걸까요' 하고 콧방귀를 꾸었다면 좋았을 겁니다. 여러분 생각에 루나시라는 소녀는 어떻게 생겼을 것 같나요? 냉정하게 생각해보세요. 예쁜 소녀가 스스로 루나시라는 이름을 붙일까요? 얼굴 사진을 공표하지 않을 거라면 코밑 인중이나 눈가 주름을 굵은 선으로 진하게 그린 악의적인 몽타주라도 공표했어야 해요. 한껏 인간미를 드러냈어야 합니다. 특별 취급할수록, 떠들썩하게 날뛸수록, 범인인 청소년들은 자아도취에 빠지지 않을까요? 그리고 그것을 동경하는 어리석은 아이들이 증가하지 않을까요? 처음부터 미성년자가 범인인 줄 알고 있었다면 사건을 최소한으로 다루고, 자아도취에 빠진 어리석은 아이들을 착각도 유분수라고 타일러주는 것이 어른의 도리 아닐까요? 범인인 소녀는 아동 자립 지원 시설 같은 곳에서 작문이나 깨작거리다가, 몇 년 후 뻔뻔한 얼굴로 사회에 복귀하겠지요.

하지만 이 사건에서 소녀보다 강한 비난을 받은 사람이 있다는 사실을 여러분은 알고 있나요?

바로 소녀가 다녔던 중학교의 과학 선생님입니다. 여기서는 본인의 프라이버시를 고려해 T선생님이라고 부르겠습니다. T선생님은 교과 활동에 몹시 적극적인 선생님이어서, 안전성만 중시하느라 위험성이 낮은 실험조차 불가능해진 최근의 과학 수업에 이의를 제기하며 의욕적으로 실험 실습 안전 대책을 마련했습니다. '아는 사이인가?' 실은 사건이 일어나기 며칠 전, '전국 중고생 과학 공작전' 회장에서 만나게 되어 처음 대화를 나누었습니다. 소녀는 여름방학 전에 '공책을 화학실에 놓고 왔으니 가지러 가고 싶다'라며 T선생님에게 부탁했습니다. 담임을 맡고 있던 T선생님은 몇 분 후에 보호자 면담이 있었기 때문에 평소 성실하고 얌전했던 소녀에게 아무런 의심 없이 화학실 열쇠를 꾸러미째 건네고 말았습니다. 소녀가 실험에 사용한 대부분의 약품은 근처 약국이나 인터넷에서 구입한 것이었지만, 청산가리만큼은 학교에서 훔쳤다는 사실이 사건 후에 밝혀졌어요. T선생님은 세간으로부터 관리 책임 소홀을 호되게 추궁당했습니다. 그뿐이 아닙니다. '애당초 T선생이 소녀를 부추긴 게 아닌가?' 하는 근거 없는 소문까지 퍼져 결국 교사직을 그만둘 수밖에 없는 지경까지 몰렸습니다. T선생님이 잃은 것은 직업만이 아니었어요. 매일 이어지는 비방, 중상에 T선생님의 부인은 정신적으로 몹시 궁지에 몰렸고, 사건이 세간에서 완전히 잊힌 지금도 병원에 입원해 있습니다. 초등학교 3학년인 아들은 멀리 떨어진 할머니 댁에 맡겨져서 외가 쪽 성으로 학교에 다니고 있습니다. T선생님과 면식이 있었다는 사실과는 별개로, 같은 업무를 한다는 이유로 제게도 사건 직후 교육위원회에서 위험물을 철저히 관리하라는 통지서가 날아왔습니다. 중학교 과학 수업에 청산가리는 필요 없지만, T선생님은 뭔가 생각하는 바가 있었는지도 모르겠어요. 그런 약품을 보유하고 있었음에도 불구하고 안이하게 열쇠를 건네고 만 점에 대해서는 분명 관리 책임을 물어야 할지 모릅니다. 하지만 우리 학교 역시, 청산가리는 없어도 사람을 죽일 수 있는 약품은 많습니다. 그 약품들이 든 선반 열쇠는 절대 학생 손이 닿지 않는 곳에 보관하고 있지만, 그래도 금속 방망이로 선반 유리를 깨면 그만입니다. 그렇다면 조리실 식칼은 어떤가요? 체육 창고에 있는 줄넘기로도 사람을 죽일 수 있어요. 애초에 우리 교사들은 학생들 교복 주머니에 나이프가 들어 있다는 사실을 알아도 그걸 압수할 수 없습니다. 가령 그 학생이 누군가를 상처 입히기 위해 가지고 있다 한들, 등하교 시간에 수상한 사람에게서 몸을 지키기 위한 용도라고 하면 그만입니다. 상부에 보고하면 '엄중히 주의하도록'이라는 소리나 듣는 게 고

작입니다. 그 나이프로 사고 혹은 사건이 터져야 겨우 압수할 수 있어요. 당연히 그때는 너무 늦지요. 그리고 이번에는 '나이프를 가지고 있다는 사실을 알면서도 어째서 미연에 사건, 사고를 방지하지 못했나?' 하고 문책을 받습니다. 정말 나쁜 사람은 누구일까요?

역시 엄중히 주의를 주지 못했던 교사가 나쁜 걸까요?

그렇다면 저는 어떻게 했어야 했나요?

○

마나미의 고별식은 가까운 사람들끼리 조용히 치렀습니다. 많은 분들이 고별식에 참석하고 싶다고 했는데, 거절해서 미안했어요. 많은 분들이 지켜보는 가운데 보내주고 싶은 마음도 있었지만, 그 이상으로 마나미의 아버지에게 딸이 가는 마지막 길을 보여주고 싶었어요. 마나미와 아버지는 딱 한 번 만난 적이 있습니다. 작년 말의 일입니다. 밤에 텔레비전을 보고 있었는데 마나미가 화면을 가리키며 '나, 어제 이 아저씨 만났다?'라지 않겠어요? 심장이 멎는 줄 알았습니다. 마나미 말에 따르면 아저씨는 그네를 타며 놀고 있는 마나미를 유아원 울타리 밖에서 바라보고 있었다고 해요. 눈이 마주치자 손짓을 하기에 마나미는 울타리로 다가갔대요. 아저씨가 '마나미 맞지? 매일매일 즐겁게 잘 지내니?'라고 묻기에 마나미는 '응, 즐겁게 잘 지내'라고 대답했답니다. 그랬더니 아저씨는 '그거 다행이다'라고 하더니 웃으며 떠났다는 거예요. 틀림없이 마나미의 아버지라고 생각했습니다. 요새는 유아원 방범 대책도 엄중해서 이웃이 지나가다가 들여다보는 것까지 빠짐없이 체크하는 모양이지만, 그 사람이라면 만약 누가 불러 세워도 어떻게든 둘러댈 수 있어요. 어쩌면 환영하며 안으로 들일지도 몰라요. 왜 이제 와서? 그렇게 생각하면서도 저는 헤어진 후 처음으로 그 사람에게 전화를 걸었습니다. 거의 오 년 만이었어요. 그때 그 사람이 마침내 발병하고 말았다는 사실을 알았습니다. 소설 주인공은 눈 깜짝할 새에 발병했지만, 통상적으로 HIV 잠복 기간은 약 오 년에서 십 년이라고 합니다. 그 사람의 경우에는 십사 년. 잘 버텼다고 해야 할지, 아니면 잘 참았다고 해야 할지. 할 말을 찾지 못하는 제게 그 사람은 '다시는 이런 짓 하지 않을게'라고 힘없이 말했습니다. 그 목소리에서는 텔레비전에서 보았던 패기는 눈곱만큼도 느껴지지 않았어요. 셔울빙힉에 어디 멀리서 우리 셋이 함께 지내자. 저는 그 사람에게 제안했습니다. 살날이 얼마 남지 않았다는 사실에 대한 동정은 아니었습니다. 그저 정말로 부모 자식 셋이서 함께 지내고 싶다고 생각했어요. 하지만 그 사람은 그것도 힘없이 거절하고 말았습니다. 마나미가 처음으로 아버지 품에 안겼을 때, 거기에 이미 영혼은 없었습니다. 그 사람은 마나미의 시신을 품에 안고 과거에 자기가 저질렀던 죄 때문에 마나미가 죽었다고 심하게 자책하며 밤새도록 울었습니다. 눈물이 마를 때까지 운다는 표현이 있는데, 저에게나 그 사람에게나 그 말은 맞지 않았어요. 차라리 말라버리면 얼마나 좋았을까요. 이렇게 될 줄 알았더라면 억지로라도 셋이서 보낼 시간을 만들 걸 그랬다고 몹시 후회했습니다.

아까부터 '후회했다'는 말뿐이네요.

고별식이 끝나고 많은 분들이 마나미에게 작별 인사를 하러 집을 찾아주셨습니다. 유아원 선생님들, 친구들, S중학교 선생님과 학생들. 분향은 전부 거절했지만, 여러분은 솜토끼 인형이나 과자가 든 꾸러미를 마나미의 영전에 올려주었지요. 마나미는 좋아하는 솜토끼 인형에 둘러싸여 편안하게 잠들었어. 저는 그렇게 자신을 타이르며 마나미의 죽음을 받아들이고자 했습니다.

퇴원한 다케나카 씨가 집에 찾아온 것은 지난주였습니다. 마나미가 죽은 지 꼭 한 달이네요. 다케나카 씨는 영전에서 '미안하구나' 하고 눈물을 흘리며 두 손을 모으셨습니다. 지역 소식에 '네 살 아동, 개에게 먹이를 주려고 수영장에 숨어들었다가 추락사'라고 실렸기 때문에, 다케나카 씨는 마나미의 죽음이 자기 탓인 양 깊이 탄식하셨어요. 학교에서 일어난 사고라 초췌해질 대로 초췌해진 저 대신 교장 선생님이 신문사 원고를 확인해주셨는데, 역시 제가 할 걸 그랬다고 후회했습니다. 또 후회로군요.

다케나카 씨는 집에 있던 마나미의 물건을 종이가방에 모아 갖다주셨어요. 여벌옷과 속옷, 숟가락과 젓가락, 봉제인형 같은 작은 장난감. 이제는 유품이 되어버린 눈에 익은 물건들 사이에 그게 들어 있었습니다. 솜털로 만든, 솜토끼 얼굴 모양의 주머니 말입니다. 마나미가 그렇게 갖고 싶어했건만 결국 사주지 못했던 그게 어째서 여기에 있는 걸까. 마나미는 다케나카 씨는 물론이고 다른 사람이 무언가 사주거나 선물을 주면 비록 구슬 하나라도 반드시 제게 알려주었습니다. 다케나카 씨는 이 주머니를 무쿠의 개집 안에서 발견했다더군요. 듣고 보니, 무쿠가 갖고 놀아서 그랬는지 주머니는 여기저기 실밥이 튀어나와 있었어요. 그래도 '토끼가 없다고 마나미가 쓸쓸해하면 안쓰러우니까'라고 일부러 가져다주셨어요. 저는 다케나카 씨에게 마나미를 아껴주시고, 아직 다 회복되지 않은 몸으로 여기까지 찾아와주셔서 고맙다는 인사를 드리고, 집까지 차로 바래다드렸어요. 한동안 손질하지 못한 정원에서 무쿠가 야구공을 갖고 놀고 있었습니다. 다케나카 씨가 '학교에서 날아온 공'이라고 하셨지만 야구부 4번 타자가 아무리 호쾌한 홈런을 날려도 백네트도 모자라 수영장까지 넘어간다고 생각하기는 어려웠어요. 다케나카 씨는 '방과 후에 이따금 학생들이 수영장을 청소하고 캐치볼하며 노는 모습을 보았으니 그 공이겠지'라고 하셨어요. 저는 가벼운 교칙을 위반한 학생들이 체육창고나 수영장 청소를 벌칙으로 받는다는 사실을 떠올렸습니다. 올 들어 이 학급에서도 그런 처벌을 받은 학생이 있었는데, 까맣게 잊고 있었던 거예요.

그날, 마나미는 정말 수영장에 혼자 있었을까? 문득 그런 의문이 치솟았습니다. 집으로 돌아와 저는 다시 한 번 솜토끼 주머니를 손에 들었습니다. 이 주머니는 정말로 마나미의 물건일까? 그렇다면 누가 사준 걸까? 손에 들고 눈앞에서 흔들고 있노라니 소재에 비해 의외로 무겁다는 사실을 깨달았어요. 지퍼를 열자 얇은 안감 밑에 코일 같은 물체가 비쳐 보였습니다. 오싹한 예감이 치밀어 오르는 것을 꾹 참고, 이튿날 저는 두 명의 학생을 따로 불렀습니다.

복도가 소란스럽군요. 다른 반은 벌써 끝난 걸까요? 동아리 활동이나 학원에 갈 사람, 그밖에 나가고 싶은 사람은 그래도 됩니다. 결코 유쾌하다고 할 수 없는 이야기를 오래도록 계속 하고 있는데, 지금부터는 더욱 불쾌한 이야기가 될 테니 듣기 싫은 사람은 지금 나가세요. 아무도 없나요? 그렇다면 여러분이 자신의 의지로 제 이야기를 듣고 있다고 판단하고 이야기를 계속하겠어요.

여기서부터는 두 사람의 범인을 A, B라고 부르겠습니다.

○

A는 입학 당시 그다지 눈에 띄는 학생이 아니었습니다. 일부

남학생들 사이에서는 한 수 높은 존재로 인정받았던 모양이지만, 아직 그런 사실을 몰랐던 제가 A를 주시하게 된 것은 1학기 중간고사 이후였어요. 1학기 과학 수업은 생물이었는데, A는 생물 시험에서 100점을 받았습니다. 학년에서 유일한 만점이었기 때문에 우리 반은 물론이고 다른 반에서도 A가 만점을 받았다는 사실을 공표했습니다. 우리 반에서는 굉장하다며 칭찬하는 목소리가 나왔지만, 다른 어느 반에서는 칭찬에 섞여 마음에 걸리는 목소리가 귀에 들어왔습니다. '그 녀석은 진짜로 실험하고 있으니 그렇지' 하고 내뱉듯이 중얼거린 사람은 A와 같은 초등학교에 다녔던 C군이었어요. 그 말이 묘하게 마음에 걸린 저는 방과후 C군을 화학 준비실로 불렀습니다. C군은 자기가 선생님한테 말했다는 건 비밀로 해달라는 단서를 걸고 A가 초등학교 고학년 이후에 때때로 개나 고양이를 집에 데려와 직접 고안한 이상한 도구, A 본인은 '처형 머신'이라고 불렀다는 그 도구들을 이용해 학대를 반복하다가 마지막에는 무참하게 죽였다는 이야기를 들려주었어요. 치음에는 시선을 떨어뜨리고 말하다가 마지막에는 '그 녀석, 그걸 디지털카메라로 찍어서 자기 홈페이지에 공개하고 있어'라며, 마치 자기 무용담을 말하듯 들뜬 표정을 짓는 C군의 모습을 보며 오싹해졌던 기억이 나는군요. C군은 A의 홈페이지 주소도 가르쳐주었습니다. 당장 교무실 컴퓨터로 접속했지만 '천재 박사 연구소'라는 이름의 그 페이지에는 으스스한 폰트로 적혀 있는 '현재 뉴 머신 개발중. 기대하시라!'라는 글이 전부였어요. 사전에 초등학교에서 받은 학생기록부에는, A의 동향에 대해 그런 기록은 전혀 없었습니다. 만일에 대비해 초등학교 6학년 때 A를 맡았던 담임선생님께 확인 전화를 걸었더니 '그런 이야기는 들은 적도 없다. A군은 성실하고 성적도 뛰어난, 굉장히 착한 학생이었다'라고 가볍게 대꾸하더군요. 그 후로 저는 A에게 주의를 기울이게 되었지만, 학교 안에서 A는 지극히 성실했고 생활 태도나 학습 태도에도 아무 문제가 없고 모범생 같았습니다. 언제부턴가 제가 A를 주시하는 일도 줄어들었습니다. 계절상 예민해지는 학생들이 늘어 그 문제로 벅차기도 했지만……

6월 중순이었습니다. 방과 후, 화학실에서 3학년 실험 준비를 하고 있는데 A가 혼자 찾아왔습니다. A는 흥미로운 눈길로 실험 기구를 보며 '선생님 전공은 뭐야?' 하고 물었습니다. 화학이란다, 라고 대답하니 '전기는 어때?' 하고 되묻더군요. 물리도 일단 공부하기는 했지만 A 아버지의 직업을 기억해내고 그건 A군 아버님이 잘 아시지 않니? 하고 대답했습니다. 그러자 A는 제 눈앞에 지갑을 불쑥 내밀었습니다. 검은 합성피혁으로 만든 지퍼 달린 동전주머니였는데, 겉보기에는 평범한, 균일가 100엔에 판매하는 그런 물건이었습니다. 뭘까 생각하고 있으려니 A는 싱글싱글 웃으며 '좋은 게 들어 있으니 열어봐'라고 하더군요. 분명 장난이겠지. 저는 조심스럽게 그 지갑을 들었습니다. 보기보다 약간 무거워서 안에 뭔가 들어 있겠거니 싶었어요. 개구리나 거미 정도로 누가 놀랄 줄 알고, 하며 단단히 마음을 먹고 지퍼 고리에 손을 댄 순간이었어요. 손끝에 강한 충격이 치달았습니다. 정전기인 줄 알았어요. 하지만 6월이었고, 그날은 비가 내렸습니다. 아연히 손끝과 지갑을 번갈아 바라보는 제게 A는 자랑스러운 얼굴로 '굉장하지? 완성하는 데 석 달도 넘게 걸렸어' 하고 말하더니 '그런데 생각보다 효과가 없네'라며 가볍게 혀를 차더군요. 귀를 의심했습니다. 날 실험체로 쓴 거냐고 추궁하자 반성하는 기색도 없이 '그야, 화학이나 물리 실험을 하는 사람들은 약품이나 전기에 다소 노출되어도 괜찮다고들 하잖아'라며 여전히 싱글거리는 얼굴로 대답하더군요. C군이 해준 이야기가 떠올랐습니다. 홈페이지에 '뉴 머신 개발중'이라고 적혀 있던 글이 떠올랐습니다. 그렇게 위험한 물건을 만들어서 어쩌려는 건가요? 뭐에 쓸 셈이죠? 동물이라도 죽일 건가요? 손끝에 남은 저릿한 감삭을 느끼며 저는 A를 호되게 야단쳤습니다. A는 외국인처럼 기가 막힌다는 포즈를 취하더니 '뭘 떽떽거리는 거야? 이 발명품의 위대함을 모르다니 실망이야. 됐어, 다른 곳에서 보여줄 테니'라고 하더니 제 손에서 지갑을 낚아채서는 나가버렸습니다.

저는 그 주 직원회의 시간에 A가 지퍼에 전류가 흐르는 지갑을 만들었다는 사실, 그 지갑이 사람을 다치게 할 위험성이 있다는 사실, 그리고 C군에게 들은 A의 이야기를 보고했습니다. 하지만 모두 정전기 정도라면 문제없을 거라며 가볍게 흘려 넘겼고, 교장 선생님은 '만일에 대비해 엄중히 주의하도록'이라는 뻔한 소리가 고작이었어요. A의 집에 전화를 걸었습니다. A를 비난하려는 게 아니고 감전이나 만일의 사고에 대비해 가끔 상황을 봐달라고 어머님께 말씀드렸더니, '아이까지 데리고 힘들 텐데, 선생님도 생각보다 한가한가보군요'라는 비꼬는 대답이 돌아왔을 뿐이었어요. 저는 A의 홈페이지를 매일 체크했습니다. 다른 곳에서 보여주겠다고 했던 게 분명 여기라고 생각했기 때문이었어요. 하지만 홈페이지는 여전히 '기대하시라!'였어요.

다음 주, A는 한 장의 용지와 파일, 그리고 그 지갑을 제게 가져오더니 도장을 찍어달라고 했습니다. 교실 뒤에 게시해두었던, 6월 말까지 마감인 '전국 중고생 과학 공작전' 응모용지였어요. 여름방학 전이 마감이라 1학년 여러분에게는 간단히만 소개했는데, 설마 A가 거기에 그 지갑을 출품할 줄은 상상도 못 했어요. 응모용지에는 제목에 '도난방지 충격 지갑', 목적에 '소중한 용돈을 도둑에게서 지키기 위해'라고 적혀 있었습니다. 그밖에 이름이나 학교명 같은 필요사항은 이미 기입되어 있었고, 지도원의 서명만 비어 있었습니다. 지갑에는 새롭게 해제기능을 더해 지갑 주인에게는 위험성이 없고, 모르는 사람이 해제하지 않고 열려고 하면 지퍼에 전기가 흐르는 구조로 개량했더군요. 파일에는 지갑 제작 공정을 세세한 도면과 함께 기록한 보고서가 들어 있었습니다. 보고서 끝에 효과의 일회성을 문제점으로 들었고, 향후 계획으로 대학생 수준의 전문지식으로 그 해결법을 가정하고 있으면서, '할아버지 할머니도 안심하고 사용할 수 있도록 더 노력해야지!' 하고 아이다운 감상으로 마무리 지었더군요. 집에 컴퓨터가 있는데도 전부 손으로 보고서를 써서, 척 보기에도 중학생이 정성 들여 썼다는 느낌이 절절했습니다. 보고서를 훑어본 제게 A는 '선생님이 지도해줘서 만든 건 아니지만, 도장이 없으면 응모도 못하고, 담임이기도 하고, 과학 선생님이니까 부탁해'라고 했지만 바로 도장을 찍을 수는 없었습니다. 망설이는 제게 A는 말했습니다. '나는 정의를 위해 이걸 만들었어. 하지만 선생님은 이게 위험한 물건이라고 했지. 누가 옳은지 전문가에게 판단을 맡기겠어.' 마치 선전포고처럼 들렸습니다. 결과로 승패를 가린다면 제가 졌습니다. 도난방지 충격 지갑은 도지사상을 수상했고, 전국대회에 나가 거기서도 중등부 3위에 해당하는 특별상을 수상하며 높은 평가를 얻었으니까요.

○

마나미의 죽음을 둘러싼 진상을 확인하기 위해 저는 A를 화학실로 불렀습니다. 그때 나는 정말로 여기 있으면서 아무 일도 할

44

수 없었던가. 그런 자책에 시달리는 장소였어요. 방과 후라고는 해도 단축수업이었으니 한낮이었습니다. 태연한 얼굴로 나타난 A에게 저는 솜토끼 주머니를 내밀었어요. 좋은 게 들어 있으니 열어봐. 그때 A가 그랬던 것처럼 말해보았지만, 당연히 A는 건드리려 하지 않았어요. 유감스러웠습니다. 개량해서 전자총만한 위력을 가지고 있는데. 그렇습니다. 그런 건 조금만 공부하면 누구나 다 만들 수 있어요. 실제로 만드느냐 만들지 않느냐는 개인의 윤리관 문제인 겁니다.

'이제야 깨달았어?' 제가 불러낸 이유를 눈치챈 A는 마치 이 날을 기다렸다는 듯이 의기양양하게 진상을 털어놓기 시작했습니다. 그 지갑은 역시 A가 말하는 처형 머신이었습니다.

A는 완성한 야심작을 먼저 동급생인 비디오 친구들에게 시험해보았습니다. '굉장하다'는 말은 들었지만 대수롭지 않은 반응이 A는 불만스러웠어요. 이 녀석들은 내 위대함을 몰라. 그렇다면 알 만한 녀석에게 보여줘야지. 그래서 제게 가져왔던 겁니다. 제 반응에 A는 만족했습니다. A는 착각하고 있었어요. 제가 위험하다고 느낀 건 지갑이 아니라 A의 윤리관이었습니다.

그 점을 착각한 A는 이것으로 모두 처형 머신의 위대함을 알 거라고 확신하며, 다시금 일부러 저를 도발하는 말을 하고 나갔습니다. 하지만 A의 예상은 빗나갔습니다. 과민반응을 보였던 건 결국 저뿐이었으니까요. A는 생각했습니다. 이대로 지갑을 홈페이지에 공표해도 보는 사람은 어차피 이 발명품의 위대함을 이해하지 못하는 녀석들뿐이다. 그렇다면 알 만한 녀석들에게 보여주어야지.

그래서 중고생 과학 공작전에 출품했던 겁니다. 심사위원 중에는 어째선지 공상과학 소설가도 있었지만, 태반은 이공학 분야에서 훌륭한 직함을 가진 사람들이었습니다. 공석에서 유명인이 위험성을 지적하면 처형 머신은 인정을 받고, 자기는 위험인물로 주목을 받는다. 이것이 A의 생각이었습니다. 하지만 예선 단계에서 지갑을 위험물로 판단해 심사대상에서 제외하면 안 되지요. 때문에 보고서에서 최대한 정의감과 아이디운 면이 느껴지도록 머리를 굴렸습니다. 그 덕분이었을까요, A는 마지막까지 건전한 중학생으로 평가를 받았습니다. 전국대회장에서는 퀴즈 프로그램에도 간간이 출연하는 유명한 대학교수에게 '참 대단하구나. 나는 이런 건 못 만든다' 하고 칭찬을 받았습니다. 이것은 보조 로봇 수준의 작품이 많은 와중에 방범대책에 착안했다는 점, 또한 알람 경고가 아니라 지갑 자체에 방범 시스템을 설치했다는 발상에 대한 감상이었습니다. 하지만 A는 자기 기술과 재능을 높이 평가한 줄로 착각했습니다. 역시 이런 점이 어리지요. 위험인물 취급은 받지 못했지만 지역 신문과 인터뷰도 한 A는 '예상하고는 약간 달랐지만 이런 경우도 있지 뭐' 하고 만족감을 맛보고 있었습니다. 저도 기쁜 얼굴로 인터뷰에 대답하는 A를 보며 이 아이는 사람들의 주목을 끌고 싶었던 것뿐이었구나, 이 대로 그 에너지를 긍정적인 방향으로 돌린다면 좋을 텐데, 하고 안도하는 마음으로, 불안감은 다소 남았지만, 그래도 해결됐다 고 생각했습니다.

여름방학 후반, A가 신문 지역란에 크게 실린 그날, 1면을 장식한 기사가 'T시 일가 다섯 명 살해 사건'이었습니다. 그 이후 텔레비전도 주간지도 오로지 그 화제뿐이었어요. 2학기가 시작 되었고, 개학식 후에 전교생 앞에서 표창을 받았음에도 불구하 고 A가 신문에 실렸다는 사실이나 훌륭한 선생님에게 칭찬받은 일은 아무도 언급하지 않았어요. 화제는 루나시 사건 일색이었 습니다. 좋은 일로 칭찬받아봤자 아무도 주목하지 않잖아? 루나 시가 대체 뭐가 잘났어. 청산가리? 원래 있던 걸로 죽였을 뿐이 잖아. 나라면 살해 도구도 직접 만들어낼 수 있어. 그러면 더 주 목을 받겠지. 사건 소문이 떠들썩할수록 A의 질투는 커져갔습니 다. 그리고 처형 머신 개발에 몰두했던 겁니다.

○

B는 입학 당시부터 사람을 잘 따르는 학생이었습니다. B에게 는 부모님과, 나이 차가 나는 두 누나 밑에서 곱게 자랐구나 싶 은, 온화한 분위기가 풍겼습니다. 저는 A의 이야기를 들은 후에

이미 귀가한 B에게 전화를 걸어 수영장으로 불러내려 했어요. 장소가 장소이니만큼 용건을 알아차렸던 거겠지요. 호출에는 응하지 않고 집으로 와달라고 했습니다. 저녁 무렵, 저는 B의 집을 방문했어요. '엄마가 같이 있어도 될까?' B는 제게 물었습니다. 갑작스런 가정방문에 어리둥절한 어머님의 모습을 보고 사정을 전혀 모른다고 짐작했습니다. 제가 B의 요청에 동의하자 B는 어머니 곁에서 입학 당시 상황부터 더듬더듬 이야기하기 시작했어요.

B는 입학 후 바로 테니스부에 들어갔습니다. 뭔가 운동을 하고 싶었고, 그렇다면 테니스가 멋져 보인다고 생각했기 때문입니다. 막상 입부하고 보니 초등학교 때부터 하던 사람은 5월부터 코트에 들어갈 수 있는데, 중학교 때부터 시작하는 사람은 기초체력 단련뿐이고, 5월이 되어도 라켓조차 잡을 수 없었어요. B는 후자였지만 그래도 절반 이상의 신입 부원이 자기하고 같은 처지였으니 그리 신경 쓰지 않았습니다. 6월이 되자 마침내 라켓을 쥘 수 있게 되었어요. 등하교 때 라켓 가방을 들고 있노라면 약간 멋있어진 것만 같았지요. 여름방학에 접어들자 고문인 도쿠라 선생님이 그룹별 연습 메뉴를 발표했습니다. 공격 강화 그룹이나 수비 강화 그룹도 있었는데, B는 체력 강화 그룹에 들어 있었습니다. 다른 그룹은 여섯 명씩인데, B가 든 그룹은 고작 세 명이었어요. 그것도 한 사람은 일찌감치 유령부원 상태인 D군,

48

또 한 사람은 말라깽이라는 별명이 붙은, 하얀 피부에 키가 작고 비쩍 마른 E군이었습니다. 날마다 말라깽이와 둘이서 오로지 학교 주변을 돌 뿐입니다. 자기 체력이 다른 그룹 학생들에 비해 그리 떨어지는 것 같지 않았던 B는 상당히 불만스러웠어요. 어느 날 다른 동아리에 든 같은 반 여학생이 '넌 테니스부인데 어째서 달리기만 해?'라고 물었어요. 그것은 B에게 몹시 굴욕적인 사건이었습니다. B는 용기를 내어 도쿠라 선생님에게 다른 그룹에 넣어달라고 부탁했습니다. 선생님은 '달리기가 싫은 거냐, 말라깽이하고 달리는 모습을 누가 보는 게 싫은 거냐. 어느 쪽이냐'라고 물었습니다. 물론 B의 마음은 후자였지만, 그런 말을 입 밖에 낼 수는 없었겠지요. 입을 다문 B에게 선생님은 '주위 시선을 신경 쓰다가는 강해질 수 없다. 그룹 연습도 앞으로 일주일 남았으니 힘내라' 하고 엄하게 말했습니다. 하지만 이튿날, B는 어머니에게 전화를 부탁해 테니스부를 그만두고 학원에 다니기 시작했습니다. 도시에 있는, 스파르타 교육으로 유명한 입시학원이었습니다.

신통치 않았던 B의 성적은 2학기에 접어들어 쑥쑥 올라갔습니다. 중간고사 평균점도 1학기에 비해 15점 가까이 상승했고, 성적순으로 나누는 학원 반도 처음에는 뒤에서 두 번째인 E반이었는데 두 달 후에는 B반까지 올라갔어요. 입학 당시 B와 비슷한 성적이었던 F군이 11월부터 같은 학원에 다니게 되었습니다.

F군은 처음에 D반이었어요. 사춘기 특징 중 하나인데, 어느 시기에 공부나 운동, 예술적 재능이 급격히 성장하는 경우가 있습니다. 자기 재능을 과신하게 되는 사람도 많습니다. 하지만 유명한 운동선수도 슬럼프 시기가 있듯 재능은 어느 정도 성장하면 반드시 한계가 찾아옵니다. 사실 이때부터가 진짜 승부예요. 어차피 나는 고작 이 정도야, 하고 그대로 하강선을 타는 사람. 서두르지 않고 결과가 나오지 않아도 계속 노력하며 현상을 유지하는 사람. 여기가 도약지점이다, 하고 더욱 노력해 다음 상승선을 타는 사람. 3학년 담임을 맡으면 수험을 앞두고 부모님들께 '이 아이는 하면 됩니다'라는 소리를 자주 듣는데, '이 아이'들은 대부분 그런 분기점에서 하강선을 타는 사람들입니다. '하면 되는' 게 아니라 '하지 못하는' 겁니다.

B도 처음으로 그런 분기점을 맞이했습니다.

겨울방학이 되자 B의 성적은 주춤하더니 떨어지기 시작했습니다. '성적이 조금 잘 나왔다고 학기 초처럼 들떠 있으면 금세 뒤처진다!' 해가 바뀌고 마지막 학기에 접어들자 학원 선생님은 당장 같은 반 아이들이 보는 앞에서 텔레비전 광고에나 나오는 말로 B를 질타하며 격려했습니다. '성적이 좀 떨어졌다고 모두 다 보는 앞에서 화낼 건 없잖아.' B는 몹시 불쾌했습니다. 하지만 더욱 불쾌한 사건이 있었습니다. B는 여전히 B반인데, F군이 A반으로 올라간 것이었어요. 억울했던 B는 학원이 끝난 후에도 바로 집에 돌아가지 않고, 오락실에 들렀습니다. 용돈을 받은 지 얼마 되지 않아 지갑도 두둑했어요. 정신을 차리고 보니 고등학생들이 게임에 빠져 있던 B를 에워싸고 있었습니다. 지갑을 빼앗으려는 불량배들에게 반사적으로 저항한 B는 그 몇 배나 더 얻어맞다가 순찰하던 경찰의 보호를 받았습니다. 밤 11시가 넘었던 것 같아요. 경찰이 저희 집에도 전화를 걸었습니다. 저는 그대로 도쿠라 선생님에게 전화를 했습니다. 데리러 온 사람이 담임이 아니라 하필 도쿠라 선생님이었다는 사실에 B는 충격을 받았습니다. '어째서 모리구치 선생님이 아니지?' 하고 묻는 B에게 도쿠라 선생님은 '여자니까 별 수 없잖아'라고 대답했습니다. 그것을 B는 제 가정 사정 때문이라고 받아들였습니다. '어차피 싱글맘 교사는 자기 반 학생보다 자식이 중요하겠지'라고요. '어차피 학원 선생님한테 잔소리를 듣고 심통이 났던 거 아니냐. 너는 남들 이목만 신경 쓰는 데다 작은 질책에도 금세 꽁하는데, 사회에 나가면 더 힘든 일이 많다.' 도쿠라 선생님은 차로 B를 집에 바래다주면서 그런 말을 했습니다. B는 언어폭력에 상처를 받았다는 둥 볼멘소리를 했지만, 저는 화만 내는 게 아니라 학생들을 제대로 관찰하고 계신 도쿠라 선생님에게 감탄했습니다.

B가 여기까지 얘기하는 동안 어머님께서 '불쌍하게도'라는 말을 몇 번이나 되풀이하시던지요. 팔불출이라고 생각하면서도, 이런 식으로 어리석으리만치 애정을 쏟을 수 있는 아이가 있다

는 사실이 부러웠어요. B는 피해자였지만, S중학교에서는 교칙으로 오락실 출입을 금지하고 있습니다. B에게 부과된 처벌은 '방과 후 한 시간씩, 일주일간 수영장 및 탈의실 청소'였습니다.

○

2월 초, A는 지퍼에 세 배의 전압을 가하는 데 성공했습니다. 꼭 시험해보고 싶어 근질근질했어요. 그때 마침 수업시간에 옆자리에 앉은 B가 공책 끄트머리에 '죽어'라고 낙서하는 모습이 보였습니다. '굉장한 비디오를 손에 넣었는데 너도 볼래?' A는 방과 후 B에게 넌지시 말을 걸었습니다. B는 A가 가진 비디오에 전부터 관심이 있었기 때문에 이야기는 금세 활기를 띠었지요. B가 마음을 트자 A는 물었습니다. '누구 혼쭐내주고 싶은 녀석 없어?' 의아해하는 B에게 A는 설명을 했습니다. '충격 지갑을 파워업하는 데 성공했는데, 아직 시험해보지 못했거든. 이건 나쁜 놈을 혼내주려고 만든 물건이니까, 당연히 실험도 나쁜 놈한테 해야지.' B는 당연히 충격 지갑의 존재를 알고 있었고, 전국대회라니 굉장하다고 생각한 적도 있었습니다. B는 바로 도쿠라 선생님의 이름을 댔습니다. 하지만 A는 어차피 도구에 의지하지 않으면 아무것도 못하는 겁쟁이예요. '그 인간하고는 얽히기 싫어.' 이런 말로 자기보다 강한 상대는 그 자리에서 반대했습니다.

B는 다음으로 제 이름을 댔습니다. 도쿠라 선생님을 보냈다며 제게 불만의 화살을 돌린 거예요. A는 그것도 반대했습니다. 두 번이나 같은 수법에 속지 않을 거라는 이유였어요. 속아도 큰 소동으로 번지지 않을 줄 이미 알고 있었으니까요. 그때 B는 수영장 청소를 할 때 보았던 마나미를 떠올렸습니다. '담임 아이는 어때?' 그 말에는 A도 찬성했습니다. A도 최근 수요일 방과 후 제가 마나미를 학교에 데려온다는 사실을 알고 있었어요. B는 마나미가 혼자 수영장에 들어가서 개에게 먹이를 주는 일, 그리고 쇼핑센터에서 주머니를 사달라고 졸랐지만 제가 사주지 않았던 일을 A에게 이야기했습니다. 주머니라는 말에 A는 아이디어를 떠올렸습니다.

다음 주 수요일, 방과 후에 A와 B가 수영장 탈의실에 숨어서 기다리고 있으려니 마나미가 혼자서 찾아왔습니다. 곧장 무쿠에게 다가가 체육복 밑에 숨겨두었던 빵을 철망 너머로 주기 시작했어요. A와 B가 그 등 뒤로 다가갔습니다. '안녕, 마나미 맞지? 우리는 엄마네 반 학생이야. 그래, 요전에 해피타운에서 만났지?' B가 먼저 싹싹하게 웃으며 말을 걸었습니다. 마나미는 경계했어요. 여기에 온다는 사실을 엄마에게 일러바칠까봐 걱정한다고 생각한 A는 손을 등 뒤로 숨긴 채 상냥하게 말을 걸었습니다. '멍멍이 좋아하니? 우리도 좋아해. 그래서 이렇게 가끔 먹이를 주러 온단다.' 무쿠에게 먹이를 주는 오빠들에게 마나미는 경계심을 풀었습니다. 그때 A가 등 뒤에 숨기고 있던 주머니를 마나미에게 보여주었습니다. '엄마가 안 사주셨지? 혹시 벌써 사주셨니?' 마나미는 고개를 저었어요. '그렇지? 실은 이거, 엄마가 우리한테 부탁해서 사온 거거든. 자, 조금 이르지만 엄마가 주는 밸런타인데이 선물이야.' A는 마나미의 목에 주머니를 걸었습니다. 엄마가 주는 선물이라는 말을 듣고 마나미는 몹시 기쁜 표정을 지었다더군요. '안에 초콜릿이 들어 있으니 열어보렴.' A가 재촉하는 대로 지퍼를 연 순간, 마나미는 소리도 지르지 못하고 그 자리에 쓰러졌습니다. 저녁노을 속, 마나미는 꼼짝도 하지 않습니다. A는 '성공이다' 하고 얼굴 한가득 웃음을 띠며 중얼거렸습니다. B는 눈앞에서 일어난 일을 믿을 수 없었어요. '어떻게 된거야, 이거. 얘, 안 움직이잖아.' B는 떨리는 목소리로 A를 다그쳤습니다. '다른 사람들한테 떠벌려도 돼.' A는 그렇게 말하고는 어깨에 얹힌 B의 손을 털어내고 만족스러운 모습으로 돌아갔습니다. 죽어버렸나? 홀로 남은 B는 공포에 휩싸여 마나미를 똑바로 쳐다볼 수 없었습니다. 솜토끼와 눈이 마주쳤습니다. 이 주머니 때문에 죽었다는 걸 알면 내가 공범이라는 게 탄로나시 않을까. B는 눈을 돌린 채 쓰러져 있는 마나미의 목에서 주머니를 풀어 철망 너머로 힘껏 내던졌습니다. 그래, 수영장에 빠졌다고 하자. B는 마나미를 들어올려 차갑고 탁한 물속에 집어던졌습니다. 그리고 정신없이 도망쳤던 겁니다. '그때는 제정신이 아니었어서 기억이 잘 안 나.' B는 마지막에 그렇게 덧붙였지만, 그 정도 설명이면 충분했어요.

이상이 마나미의 죽음을 둘러싼 진상입니다.

○

제가 진상을 알았음에도 불구하고 A도 B도 태연하게 학교에 다니고 있습니다. 학교에 경찰이 온 기색도 없습니다. 어째서일까. 황홀한 표정을 지으며 모든 고백을 마친 A에게 저는 말했습니다. 그래도 이건 사고예요. 결코 A군이 원하는 엽기적 살인 사건으로 만들지는 않겠어요. 모든 것을 고백하고 안도의 한숨을 쉬는 B와, 자식의 고백에 할 말을 잃고 넋이 나간 어머니에게도 말했습니다. 어미로서는 A도 B도 죽여버리고 싶은 심정입니다. 하지만 저는 교사이기도 합니다. 경찰에 진상을 알리고 응당한 처벌을 받게 하는 것은 어른의 의무지만, 교사에게는 아이들을 지킬 의무가 있습니다. 경찰이 사고라고 판단했다면 이제 와서 그 결과를 번복할 뜻은 없습니다. 꽤나 성직자 같은 발언이라고 생각하지 않으요? 일을 마치고 돌아와 사정을 들은 B의 아버지가 전화를 걸어 배상금 이야기를 하셨지만, 저는 그것도 거절했습니다. 제가 돈을 받으면 B는 그걸로 사건이 끝났다고 생각하겠지요. 저는 B가 본인이 저지른 죄를 잊지 말고 바른 길을 걷기를 원합니다. B가 죄의 무게를 견디지 못할 때는 부디 부모님께서 B를 따스하게 지켜보고, 거들어주세요. 이것도 꽤 괜찮지 않나요?

'A가 또다시 살인을 저지르면 어떻게 해요?'

냉정하군요. 게임 두뇌라고 하던가요? HIV 이야기보다 살인 사건 이야기를 더 침착하게 들을 수 있다니, 저는 이해하기 어렵군요. 다만 A가 또다시 살인을 저지른다는 말에는 어폐가 있습니다. 다케나카 씨가 집에 오셨던 날 밤, 저는 학교에 와서 주머니를 분해해 다시 한 번 회선을 연결하고 전압을 측정했습니다. 상세한 수치는 생략하고 결론만 말하자면, 심장병 환자라면 몰라도, 가령 네 살짜리 아이라도 그 정도로 심장이 멎지는 않습니다. 시험 삼아 직접 만져보았지만 예전에 젖은 손으로 벗겨진 세탁기 전선을 만졌다가 감전당했을 때가 더 심했어요. 마나미는 정신을 잃었던 것뿐이었습니다. 아까도 말했지만 마나미의 사인은 '익사'입니다. 사건 이튿날, A는 마나미가 수영장 안에서 발견되있다는 사실을 알고 '어째서 쓸데없는 짓을 했지?'라고 B를 다그쳤습니다. 의도는 전혀 다르지만, 저도 B에게 같은 말을 하고 싶었습니다. 다른 사람에게 구조를 요청하지 않아도 좋았어요. 하다못해 그대로 도망쳤더라면 좋았을 텐데…….

그랬다면 마나미는 살아 있었을 겁니다.

○

저는 성직자가 되고 싶은 생각은 없습니다.

경찰에 진상을 말하지 않은 이유는 A와 B의 처벌을 법에 맡기고 싶지 않았기 때문입니다. 살의는 있었지만 직접 죽이지는 않은 A. 살의는 없었지만 직접 죽이게 된 B. 경찰에 출두시켜도 둘 다 시설에 들어가기는커녕 보호관찰 처분, 사실상의 무죄방면이 될 게 뻔합니다. A를 감전시켜 죽여버릴까 하는 생각도 했어요. B를 익사시켜버릴까 하는 생각도 했습니다. 하지만 그런 짓을 해도 마나미는 돌아오지 않습니다. 그리고 두 사람이 자신의 죄를 반성할 수도 없습니다. 저는 두 사람이 생명의 무게와 소중함을 알았으면 합니다. 그것을 안 후에 자신이 저지른 죄의 무게를 깨닫고, 그 죄를 지고 살아가길 원합니다. 그렇다면 어떻게 해야 할까.

실로 그런 삶을 살고 있는 분이 계시지 않습니까.

칼슘 부족, 그런 얘기로 시작해 이 화제로 넘어왔는데, 여러분에게 부족한 건 칼슘만이 아닙니다. 일본인은 예로부터 재료의 맛을 즐길 줄 아는 민감한 혀를 가지고 있었는데, 최근에는 달콤한 카레를 먹으나 매콤한 카레를 먹으나 맛을 구별하지 못하는 아이가 늘고 있다고 해요. 아연 부족이 일으키는 미각장애가 원인이라고 합니다. 여러분의 혀, 아니, A와 B의 혀는 어떨까요?

우유, 전부 마신 것 같던데, 혹시 비릿하다거나 이상한 맛이 난다거나 하는 위화감을 느끼지 못했나요? 내용물이 보이지 않는 종이팩에 든 우유라 가능했던 일이지만, 저는 두 사람 우유에 오늘 아침에 갓 채취한 혈액을 섞어놓았어요. 제 피가 아닙니다. 두 사람이 착한 아이가 되게 해달라는 소원을 담아, '세상을 바꾸는 철부지 선생님' 사쿠라노미야 마사요시 선생님을 본받으라는 뜻에서 그 피를 몰래 가져왔습니다.

아무래도 대부분 눈치챈 모양이군요.

효과는 바로 알 수 없습니다. 부디 두세 달 후에 혈액검사를 받아보세요. 효과가 있다면 통상 오 년에서 십 년이라고 하니 그동안 차분히 생명의 무게와 소중함을 실감해보세요. 두 사람이 자기가 저지른 죄의 무게를 깨닫고, 마나미에게 진심으로 잘못했다고 반성하고 사죄하기를 절실히 바랍니다. 그리고 학급 교체는 없으니 모두 결코 두 사람을 몰아내지 말고 따스한 눈길로 지켜봐주세요. 이 학급에서 경솔하게 죽고 싶다는 메시지를 보내는 사람은 이제 없지 않을까요? 저는 앞으로 어떻게 살아갈지 아직 정하지 않았습니다. 어쩌면 직접 선택할 여지가 없을지도 모르겠군요. 그렇게 되면 시한은 효과가 나타날 때까지일까요? '효과가 없으면?' 그렇군요, 부디 교통사고를 조심하라고 말해두지요.

이번 봄방학, 저는 사건 이후에 함께 살기 시작한 과거의 결혼

상대, 마나미의 아버지였던 사람이 마지막 순간을 맞이할 때까지 둘이서 평화롭게 지내려고 합니다. 여러분도 유익한 봄방학을 보내세요. 일 년 동안 고마웠어요.

이것으로 마치겠습니다.

2장

순교자

殉敎者

　불과 몇 달 전까지 매일 얼굴을 마주했다는 사실이 믿기지 않을 정도로 유코 선생님의 연락처를 알기란 쉽지 않았습니다. 선생님은 소중한 이의 생명을 앗아간 두 소년을 법에 맡기지 않고, 본인의 손으로 직접 제재하시고는 그대로 우리 앞에서 모습을 감추셨지요. 저는 그런 선생님이 약간 무책임하다고 생각해요. 자기 손으로 벌하는 길을 택했다면 제대로 책임을 지고 그 후에 두 소년이 어찌 되는지도 지켜보아야 하지 않았을까요?

　제재 이후에 일어난 일을, 선생님은 아셔야만 합니다. 그런 생각으로 긴 편지를 쓰기는 했지만, 어떻게 해야 선생님이 이 편지를 읽어주실까⋯⋯. 온갖 방법을 고민하다가, 고육지책인 줄은 알면서도 이 편지를 선생님이 쉬는 시간에 교무실에서 종종 읽으셨던 문예지 신인상에 응모하기로 했습니다. 요새는 십대 수상자도 많으니 가능성이 없지만은 않다고 생각했거든요.

다만 마음에 걸리는 일은 그 문예지에 매달 연재되던 '세상을 바꾸는 철부지 선생님'의 칼럼이 4월호로 끝나버렸다는 점입니다. 혹시나 상을 받아 이 편지가 실린다 해도 과연 선생님이 읽으실지 알 수가 없습니다. 그래도 적은 확률에 희망을 걸어보고 싶습니다.

하지만 선생님, 저는 결코 선생님께 도와달라는 것이 아닙니다. 그저 한 가지, 꼭 묻고 싶은 것이 있기 때문입니다.

○

이야기에 들어가기 전에, 선생님은 공기를 의식하시나요?

괴어 있거나, 막혀 있거나, 맑거나, 흐르는……. 공기는 그 자리에 있는 사람들의 기운이 모인 집합체라고 생각해요. 그 공기를 매일 답답할 정도로 의식하는 것은 제가 집합체에 제대로 적응하지 못했기 때문일까요? 어쨌든 봄인데도 B반 교실 안에 감도는 공기는 한마디로 표현해…….

정상이 아니었습니다.

○

선생님이 나오키와 슈야에게 제재를 내리셨던 종업식 날, 그 날이 학교에서 나오키를 본 마지막 날이었습니다. 새 학기 첫날, 2학년 B반 교실에 나오키의 모습은 없었습니다. 나오키만 없었습니다. 슈야는 왔습니다. 저를 포함한 모두가 나오키가 없다는 사실보다도 슈야가 있다는 사실에 놀랐습니다. 아무도 슈야에게 말을 걸려 하지 않았습니다. 대신 다들 멀리서 힐끗거리며 몰래 뭐라고들 쑥덕거렸습니다.

슈야는 아이들의 반응에는 전혀 아랑곳없이 출석번호순으로 지정된 자기 자리에 앉아 겉표지를 싼 문고본을 읽고 있었습니다. 허세가 아니라, 슈야는 1학년 때부터 매일 아침 그랬습니다. 아무것도 변하지 않았다, 그것이 오히려 다른 아이들 눈에는 오싹하게 비쳤겠지요.

날씨도 좋았고 창문도 활짝 열어놓았건만, 교실 안에는 갑갑한 공기가 가득했습니다. 그런 공기 속에서 수업 시작을 알리는 종이 울렸고, 새 담임선생님이 들어왔습니다. 새로 담임을 맡은 젊은 남자 선생님은 힘차게 칠판에 이름을 썼습니다.

"학창시절부터 다들 '베르테르'라고들 불렀으니까, 너희도 그렇게 불러라."

갑자기 그런 소리를 해봤자 난처할 따름이지만, 여기서는 일단 베르테르라고 부르겠습니다.

"그렇다고 특별히 우울한 건 아니란다."

그런 소리를 해도 웃는 아이는 하나도 없었습니다.

"어이어이, 책 좀 읽어라."

베르테르는 과장된 몸짓으로 한탄하는 시늉을 하더니 그렇게 말했습니다. 이름이 요시키良輝라 베르테르일 테고* 《젊은 베르테르의 슬픔》에 빗대어 그리 말한다는 것도 압니다. 어이어이, 당신이나 분위기 파악 좀 하시지. 그런 기분이었습니다.

"아차, 깜빡할 뻔했군. 나오키는 감기로 결석……. 달리 누구 결석 있나?"

베르테르는 첫날이면서 친한 척 반말로 이름을 부르며 출석을 확인하더니, 곧바로 자기소개를 시작했습니다.

"나는 중학생 때 결코 모범생이라 할 수 없는 학생이었단다. 부모님 몰래 담배도 피웠고, 싫어하는 선생님 차에 짓궂은 장난도 쳤지……. 하지만 2학년 때 담임선생님이 나를 바꿔주셨다. 학생들에게 무슨 일이 생기면 수업도 제쳐두고 진지하게 상담해 주셨지. 나 때문에 아마 영어 수업 시간을 다섯 시간은 썼을 거야. 하하."

아마 거의 대부분 베르테르의 자기소개를 듣고 있지 않았을

---

* 요시키를 각각 영어(良-well[베르])와 한자(輝[테르])로 뜻을 풀어 읽으면 베르테르의 일본식 발음이 된다.

겁니다. 감기로 결석했다는 나오키 소식이 더 신경 쓰였겠지요.

그게 핑계라는 건 알고 있었지만, 저는 일단 나오키가 아직 이 학교에 속해 있다는 사실에 안심했습니다. 슈야 쪽을 흘깃거리는 아이도 있었습니다. 슈야는 우등생처럼 선생님을 바라보고 있었지만, 선생님 말씀을 듣는 것 같지는 않았습니다. 그래도 베르테르는 의기양양하게 말을 이었습니다.

"나는 올봄에 갓 채용되었기 때문에 우리 B반은 기념할 만한 첫 번째 학급이란다. 너희에게 선입견을 품지 않도록 1학년 때 담임선생님께서 작성하신 학생기록부는 굳이 읽지 않겠다. 그러니 너희도 첫출발하는 마음으로 나를 대하려무나. 어려운 일이 있으면 선생님이 아니라 형, 오빠한테 의논하는 셈 치고 뭐든 편히 말하고."

베르테르 다음에는 형, 오빠랍니다. 베르테르는 연신 너희, 너희, 하면서 자기 이상을 열렬하게 토로하더니 끝으로 노란 새 분필로 칠판 한가득 이렇게 쓰면서 개학식 전의 기나긴 조례를 마쳤습니다.

ONE FOR ALL! ALL FOR ONE!

유코 선생님이 학생들 개개인을 어떻게 생각하고 계셨는지는 모르겠습니다. 하물며 나오키나 슈야의 학생기록부에 어떤 말을 쓰셨는지는 상상도 가지 않습니다. 하지만 만약 베르테르가 학생 기록부를 제대로 읽었더라면 그런 일은 일어나지 않았을 겁니다.

○

황금연휴가 끝나고 5월 중순에 접어들기 전까지, 교실 안은 비교적 차분했습니다. 여전히 나오키는 학교에 한 번도 오지 않았고, 아이들은 슈야를 기피했습니다.

하지만 아이들은 기피하는 일에 익숙해졌는지 (표현이 이상하지만) 슈야에게 혐오감을 드러내지 않고 자연히, 마치 그곳에 슈야가 존재하지 않는 것처럼 감쪽같이 기피하게 되었습니다. 갑갑했던 공기도 일단 익숙해지니 당연한 것처럼 되어, 그리 갑갑하지 않았습니다.

어느 날 밤, 텔레비전에서 교육을 주제로 한 프로그램이 나왔습니다.

거기에 어느 중학교에서 '조례 시간에 십 분 동안 모두 함께 책을 읽는 시간을 마련하고 있다'는 소개가 나왔습니다. 독서는 감수성을 풍부하게 하는 동시에 집중력을 키워 학습 능력 향상에 효과가 있다고 합니다. 저는 그 방송을 보며 슈야를 떠올렸습니다.

이튿날, 교실 뒤에 학급문고가 생겼습니다. 베르테르가 집에서 수납상자와 책을 가져온 것입니다.

"내가 읽던 거라 미안하지만, 다들 책을 읽으며 여유로운 생활을 꾸려보자꾸나!"

단순하지만 나쁜 제안은 아니었습니다. 다만 꽂혀 있는 책을 보니 기가 막혔습니다. 겉모습은 그럭저럭 봐줄 만한 베르테르에게 호의적인 태도를 취하던 시호와 그 친구들도 이때만큼은 식겁했습니다. 삼 단짜리 수납상자 맨 윗단이 전부 '세상을 바꾸는 철부지 선생님'이 쓴 책이었으니까요.

베르테르는 모처럼 만든 학급문고인데 반응이 시원치 않자 불만스러웠던 걸까요. 자기가 담당하는 수학 시간에, 연습문제를 풀고 있는 저희 뒤에서 갑자기 책을 한 권 꺼내더니 소리 내어 읽기 시작했습니다.

"나는 종교에는 전혀 관심이 없었지만, 전세계를 방랑하는 사이에 어느덧 성서를 들고 다니게 되었다. 그중 한 구절, 마태복음 18장에 이런 말씀이 있다. '너희 생각에는 어떻겠느뇨. 만일 어떤 사람이 양 일백 마리가 있는데 그중에 하나가 길을 잃었으면 그 아흔아홉 마리를 산에 두고 가서 길 잃은 양을 찾지 않겠느냐. 진실로 너희에게 이르노니 만일 찾으면 길을 잃지 아니한 아흔아홉 마리보다 이것을 더 기뻐하리라' ……나는 여기에서 교육의 참모습을 발견했다."

거기까지 읽은 베르테르는 책을 덮고 천천히 이런 말을 꺼냈습니다.

"오늘은 수학 수업 말고 학급회의를 열자. 나오키 문제를 다함께 생각해보지 않겠니?"

길 잃은 한 마리 어린 양이라는 말에 나오키가 어른거렸던 걸까요. 베르테르는 연습문제 답도 맞추지 않고 우리에게 교과서를 정리하라고 했습니다. 나오키의 결석 이유는 첫 일주일은 감기였지만, 그 후는 건강 문제로 바뀌었습니다.

베르테르는 말했습니다.

"지금까지 너희에게 거짓말을 해왔다. 나오키가 건강이 나빠쉬고 있다고 했지만, 나오키는 건강을 핑계로 쉬고 있는 것이 아니란다. 나오키는 학교에 오고 싶다는 의지는 있지만 마음의 병이 그걸 방해하고 있다."

의지와 마음은 한곳에 있을 것 같은데, 그것이 베르테르의 독자적인 해석인지 나오키네 어머니의 말씀인지는 알 수가 없었습니다.

"지금까지 숨겨서 미안하구나."

그런 소리를 하는 베르테르가 약간 안쓰러웠습니다. 나오기는 분명 마음의 병을 앓고 있을지도 모릅니다. 하지만 나오키가 그렇게 된 이유를 모르는 사람은 이 학급 안에서 베르테르뿐입니다. 그날 유코 선생님이 고백한 사건의 진상을 B반이 아닌 사람에게 떠벌린 아이는 아무도 없을 겁니다. 선생님이 교실에서 나가고 모두 흩어진 직후, 아이들은 이런 휴대전화 메시지를 받았습니다.

B반 안에서 있었던 고백을 외부에 흘리는 녀석은 소년 C로 간주하겠다.

비상연락망 때문에 반 아이들의 연락처는 전부 등록해두었는데도 누가 보냈는지 알 수가 없었습니다.

베르테르는 이런 제안을 했습니다.

"다 함께 나오키가 학교에 오기 쉬운 환경을 만들어주자."

그 말에는 다들 대답하지 않았습니다. 베르테르의 시시한 개그에도 맞장구를 쳐주던 겐타조차 고개를 숙인 채 말이 없었습니다. 베르테르는 그게 아이들이 진지하게 고민하고 있는 모습이라고 생각했는지, 만족스러운 표정으로 몇 가지 제안을 늘어놓기 시작했습니다. 어쩌면 처음부터 학생들 의견은 들을 생각이 없었을지도 모르겠네요.

"다 함께 나오키네 집에 수업 필기 공책을 복사해 가져다주자꾸나."

노골적으로 싫어하는 목소리가 여기저기서 튀어나왔습니다.

"어째서 그러지, 료지?"

베르테르는 가장 큰 목소리를 냈던 료지에게 물었습니다. 료지는 아차, 하는 얼굴로 고개를 숙이더니 '집이 반대 방향이라서……' 하고 급조한 변명치고는 그럴싸한 소리를 했습니다.

"그럼 다 함께 번갈아 공책을 복사하면, 나하고 미즈키가 일주일에 한 번 나오키네 집에 가져다주기로 할까?"

어째서 저냐고요? 그건 올해도 제가 반장이니까요(참고로 부반장은 유스케입니다). 그리고 저희 집이 나오키네 집 근처이기 때문입니다. 저는 싫은 기색 하나 없이 그 제안을 받아들였는데, 베르테르는 제게 이런 소리를 했습니다.

"미즈키는 내가 거북하니?"

어째서 그런 걸 묻는지 이해할 수 없었습니다.

"미즈키는 뭔가 별명이 있니?"

아무래도 제가 자기를 베르테르라고 부르지 않는 게 불만이었던 모양입니다. 그렇다고 저 말고 모두가 베르테르라고 부르는 것도 아니었습니다. 아이들은 저를 보통 '미즈키'라고 이름으로만 불러서, 특별히 없다고 대답했습니다. 그때였어요. 아야카가 '미즈호!' 하고 큰소리로 말했습니다. 하긴, 초등학교 저학년 때서의 모든 동급생들이 저를 그렇게 부르기는 했습니다.

"깜찍한 별명이구나! 좋다, 오늘부터 미즈키를 미즈호라고 부르마. 다른 아이들도 그렇게 부르지 않겠니? 이렇게 모처럼 한 반에서 만난 것도 다 인연이란다. 이렇게 모두 함께 서로가 갖고 있는 마음의 벽을 허물어가자꾸나!"

베르테르의 뜨거운 호소 때문에, 저는 그날부터 다시 미즈호로 불리게 되었습니다.

○

　나오키네 집에 처음 공책을 가져다준 것은 5월 세 번째 금요일이었습니다. 초등학교 저학년 때, 나오키네 작은 누나가 종종 저와 놀아주었기 때문에 집에도 몇 번 갔던 적이 있었습니다.

　베르테르와 저를 맞이해준 것은 나오키네 어머니였습니다.

　오랜만에 뵙는 아주머니는 여느 때와 마찬가지로 빈틈없는 화장을 하고, 예쁜 옷을 입고 계셨습니다.

　간식은 나오키가 좋아하는 핫케이크란다. 양파를 자르느라 눈물이 났는데, 나오키가 '엄마 울지 마' 하면서 제일 아끼던 손수건을 갖다주었어. 나오키가 서예대회에서 3등상을 받았단다.

　나오키는, 나오키는……. 저는 나오키네 누나하고 놀고 있었고 나오키는 그 자리에 없었는데도 아주머니는 늘 나오키 얘기뿐이셨습니다.

　필기 복사물을 전해주면 바로 돌아올 생각이었는데, 아주머니는 우리를 거실에 들였습니다. 약간 거부감이 들었지만 베르테르는 처음부터 그럴 심산이었던 모양입니다.

　나오키와 함께 거실에서 트럼프와 오셀로 게임을 하며 놀았던 적이 있습니다. 이층에 있는 나오키의 방은 거실 바로 위에 있어

73

서, 나오키네 누나는 언제나 천장에 대고 '나오키, 트럼프 가져와' 하고 말하곤 했습니다. 나오키네 누나는 도쿄에 있는 대학에 다니고 있습니다. 저는 천장을 올려다보았지만 나오키가 정말 거기에 있는지는 알 수 없었습니다. 아주머니는 우리에게 홍차를 내주시더니 베르테르에게 말씀하셨습니다.

"나오키가 '마음의 병'에 걸린 이유는 작년 담임선생 탓이에요. 교사가 다들 선생님처럼 열의 있는 분이었다면 저 아이도 이렇게 되지는 않았을 텐데……."

아주머니를 보고 있으려니 나오키가 종업식 날 당한 복수를 어머니에게 이야기하지 않았다는 것을 알 수 있었습니다. 만약 털어놓았다면 아무리 그래도 이렇게 침착한 태도로 불평을 토로할 리가 없겠지요.

어머니에게 털어놓지 않았다는 소리는 나오키가 혼자서 괴로워하고 있다는 말입니다. 아주머니는 그 사건에 대한 언급은 피하면서 계속 유코 선생님을 비난하셨습니다. 어쩌면 자기 아들은 사건에 휘말렸을 뿐이라고 생각하셨는지도 모릅니다.

나오키는 모습을 드러낼 기색이 없고, 결국 우리는 나오키네 어머니의 불평을 들으러 온 꼴이었습니다. 하지만 아주머니에게 유난스럽게 맞장구를 치는 베르테르의 얼굴은 어딘지 모르게 만족스러웠습니다. 이야기 내용이 어디까지 머릿속에 들어갔는지는 미심쩍었지만요.

"어머님, 나오키는 제게 맡겨주십시오."

베르테르가 자신만만하게 그렇게 말했을 때, 작은 소리가 나서 저는 다시 한 번 천장을 올려다보았습니다. 나오키는 전부 듣고 있었을 거예요. 하지만 다음 날도, 그다음 날도, 나오키는 학교에 오지 않았습니다. 나오키가 학교에 오지 않는 게 당연한 일이었고, 아이들이 슈야를 피하는 게 당연한 일이었습니다. 그래도 그 무렵이 그나마 나았습니다.

○

6월 첫 번째 월요일, 종례 시간에 아이들에게 우유가 나왔습니다. 후생노동성이 실시한 '전국 중고생 유제품 촉진 운동', 통칭 '우유 시간'이 효과를 얻어 지역 내 모든 중학교에서 매일 우유를 지급하게 된 것입니다. 시범학교였던 각 학교에서 우유를 마시니 신장이 커졌고 골밀도 수치도 올랐을 뿐더러 '쉽게 흥분하는 학생이 예년보다 줄었다'는 의견을 상신해 조기 지급으로 이어졌다고 하더군요.

반장인 저와 부반장인 유스케가 함께 아이들에게 우유를 돌렸는데, 끔찍한 기억을 불러일으키는 갑갑한 공기가 교실 전체에 퍼져나가는 것을 느꼈습니다. 하지만 의무적으로 마셔야 하는 것은 아니었습니다. 좋은 효과가 결과로 나왔으니 다행이지만,

우유 시간은 우유를 싫어하는 아이들의 부모에게 상당한 불평을 사고 있었기 때문입니다.

당신들이 강요할 권리가 있나요?

세상에는 아이들에게 매달리는 할 일 없는 부모도 참 많다 싶었지만, 덕분에 팩에 학급과 출석번호를 기입하지 않았습니다. 교실에서 맛있게 우유를 마시는 사람은 베르테르뿐이었습니다.

"어이어이, 너희, 우유가 몸에 얼마나 좋다고."

그렇게 말하고는 팩까지 찌그러뜨려가며 단숨에 마셨습니다. 우연히 눈길이 마주친 유미가 어색하게 '동아리 활동 마친 후에 마실게요'라고 작은 소리로 말했습니다.

"그거 좋구나. 운동으로 지친 몸에 영양을 보급해야지."

베르테르는 자기가 말해놓고 풋 웃더니 아이들이 우유를 가방에 넣는 것을 보고도 더는 아무 말도 하지 않았습니다.

그날 방과 후였습니다. 교실 청소 당번이었던 슈야가 도구함에서 빗자루를 꺼내려 했을 때 뭔가가 퍽! 터지는 소리가 났습니다. 유스케가 엄청난 제구력으로 등을 돌리고 있던 슈야의 발치를 노려 자기 우유팩을 던진 것이었습니다. 자리에 앉아 일지를 쓰고 있던 저는 처음에 무슨 일이 일어났는지 이해하지 못했습니다. 교실에 있던 사람은 남녀 합해 대여섯 명 정도였는데, 다들 놀란 얼굴로 유스케를 쳐다보았습니다.

다들 실제로 슈야를 어떻게 생각하고 있었는지는 모르지만,

아무리 혐오감을 품고 있다 해도 직접 손을 쓸 용감한 사람은 없을 줄 알았습니다. 용감하다고 쓰기는 했지만 정말 그럴까요? 그런 짓을 한 사람이 똑똑하고 운동도 잘하는, 학급을 대표하는 존재인 유스케였으니 그런 식으로 느꼈는지도 모릅니다. 유스케는 등을 돌린 채 잠자코 서 있는 슈야에게 말했습니다.

"너, 반성 전혀 안 하지?"

하지만 슈야는 바짓단에 튄 우유를 몹시 불쾌한 눈으로 쳐다보았을 뿐, 유스케에게는 눈길도 주지 않고 가방을 들고 교실에서 나갔습니다. 다들 말없이 그 모습을 바라볼 뿐이었습니다.

그것이 슈야에 대한 제재의 시작이었습니다.

○

유스케는 아마도 유코 선생님을 좋아했던 것 같습니다.

이제야 드는 생각이지만, 선생님은 빈말로도 열혈 선생님이라고 할 수는 없었지만, 한 사람 한 사람을 성실하게 평가해주셨습니다. 정기 시험에서 최고 점수를 받은 아이, 동아리 활동에서 표창을 받은 아이, 학교 행사 임원으로 애썼던 아이……. 결코 화려하게 칭찬하는 것은 아니지만 조례나 수업을 시작하기 전에 꼬박꼬박 다른 학생들 앞에서 소개해주셨고, 우리는 그 아이들에게 박수를 보냈습니다.

저도 몇 번인가 조례 시간에 아이들에게 박수받은 적이 있습니다. 학급에서 반장이 하는 일은 잡일들뿐이고, 그런 일을 군소리 없이 처리해봤자 아무도 고맙다는 말을 하지 않는데, 선생님은 자연스럽게 아이들 앞에서 칭찬해주셨습니다. 왠지 부끄러웠지만 그래도 기뻤어요…….

하지만 베르테르는 그런 행동을 일절 하지 않습니다. 베르테르는 온리원이니 넘버원이니 하는 노래를 무척 좋아했습니다. 개학식에서 신임 교직원으로 인사할 때도 후렴구를 불렀을 정도입니다.

"저는 결코 일등만 평가하지 않겠습니다. 한 사람 한 사람이 스스로 얼마나 노력했는지, 그 점을 평가할 수 있는 평등한 눈을 가진 교사가 되고 싶습니다."

5월 초에 있었던 지역 신인전에서 야구부는 강호인 사립학교를 꺾고 4강에 들었습니다. S중학교 최초의 쾌거라고 지역판 신문에도 사진과 함께 기사가 실렸습니다. 그중에서도 최고로 활약한 사람은 4번 타자인 에이스 유스케였습니다. 대회가 끝나자 지역 대표선수로도 선발되었고, 개별 취재를 요청받기도 했습니다. 반 아이들 모두 (슈야는 잘 모르겠지만) 유스케의 활약에 기뻐했습니다. 새 학기에 접어들고 처음으로 B반에 즐거운 공기가 흐르는 듯했습니다. 그 공기에 찬물을 끼얹은 사람은 베르테르였습니다.

"분명 유스케는 대단한 활약을 했다. 하지만 노력한 사람이 유스케뿐일까? 야구는 팀플레이이다. 아무리 굉장한 투수가 있어도 혼자서는 야구를 할 수 없다. 그러니 나는 유스케와 다른 여덟 명의 멤버, 그리고 정규 선수로 선발되지 못한 후보 선수, 그 모두에게 칭찬을 보내고 싶구나."

어째서 베르테르는 유스케를 칭찬한 다음, 그 말을 하지 못했을까요. 유코 선생님이었다면 먼저 유스케를 칭찬했을 텐데. 그 후에 야구부 모두를 칭찬했겠지요. 그리고 우리는 그 모두에게 박수를 보냈겠지요.

유스케뿐만 아니라 한 번이라도 유코 선생님에게 칭찬을 받아 보았던 학생이라면, 당시에는 깨닫지 못했을지 모르지만, 아주 조금 섭섭하지 않았을까요. '채워지지 않은 기분을 쏟아내고 싶다.' 하지만 모두가 그런 마음으로 슈야를 공격한 것은 아니었습니다.

○

나오키네 집에는 금요일마다 베르테르와 함께 찾아갔습니다. 아주머니는 첫날에는 우리를 거실에 들이고 불평을 쏟아내셨지만 방문이 거듭되자 응대 시간은 점점 줄었고, 장소도 거실에서 현관으로 바뀌었으며, 마침내 현관에도 들어가지 못하고 체인이 걸린 문틈으로 봉투만 전하는 지경에 이르렀습니다.

비좁은 문틈으로 보이는 아주머니는 평소처럼 예쁘게 화장을 하고 계셨지만, 입술 언저리가 약간 부어 있는 것 같았습니다.

나오키네 큰 누나도 결혼해서 출가했고, 아버지의 귀가가 늦은 이 집에는 나오키와 그 어머니밖에 없습니다. 그리고 나오키는 어머니에게도 말 못할 큰 불안을 끌어안고 있습니다.

저는 베르테르에게 말했습니다. 이 이상 가정방문을 계속해도 나오키는 오지 않을 것 같다. 오히려 나오키를 몰아세우는 결과가 되지 않을까. 순간 베르테르는 노골적으로 불쾌한 얼굴을 했지만 곧바로 미소를 지으며 말했습니다.

"양쪽 다 지금이 고비란다. 이 순간을 극복하면 분명 이해해줄 거야."

가정방문을 그만둘 생각은 전혀 없어 보였습니다. 양쪽 다라는 건 누구와 누구고, 고비라는 건 대체 어떤 상황을 말했던 걸까요. 애초에 베르테르는 개학 첫날부터 오지 않는 나오키를 만난 적이 있기나 했을까요? 이제 와서 그것을 물을 마음도 들지 않았습니다.

주말이 지나고 월요일, 베르테르는 수학 시간에 색지를 한 장 준비했습니다.

"다 함께 여기에 나오키를 격려하는 말을 쓰자꾸나!"

저는 곧 이어질 갑갑한 공기를 예상했습니다. 하지만 교실 안

80

에 흐른 것은 상상했던 것과는 다른, 어딘가 비정상적인 공기였습니다.

색지에 글을 쓰면서 키득키득 웃는 여학생도 있었고, 실실 웃는 남학생도 있었습니다. 그 아이들이 어째서 웃는지는 몰랐습니다. 색지가 제게 돌아왔을 즈음에는 삼분의 이 넘게 글이 차 있었습니다. 그중에 이런 말이 적혀 있더군요

> 살다보면 세상이 힘들 수도 있지만
>
> 인간은 함께 살아가는 존재야
>
> 자, 이제 행복을 되찾아야지
>
> 죽 기다릴게
>
> 어서 돌아와!

……지금, 글로 적어보고 나서야 비로소 깨달았습니다. 제가 얼마나 멍청했던가를요. 다들 비정상적인 공기를 즐기기 시작했던 겁니다.

○

그날, 유코 선생님은 저희에게 소년법 이야기를 하셨지요. 저는 보호받는 입장이지만, 선생님이 말씀하시기 전부터 소년법에

의문을 느끼고 있었습니다.

예를 들어 'H시 모자 살해 사건'의 범인인 소년(이제는 이미 소년이라 부를 수 없는 나이이지만요)은 여성과 아이를 죽였습니다. 두 사람이 얼마나 부질없는 이유로 얼마나 끔찍하게 살해당했는지, 그리고 생전에 그들이 얼마나 행복한 나날을 보냈는지 유족들이 이야기하는 모습을 텔레비전에서 몇 번 본 적이 있습니다.

그 모습을 볼 때마다 저는 제재가 왜 필요할까, 범인을 유족에게 넘기고 원대로 하게 해주면 되지 않나, 그런 생각을 했습니다. 선생님이 나오키와 슈야를 직접 벌하신 것처럼 피해자의 유족에게는 범인을 벌할 권리를 주어야 한다, 벌할 사람이 없을 때만 제재하면 된다, 그렇게 생각했습니다.

범인인 소년에게는 물론이고, 필요 이상으로 소년을 비호하며 누가 들어도 얼토당토않은 궤변을 태연히 늘어놓는 변호사에게도 화가 났습니다. 그 사람에게도 나름대로 숭고한 이상이 있을지 모릅니다. 그래도 텔레비전에 그 변호사가 나오면, 이 사람이 눈앞에서 걸어가면 등을 확 떠밀고, 이 사람 집이 어딘지 알면 돌팔매질이라도 하고 싶다는 그런 생각을 몇 번이나 했습니다.

피해자와도 유족과도 아무런 면식이 없는데 말입니다. 단지 멀리 떨어진 마을에서 일어난 사건을 텔레비전이나 신문으로 알았을 뿐인데도 말입니다. 제가 그렇게 생각할 정도니, 전국에서 얼마나 많은 사람들이 그런 생각을 했을까요?

하지만 이 편지를 쓰는 지금은 생각이 약간 바뀌었습니다.

역시 잔인한 범죄자에게 제재는 필요하지 않을까요? 그것은 결코 범죄자를 위해서가 아닙니다. 제재는 평범한 세상 사람들의 착각과 폭주를 막기 위해 필요하다고 생각합니다.

대다수의 사람들은 남에게 칭찬받고 싶다는 소망을 조금이라도 가지고 있지 않을까요? 하지만 착한 일이나 훌륭한 행동을 하기란 힘듭니다. 그렇다면 가장 간단한 방법은 무엇일까. 나쁜 짓을 한 사람을 질책하면 됩니다. 아무리 그래도 가장 먼저 규탄하는 사람, 규탄의 선두에 서는 사람에겐 상당한 용기가 필요하겠지요. 아무도 찬동하지 않을지도 모르니까요. 하지만 규탄하는 누군가를 따르기란 무척 쉽습니다. 자기 이념은 필요 없고, '나도, 나도' 하고 거들기만 하면 그만이니까요. 게다가 착한 일을 하면서 일상의 스트레스도 풀 수 있으니 최고의 쾌감을 얻을 수 있지 않을까요? 그리고 한 번 그 쾌감을 맛보면 하나의 제재가 끝나도 새로운 쾌감을 얻고 싶어 다음번에 규탄할 상대를 찾지 않을까요? 처음에는 잔학한 악인을 규탄했지만, 점차 규탄받아야 할 사람을 억지로 만들어내려 하지 않을까요?

그렇게 되면 이미 중세 유럽의 마녀 재판이나 다름없습니다. 어리석은 사람들은 가장 중요한 사실을 잊고 있습니다. 그들에게는 빌할 권리가 없다는 사실을……

○

　유스케가 우유팩을 던진 다음 날부터 슈야의 책상 속에는 언제나 우유팩이 가득했습니다. 심할 때는 대체 그걸 여태껏 어디에 두었나 싶은, 날짜가 일주일도 넘게 지난 우유가 들어 있었던 적도 있었고, 가득하다못해 팩이 터진 적도 있었습니다. 신발장이나 사물함에도 들어 있었습니다. 슈야는 매일 아침 학교에 오면 말없이 그 우유를 치우는 일이 일과가 되었습니다. 공책이나 체육복이 사라지는 경우도 흔했고, 교과서의 모든 페이지에 '살인자'라고 적혀 있는 낙서도 보았습니다.

　무시는 모든 아이들이 했지만, 심술을 부리는 사람은 자제심을 잃고 뭔가를 착각하고 있는 극히 일부의 아이들이었습니다.

　하지만 어느 날, 모든 아이들의 휴대전화에 이런 메시지가 도착했습니다.

슈야에게 천벌을! 제재 포인트를 모아라!

　발신자는 선생님의 고백이 끝나고 받았던 메시지와 같았습니다. 제재 포인트라는 것은 슈야를 괴롭히는 행동을 말하는데, 자기가 무슨 짓을 했는지 그 연락처에 보고를 하면 포인트를 받고, 매주 토요일에 집계해서 학급에서 가장 점수가 낮은 사람은 다음 주부터 살인자와 같은 편으로 간주해 똑같이 제재를 받는다는 것이었습니다.

슈야를 동정할 마음은 전혀 없었지만, 유치하기 짝이 없어 저는 무시하기로 했습니다. 이런 메시지를 진짜로 받아들이는 아이는 거의 없을 줄 알았습니다. 하지만 며칠이 지난 방과 후, 얌전하고 마음 여린 미술부 유카리와 사키가 슈야의 신발장에 우유팩을 넣은 다음, 메시지를 보내는 모습을 우연히 보았을 때는 깜짝 놀랐습니다.

이 아이들까지 참가하고 있다면 포인트가 제로인 사람은 나뿐일지도 몰라.

다음 주 월요일, 저는 나름대로 각오하고 학교에 갔습니다. 그런데 평소와 다름없는 하루였습니다. 포인트 제로인 아이가 저말고도 아직 여럿 있었을 거예요.

아이들이 이상해진 게 아니었구나. 구원받은 기분이었습니다.

○

6월 넷째 주, 기말고사가 코앞인데 수학 수업이 갑자기 학급회의로 변경되었습니다.

"어제 걷은 숙제 공책에 이런 메모가 꽂혀 있었다."

차렷경례도 하는 둥 마는 둥, 베르테르는 아이들 앞에서 B5 크기의 종이를 팔랑거리며 그렇게 말했습니다. 앞줄에서 흠칫 숨을 들이켜는 소리가 났습니다. 워드프로세서로 뭔가 적어놓은 듯했지만 제 자리에서는 잘 보이지 않았습니다.

"이 학급에는 왕따가 있습니다."

베르테르가 큰 소리로 문장을 읽었습니다. 이 공기를 바꾸려는 사람이 있다고 생각하니 그걸 쓴 아이의 용기가 감탄스러웠습니다. 하지만 메모를 쓴 본인은 설마 베르테르가 다짜고짜 아이들 앞에서 읽을 줄은 꿈에도 몰랐을 겁니다. 예상치 못한 전개에 내심 식은땀을 흘렸을지도 모릅니다.

베르테르는 아이들을 둘러보며 말했습니다.

"누구 공책에 꽂혀 있었는지는 말하지 않겠다만, 나는 이 문제를 다 함께 의논하고 싶구나. 나도 최근에 우리 반의 이상 기후는 눈치채고 있었다. 항상 성실하게 수업을 받고 있는 슈야가 이번 달 들어 세 번이나 공책을 잃어버렸다며 새 공책으로 바꿨더구나. 공책뿐만이 아니다. 실내화, 체육복도 새것이었어. 그래서 슬슬 슈야에게 사정을 들어보려던 참이었다. 하지만 그러기 전에 이 반의 용감한 학생이 내게 SOS 메시지를 보냈다. 나는 그것이 대단히 기쁘다. 하지만…… 이건 왕따가 아니다. 슈야에게 부리는 심술은 왕따가 아니라 질투 때문이다. 직접 폭력을 행사하는 것이 아니라 간접적으로 소지품에 장난을 친다는 게 그 증거다. 슈야는 2학년에서도 1, 2등을 다투는 성적이다. 무슨 전국

대회에서 입상한 적도 있다더구나. 그러니 너희 가운데 슈야를 부러워한 나머지 질투해서 심술을 부리는 사람이 있어도 이상하지는 않겠지. 나는 이 자리에서 그게 누군지 따질 생각은 없다. 이건 모두의 문제이다. 그러니 심술을 부리는 사람도, 그렇지 않은 사람도, 다들 들어다오. 분명 슈야는 공부를 잘하지. 그렇다고 자기가 슈야보다 열등하다는 생각은 잘못이다. 공부를 잘하는 건 슈야의 개성이다. 마찬가지로 너희에게도 저마다 개성이 있단다. 그러니 질투하지 말고 자기 개성을 발견해 갈고 닦으려무나. 개중에는 자기 개성을 찾지 못한 사람도 있을 수 있다. 그럴 때는 거리낌 없이 내게 물어라. 너희를 만난 지 아직 몇 달밖에 되지 않았지만, 나는 매일 착실하게 너희를 지켜보고 있으니까……."

그때 갑자기 휴대전화 착신음이 울렸습니다. 아차, 하면서 허겁지겁 책상 속에 손을 넣어 전원을 끈 사람은 다카히로였습니다. 학교에 휴대전화를 가져오는 일이 교칙 위반은 아니지만, 수업중에는 반드시 전원을 꺼야만 합니다. 베르테르는 다카히로의 휴대전화를 압수하더니 아이들에게 말했습니다.

"나는 지금 너희를 위해 굉장히 중요한 이야기를 하고 있었다. 그런데 규칙을 지키지 않는 단 한 명 때문에 이야기가 끊기고 말았어. 휴대전화 전원을 끈다, 이렇게 당연한 규칙도 지키지 못하는 사람은 초등학생보다 못하다……."

베르테르의 설교는 한참 이어졌습니다. 학급 내에 왕따가 있다는 사실보다도 자기 이야기가 끊겼다는 사실이 더 문제인 듯 굴었습니다. 베르테르에게 도움을 청한 게 실수였어요. 편지를 보낸 아이는 후회의 한숨을 쉬었을지도 모릅니다.

하지만 악몽은 이제부터 시작이었습니다. 마녀 재판이 시작되었습니다.

○

같은 날 방과 후의 일입니다. 동아리 활동을 하지 않는 제가 청소 당번을 마치고 돌아가려는데, 마키가 신발장 앞에서 불러 세웠습니다. 마키는 새 학기에도 여전히 시녀처럼 매일 아야카의 비위를 맞추고 있습니다.

"아야카가 볼일이 있다는데 교실로 돌아와줄래?"

아니나 다를까, 아야카의 심부름이었습니다. 유쾌한 볼일이 아닐 줄은 알고 있었지만 거절하면 후환이 있을 것 같아 별 수 없이 저는 교실로 돌아갔습니다.

뒷문으로 교실에 들어가자마자 마키가 등을 떠밀었습니다. 앞으로 고꾸라져 무릎을 찧고 깜짝 놀라 고개를 드니 눈앞에 아야카가 서 있었습니다. 정신을 차리고 보니 남녀 합해서 대여섯 명의 아이들이 저를 둘러싸고 있었습니다.

"베르테르한테 고자질한 거, 미즈호, 너지?"

아야카가 말했습니다. 당치 않은 오해이지만 교실로 돌아오는 길에 어느 정도 예상했던 일이었습니다.

"아니야, 내가 아냐."

저는 아야카의 눈을 보며 말했습니다. 하지만 아야카는 제 말을 들으려 하지 않았습니다.

"거짓말, 우리 반에서 그런 짓을 할 사람이 미즈호 말고 누가 있어? 이 학급에는 왕따가 있습니다. 엥? 무슨 소릴 하는 거야? 웃겨서 말도 안 나오네. 우리는 살인자에게 제재를 가하고 있는 것뿐이야. 야, 미즈호, 너는 유코 선생님이 불쌍하지도 않니? 아니면 역시 살인자 편이야?"

대답하는 것도 어리석게 느껴져 저는 말없이 고개를 가로저었습니다.

"알겠어, 그럼 증거를 대."

아야카는 제게 우유팩을 내밀었습니다.

"이걸 던지면 네 결백을 믿어줄게."

우유팩을 받아들며 아야카의 등 뒤로 눈길을 돌리자 슈야가 보였습니다. 접착테이프에 손발이 칭칭 묶여 바닥에 구르고 있었습니다. 아이들이 심술궂게 웃으며 저를 보고 있었습니다.

여기서 만약 슈야에게 우유팩을 던지지 않는다면 내일부터 나까지 괴롭히겠지. 아니, 슈야에게 직접 분풀이하지 못하는 울분을 내게 풀지도 몰라.

슈야와 눈이 마주쳤습니다. 도움을 청하는 것도 아니고, 도발하는 것도 아닌, 무슨 생각을 하는지 알 수는 없었지만 무척 고요한 눈이었습니다. 그 눈을 보며 저는 스스로에게 암시를 걸었습니다. 이 사람은 아무 생각도 없어. 인간의 감정을 가지고 있지 않아. 이 사람은 무서운 살인자야. 유코 선생님은 직접 죽인 사람은 나오키라고 했지만, 이 사람이 없었다면 그런 사건은 일어나지 않았어!

살인자! 살인자! 살인자! ……망설임은 사라졌습니다.

저는 일어서서 슈야에게 두어 걸음 다가갔습니다. 그리고 슈야의 가슴께를 노려 팔을 치켜들고는, 눈을 질끈 감고 힘껏 우유팩을 집어던졌습니다. 픽! 우유가 터지는 소리가 났습니다. 그 순간, 몸속 깊은 곳에서 기묘한 황홀감이 치솟았습니다.

이 살인자를 더 혼내주고 싶다.

더! 더! 이건, 제재이다!

온몸에 퍼져나가려는 신호를 저지한 것은 아이들의 웃음소리였습니다. 기묘하리만치 킬킬 웃어대고 있었습니다. 천천히 눈길을 든 순간, 숨이 멎었습니다. 제가 던진 우유팩은 가슴이 아니라 얼굴에 맞았던 겁니다.

"나이스! 미즈호."

아야카의 목소리에 아이들은 또다시 킬킬거리며 크게 웃어댔습니다. 뭐가 그리 신나……. 슈야는 우유를 맞기 전과 똑같은 눈으로 저를 보고 있었습니다. 하지만 이번에는 그 눈이 뭐라 말하고 있는 것 같았습니다.

네게 나를 벌할 권리가 있어?

제 눈에는 슈야가 어리석은 민중에게 모독당하는 성자처럼 보였습니다.

"미안……."

무심코 입 밖으로 튀어나온 그 말을 아야카는 놓치지 않았습니다.

"잠깐. 얘, 지금 살인자한테 사과하는데? 역시 범인은 미즈호야. 배신자에게 제재를!"

마치 잔 다르크 흉내라도 내듯이 아야카는 소리를 높였습니다. 정작 본인은 그런 역사적 인물의 이름을 알 턱이 없지만요…….

도망칠 겨를도 없이 누가 제 두 팔을 뒤에서 붙들었습니다. 그게 남자아이의 팔이라는 건 알았지만, 누구 팔인지는 알 수가 없었어요. 하지만 누군지는 몰라도 같은 반 아이였습니다. 아파, 무서워, 도와줘. ……머릿속에 온통 그 생각뿐이었습니다.

"넌 오늘부터 얘하고 한패야."

아야카가 그렇게 말하자 뒤에서 절 붙든 아이가 제 무릎을 꺾어 등을 떠밀더군요. 바닥에 쓰러지자 불과 몇 센티미터 앞에 슈야의 얼굴이 있었습니다.

키스! 키스! 키스!

누구랄 것 없이 소리를 지르더니 박수를 치기 시작했습니다. 그만! 그만! 그만! 분명히 그렇게 외쳤는데, 공포 때문에 목소리가 나오지 않았습니다. 저를 붙들고 있던 아이가 한 손으로 제 뒤통수를 붙들어 약간 뒤로 젖히더니, 제 얼굴을 슈야의 얼굴에 밀어붙였습니다. ……우스꽝스런 전자음이 들렸습니다.

"봐, 아야카! 완전 특종!"

마키의 목소리와 함께 저는 풀려났습니다. 고개를 들자 아이들이 빙 둘러싸고 마키의 휴대전화 화면을 구경하고 있었습니다. 그리고 또다시 킬킬거리는 웃음소리가 났습니다.

"미즈호, 첫 키스였지?"

아야카가 마키의 휴대전화를 낚아채 제 눈앞에 화면을 들이댔습니다. 거기에는 정확하게 입술이 맞닿은 슈야와 제 모습이 찍혀 있었습니다.

"이걸 어떻게 할지는 너한테 달려 있어, 미즈호."

유코 선생님. 나오키와 슈야가 살인자라면, 여기 있는 아이들은 무엇입니까?

○

그 후, 어떻게 집에 돌아왔는지 기억이 흐릿합니다.

우유 냄새가 들러붙은 교복을 벗고 샤워한 다음, 밥도 먹지 않고 방에 틀어박혔습니다. 팔에는 붙들렸던 감촉이 남아 있었고, 귀에는 킬킬거리는 웃음소리가 끈적하게 남아 있었습니다. 오한이 멎지 않았습니다. 영원히 날이 밝지 않았으면 좋겠어. 이대로 핵미사일이라도 날아와서 전부 없어지면 좋겠어. 그렇게 생각했습니다.

눈을 감으면 끔찍한 사건이 영상으로 되살아날 것만 같아 잠들 수도 없었습니다.

밤 12시쯤 메시지 수신음이 울렸습니다. 누가 그 사진을 보냈을지도 몰라. 두려운 마음으로 휴대전화를 여니 낯선 번호가 찍혀 있었습니다. 슈야였습니다. 근처 편의점 앞에 있으니 나와달라고 적혀 있었습니다. 망설였지만 가기로 했습니다.

슈야는 편의점 주차장 옆에 자전거를 세워두고 그 앞에 서 있었습니다. 어떤 표정을 지어야 할지, 무슨 말을 해야 할지 몰라 저는 말없이 슈야 앞에 섰습니다. 그러자 슈야는 잠자코 청바지 주머니에서 잘게 접은 종이를 꺼내 펼치더니 제 얼굴 앞에 불쑥 늘이밀었습니다.

가로등 불빛이 있었지만 뭐가 적혀 있는지는 잘 보이지 않았습니다. 몸을 약간 뒤로 빼고 눈에 힘을 주니 숫자 몇 개가 보였습니다. 마지막 항목까지 보고서야 그게 슈야의 혈액검사 결과라는 것을 알았습니다. 자세히 보니 맨 위에 슈야의 이름과 검사일이 찍혀 있었습니다. 일주일 전의 날짜였습니다.

"집에 갔더니 왔더라. 알면 됐지?"

슈야는 종이를 원래대로 접어 주머니에 집어넣었습니다. 정신을 차리고 보니 눈물이 흘러넘치고 있었습니다. 슈야에게 그것이 안도의 눈물이라는 오해를 사기는 싫었습니다.

"알고 있었어."

단 한마디, 그렇게 말했습니다. 슈야는 놀란 얼굴로 저를 바라보았습니다. 살인귀 소년 A의 얼굴이 아니라, 한참 만에 보는, 어떠한 감정이 깃든 표정이었습니다.

"너에게 하고 싶은 얘기가 있어."

그렇게 말하자 슈야는 자판기에서 주스 캔을 두 개 사서 자전거 바구니에 넣더니, 저더러 자전거 뒤에 타라고 했습니다. 한밤중의 편의점은 그 사건을 이야기하기에는 지나치게 소란스러웠습니다.

○

오밤중에 둘이서 한 자전거를 타는 저희는 주위에 어떤 사이

로 보였을까요? 스쳐 지나가는 사람이나 자동차도 거의 없었고, 애초에 그런 사이도 아닌데 저는 살짝 가슴이 두근거렸습니다.

말랐을 줄 알았던 슈야의 등이 생각보다 듬직했기 때문인지도 모릅니다. 어둠 속에서 세상이 끝나버리길 바라던 저를 슈야가 구하러 와준 것만 같았습니다.

나를 구하려고 이런 밤중에 와주었다면, 나도 그 사실을 털어놓아야만 해⋯⋯.

십오 분쯤 달렸을까, 슈야는 주택가를 벗어난 강변에 있는 단층 주택 앞에서 자전거를 세웠습니다. 슈야의 집은 아닐 테고 사람이 생활하는 기색도 없는데, 슈야는 주머니에서 열쇠를 꺼내더니 그 집 현관을 열었습니다. 불안하게 보고 있는 제게 슈야는 여기는 돌아가신 할머니가 살던 집이고, 지금은 가게 상품 재고 창고로 사용한다고 일러주었습니다.

현관에 들어가 슈야가 불을 켜자 커다란 박스가 복도까지 잔뜩 쌓여 있는 광경이 보였습니다. 짐만 가득하고 통풍이 되지 않는 집 안은 사우나처럼 후덥지근해서, 저희는 현관 앞에 나란히 앉았습니다. 슈야가 준 자몽맛 사이다를 두 손으로 만지작거리면서, 그날 제가 무엇을 했는지 슈야에게 말했습니다. 유코 선생님도 모르시는 일입니다.

○

　저는 유코 선생님 이야기에서 딱 한 군데, 도무지 믿을 수 없는 부분이 있었습니다. 마지막 부분입니다. 들었을 때는 정말 등골이 오싹할 정도로 선생님이 무서웠어요.

　선생님이 나가신 후 나오키가 나갔고, 다른 아이들도 도망치듯 교실에서 나갔습니다. 마지막에 홀로 남은 저도 교실을 나가려 했지만, 칠판 옆 선반 위에 텅 빈 우유팩이 든 상자가 그대로 놓여 있는 것을 깨달았습니다.

　당번이 누구였더라? 그런 생각을 했지만 그게 누구든 이런 물건을 건드리고 싶을 리는 없겠지요. 자연히 나오키와 슈야의 우유팩에 눈길이 갔습니다.

　선생님은 이야기 속에서 몇 번인가 '윤리관'이라는 단어를 사용하셨지요. 그렇다면 과연 '윤리관'이라는 말을 거듭하시는 선생님의 윤리관은 어떨까. 저는 선생님의 슬픔과 고통을 어느 정도 짐작할 수는 있지만, 완벽하게 이해할 수는 없었습니다. 좋아하는 사람은 있지만 그 사람은 살아 있고, 죽었다고 상상해본들 그것은 상상일 뿐이니까요. 하지만 선생님이 아무리 나오키와 슈야를 증오해도 선생님 속에는 역시 '윤리관'이 남아 있지 않을까. 그런 생각이 들었습니다.

　저는 두 사람의 우유팩을 청소 도구함에 들어 있던 비닐 봉투에 담아 집에 가져왔습니다. 물론 두 사람의 우유팩만 사라지면 나중에 무슨 문제가 될지 모르니까, 나머지 우유팩도 전부 회수 장소에 가져가지 않고 쓰레기봉투에 넣어 체육관 뒤편에 있는 쓰레기장에 버렸습니다. 중간에 몇몇 선생님과 마주쳤지만 고생이 많네, 하는 말씀은 하셔도 쓰레기봉투의 내용물을 의심하는 일은 없었습니다. 반장이라는 직함은 이럴 때 도움이 되더군요. 저는 집에 돌아오자마자 두 사람의 우유팩을 가위로 잘라 혈액에 반응하는 시약을 떨어뜨려 보았습니다. 마침 우연히, 그런 약품을 가지고 있었습니다.

결과는 예상대로였습니다.

○

"다른 사람들한테 비밀로 해줘서 고마워."

이야기를 마치자 슈야는 우선 제게 고맙다는 말을 했습니다.

놀랐습니다. 저는 슈야를 위해 잠자코 있었던 게 아니라, 다만 이런 중대한 사실을 털어놓을 만한 친구가 없어서 아무에게도 말하지 않았을 뿐입니다. 하지만 아마도 반 아이들이 이 사실을 알았더라면 틀림없이 슈야에게 폭력을 수반하는 더 끔찍한 심술을 부렸을 겁니다.

"유코 선생님 이야기에서 믿지 않았던 건 그 부분뿐이야?"

저는 고개를 끄덕였습니다.

"그런데 이런 곳에 나하고 단둘이 있어도 안 무서워?"

저는 또 한 번 고개를 끄덕였습니다.

"소년 A인데?"

저는 슈야를 똑바로 쳐다보았습니다. 네가 소년 A라면 그 애들은 뭐지? 하지만 그 이상으로 무서웠던 건 우유팩을 던졌을 때의 나 자신이었다. 슈야의 뺨은 아직도 약간 부어 있었습니다. 미안, 하고 중얼거리면서 저는 제가 한 짓을 확인하듯이 손끝으로 슈야의 뺨을 어루만졌습니다. 손끝에 느껴지는 슈야의 체온이 상상 이상으로 따스하다는 사실에 당황했습니다.

차가운 캔을 오래 들고 있었기 때문이라든가 슈야의 뺨이 부어 있었기 때문이라는, 그런 이유는 아니었습니다. 역시 저도 마음속으로는 슈야를 피 한 방울 없는 살인귀라고 생각하고 있었는지도 모릅니다. 하지만 슈야는 평범한 소년이었습니다.

"어째서 내게 혈액검사 결과를 알려준 거야?"

저는 아까부터 궁금했던 질문을 했습니다.

"너하고 나는 굉장히 비슷할 것 같았거든."

나를 구해주려던 게 아니었나. 약간 실망스러워 뭐라 대답해야 할지 모른 채, 저는 캔을 따려 했습니다.

"잠깐, 그거 다 마실 수 있어?"

슈야의 말에, 들고 있던 350밀리리터짜리 캔을 보았습니다.

탄산음료이지만 다 마시기 힘든 양은 아니었습니다. 하지만 슈야가 무슨 말을 하고 싶은지는 알 수 있었습니다. 그리고 그것이 불쾌하지 않았습니다.

"좀 어려울 것 같아."

그렇게 말하며 들고 있던 캔을 내려놓자 슈야는 자기가 마시던 캔을 제게 내밀었습니다. 저는 그 캔을 받아 그대로 세 모금을 마시고 슈야에게 돌려주었습니다. 슈야도 그대로 마시더니 다시 제게 캔을 내밀었습니다. 자몽맛 사이다를 번갈아 마시다가, 음료수가 바닥나자 키스를 했습니다. 저는 좋아하는 사람이 있었지만, 그와는 별개로 슈야는 이 세상에서 단 하나뿐인 제 편이었습니다.

"내일, 학교에 꼭 와."

처음 만났던 편의점까지 자전거로 바래다준 슈야가 헤어질 때 그렇게 말했습니다. 학교에 가기는 싫었지만 여기서 학교를 빠지면 평생 집 안에 틀어박혀 살게 될 것 같았고, 슈야가 있다면 다소의 심술도 견딜 수 있을 것 같았습니다. 저는 슈야에게 약속했습니다.

"꼭 갈게."

○

이튿날 아침, 교실에 한 발짝 들어서니 일부 남학생들이 휘파람을 휘휘 불었습니다. 칠판과 저를 번갈아 보며 키득거리는 여학생도 있었습니다. 칠판에는 커다란 우산이 낙서되어 있었고, 거기에 슈야와 제 이름이 나란히 적혀 있었습니다. 슈야가 늘 그러듯 저는 아무하고도 눈을 맞추지 않고 제 자리로 향했습니다. 책상 위에도 똑같은 낙서가 있었습니다. 그것도 유성매직으로 말입니다.

"미즈호, 안녕!"

자기 자리에서 아이들에게 둘러싸여 있던 아야카가 휴대전화를 휘두르며 손을 흔들었지만, 무시하고 자리에 앉아 미리 준비해온 문고본을 펼쳤습니다.

때마침 슈야가 등교했습니다. 제 경우와 마찬가지로 환성이 일었고, 슈야도 칠판을 보았습니다. 슈야는 평소처럼 무표정했지만 낙서가 있는 책상 위에 가방을 내려놓더니, 휘파람을 휘휘 불고 있는 다카히로에게 다가갔습니다.

"어이쿠, 소년 A, 뭐 하실 말씀이라도?"

다카히로가 깔보듯이 말했습니다. 슈야는 아무 대답 없이 다카히로를 흘깃 쳐다보더니 자기 새끼손가락을 깨물어, 그 손가락으로 다카히로의 오른뺨을 쭉 훑어내렸습니다. 그게 제재에 대한 제재의 시작을 알리는 신호였습니다. 다카히로의 뺨에는 붉은 선이 남았습니다. 슈야의 피였습니다. 가까이 있던 아이들이 비명을 질렀고, 곧이어 교실 안은 얼어붙은 것처럼 고요해졌습니다.

"미즈키를 붙들었던 거, 너였지? 그렇게 저 멍청한 계집애 눈에 들고 싶어?"

슈야는 다카히로의 귓가에 나직하게 그런 말을 속삭이더니, 이어서 앉아 있던 아야카 앞에 서서 새끼손가락을 내밀었습니다. 손끝에서 가늘게 흘러내린 피가 손목까지 타고 내려왔습니다. 아야카는 두 손으로 자기 얼굴을 감쌌습니다. 하지만 슈야는 피 묻은 손으로 책상 위에 놓여 있던 아야카의 휴대전화를 움켜쥐었습니다. 비명을 지르는 아야카에게 슈야가 말했습니다.

"비겁한 짓이나 하면서 잘난 척하지 마. 자기가 이용당하는 줄도 모르는 얼간이 주제에."

마지막으로 슈야는 창가 맨 뒷자리에서 강 건너 불구경하듯 상황을 지켜보던 유스케 앞에 섰습니다.

"네가 저 멍청한 계집애를 꼬드겨서 날 괴롭히라고 부추겼다는 거, 모를 줄 알았어?"

슈야는 그렇게 말하더니 자기 입술을 유스케의 입술에 밀어붙였습니다. 교실 안의 모든 사람이, 저까지도 숨을 멈췄습니다.

"남자하고 키스한 감상은?"

유스케의 얼굴이 굳어 있다는 것은 옆에서 봐도 알 정도였습니다. 슈야는 여유 넘치는 웃음을 띠고 유스케에게 말했습니다.

"제재? 정의의 영웅인 척하기는. 너, 그 꼬마가 수영장에 자주 갔다는 걸 알고 있었지? 그 사실을 제대로 알렸다면 그 꼬마는 죽지 않았을지 모른다고 엉뚱한 죄의식을 품고 있는 거 아냐? 날 괴롭혀서 조금은 기분이 풀렸어? 그거 알아? 너 같은 놈을 위선자라고 하는 거야. 이 이상 멋대로 굴면 다음번에는 혀를 집어넣어 키스해주겠어."

더는 슈야에게 심술을 부리는 아이는 없었습니다.

○

7월에 접어들었습니다. 기말고사가 시작된 후에도 저와 슈야는 거의 매일 그 집에서 만났습니다. 부모님께 반항적인 태도를 보인 적이 없는 저는, 친구 집에서 공부하고 온다고 말하고 나가면 귀가 시간이 야간 늦어져도 혼나는 일이 없었습니다. 슈야는 초등학교 5학년 때 아버지가 재혼해서 어린 남동생이 있었기 때문에 그 집을 공부방으로 쓰고 있는 듯, 일주일쯤 집에 돌아가지 않아도 아무 잔소리가 없다고 했습니다.

슈야는 가장 안쪽 방을 '연구실'이라고 불렀습니다. 거기서 슈야는 시험공부도 제쳐두고 뭔가 손목시계처럼 생긴 물건을 만들고 있었습니다. 뭐냐고 물어도 가르쳐주지 않았습니다. 하지만 그 뭔가를 열심히 만들고 있는 슈야를 약간 떨어져 바라보는 게 좋았습니다. 7월 중순, 완성한 다음에야 '거짓말 탐지기'라고 알려주었습니다. 벨트 부분에 맥박을 감지하는 센서가 있어서 맥박 리듬이 헝클어지면 숫자판 부분이 빛을 내며 알람이 울리는 장치라고 했습니다.

"시험해봐."

슈야의 그 말에, 전류가 흐르면 어쩌지 하는 불안을 가슴속 어딘가에 느끼면서 조심스럽게 손목에 둘러보았습니다.

"전류라도 흐르면 어쩌나 걱정돼?"

"응? 그런 걱정, 안 해."

삐삐삐삐……. 숫자판이 빛나더니 싸구려 알람시계와 똑같은 소리가 울리기 시작했습니다.

"굉장해! 굉장해! 슈야는 대단해!"

감탄하면서 '굉장해' 하고 연발하자 슈야는 약간 쑥스러운 듯 웃더니 제 손을 끌어당겼습니다.

"이거면 충분했는데……. 나는 줄곧, 이렇게 누군가에게 칭찬받고 싶었을 뿐인데……."

그 사건 얘기구나. 그렇게 생각했습니다. 슈야가 그 사건에 대해 입을 여는 것은 처음이었습니다. 저는 다른 한 손으로 제 손목을 붙잡고 있는 슈야의 손을 감쌌습니다.

"어린아이는 상대가 자기가 바라는 반응을 보일 때까지 이야기를 조금씩 부풀리잖아. 그거하고 똑같아. 공터에서 고양이 시체를 발견했어. 우와……. 실은 그 고양이, 내가 죽였어. 우와, 설마. 거짓말 아니야, 나는 가끔 개나 고양이를 죽이거든. 우와, 그래? 하지만 그냥 죽이는 게 아니야. 우와, 어떻게? 내가 만든 '처형 머신'으로 죽이는 거야. 굉장하다! ……선생님, 좋은 게 들어 있으니 열어봐. 있지, 미즈키, 내 죄는 뭘까? 역시 살인일까? 그럼 나는 앞으로 어쩌면 좋을까……."

슈야는 울고 있었습니다. 저는 아무 대답 없이 슈야를 끌어안았습니다. 어째서일까, 또다시 손목에서 알람이 울기 시작했습니다.

그날 집에 돌아간 시간은 동틀 녘이었습니다.

○

슈야에 대한 심술이 사라진 것을 가장 기뻐한 사람은 베르테르였습니다. 슈야는 교실에서 자주 웃게 되었고, 기말고사도 학년 수석이었습니다. 2학기에 실시하는 학생회 임원 선거는, B반에서는 당연히 유스케가 나갈 줄 알았는데 최근에는 슈야를 추천하는 목소리도 높아지고 있습니다. 교실 안에 충만한, 억압된 평온한 공기도 알아차리지 못하고 베르테르는 만족스러워 보였

104

습니다. 한번은 복도에서 영어 선생님께 칭찬받는 슈야에게 윙크하는 베르테르를 보았습니다.

제게 그러는 것도 아닌데 역겨웠습니다.

하지만 베르테르에게는 여전히 큰 과제가 남아 있었습니다. 나오키 문제입니다. 이대로 계속 등교하지 않는다면 2학기부터 어떻게 해야 할지, 진로 변경도 포함해서 슬슬 결론을 내려야 할 시기에 접어든 모양입니다.

불가능한 일을 '불가능하다'고 시인하는 일에, 유코 선생님은 어느 정도 거부감이 있으신가요? 하기 전부터 '불가능하다'고 말하는 사람은 논할 가치가 없지만, 저는 그건 큰 용기가 필요한 일이라고 생각합니다. 베르테르는 자존심을 버리고, 나오키를 등교하게 하는 일은 '불가능하다'고 말했어야 했습니다.

그도 아니면 다른 선생님들에게 의논했어야 했습니다. 가령, 다른 학교로 전학 가라고 권해도 좋지 않았을까요?

나오키가 등교하지 못하는 이유는 이 학급에 있었으니까요.

○

1학기 종업식 전날, 수업이 끝나고 저는 평소처럼 베르테르와 함께 나오키의 집에 갔습니다. 6시쯤이었지만 여전히 해가 높아, 현관 앞에 서니 온몸에 축축하게 땀이 뱄습니다.

이날 저는 나오키에게 편지를 썼습니다. 우유팩 검사 결과를 슈야에게만 말하고 나오키에게 말하지 않는 것은 불공평하다고 생각했기 때문입니다. 물론 결과만 간단히 썼을 뿐, 학교에 오라는 말은 한마디도 쓰지 않았습니다. 등교 문제와는 별개로 나오키의 마음을 상당히 가볍게 해줄 수 있을 거라 생각했습니다.

빠끔히 열린 문 너머로 베르테르가 먼저 복사물이 든 봉투와 선물처럼 포장한 색지를 나오키의 어머니에게 건넸습니다. 황당하게도 아직도 색지를 건네지 않았던 겁니다. 아니, 영원히 잊고 있었더라면 좋았을 거예요.

집 안에는 에어컨을 틀었을지 모르지만, 아주머니는 한여름인데도 불구하고 두터운 긴소매 옷을 입고 계셨습니다. 얼굴은 잘 보이지 않았습니다. 저는 문이 닫히기 전에 서둘러 편지를 건네려 했습니다. 그때, 갑자기 베르테르가 문틈으로 한쪽 발을 집어넣더니 집 안을 향해 외쳐대기 시작했습니다.

"나오키, 거기 있다면 들어주렴! 실은 이 한 학기 동안 괴로워한 사람은 너 하나가 아니란다. 슈야도 몹시 고통을 받았다. 슈야는 반 아이들에게 왕따를 당했어. 음험하기 짝이 없었지. 나는 아이들에게 그게 얼마나 그릇된 행위인지 알려주었단다. 영혼을 담아 타일렀다. ……다들 알아주더구나. 나오키, 네가 끌어안고 있는 고통을 일단 내게 털어놓아보렴. 내가 영혼을 다해 오롯이 들어주마. 내가 꼭 해결해줄게. 나를 믿으렴. 내일 종업식에 꼭

106

오너라. 기다릴게."

뭐라 말로 할 수 없는 분노가 치밀어 올랐습니다. 왕따가 아니라 질투라고 덮어씌웠잖아. 그런데 해결된 순간 왕따였다고 말하다니. 밖에서 이층을 올려다보니 나오키의 방에서 커튼이 약간 흔들린 것 같았습니다.

베르테르는 흥분했는지 초점이 풀린 눈을 번득이며, 망연자실한 아주머니에게 깊이 고개를 숙이고 문을 닫았습니다. 이웃분들도 무슨 일인가 싶어 밖을 내다보고 있었던 모양입니다. 베르테르는 그 이웃들에게도 웃는 얼굴로 인사하더니 제 쪽으로 몸을 돌렸습니다.

"미즈호, 항상 함께 와줘서 고맙구나."

제게 하는 말인데, 마치 남들더러 들으라는 듯이 필요 이상으로 큰 목소리였습니다. 원맨쇼입니다. 처음부터 그랬습니다.

그리고 저는 1막부터 빠짐없이 보고 있는 관객입니다. 저는 베르테르가 열의를 담아 가정방문 하고 있다는 사실에 대한 증인으로 여기에 끌려 다녔던 겁니다. 저는 치마 주머니 위로 나오키에게 건네지 못한 편지를 꾹 움켜쥐었습니다.

그날 밤, 나오키는 어머니를 살해했습니다.

○

1학기 종업식은 단축되었고, 오후부터 보호자― 교사 임시 회의가 열렸습니다.

"어젯밤, 우리 학교 학생과 관련한 사건이 발생했습니다. 상세한 내용은 아직 조사하고 있습니다만, 여러분은 아무 걱정할 필요 없습니다."

교장 선생님은 나오키의 사건을 그렇게만 설명했습니다. 하지만 대다수의 학생들이 사건 내용을 알고 있었습니다. 교실에서는 다들 저마다 나오키에 대해 억측을 늘어놓으며 떠들었고, 더 자세히 알고 싶은 눈치였습니다. 큰일이 벌어졌는데도 어딘가 들떠 있는, 그런 이상한 공기가 흘렀습니다. 종업식이 끝나고 종례 시간이 되었지만 베르테르는 사건에 대해, 나오키에 대해 아무 말도 하지 않았습니다. 뭔가 입을 달싹거리고는 있었으니, 분명 학교 측에서 쓸데없는 소리를 하지 못하도록 입막음한 거겠지요. 종례가 끝나자 거의 강제적으로 아이들을 학교 밖으로 내쳤지만, 저에게는 남으라고 했습니다. 나오키가 사건을 일으키기 몇 시간 전에 집을 방문했으니 별 수 없겠지요.

교실에 홀로 남게 된 제게 슈야가 '부적'을 건네주었습니다. 잠시 기다리고 있자니 베르테르가 들어왔습니다.

"미즈호는 걱정할 필요 없다. 뭐라고 묻든 있는 그대로 대답하면 된다."

베르테르는 제 어깨에 두 손을 얹었더니 그렇게 힘차게 말했습니다. 그 팔을 떨쳐내지 않고, 저는 베르테르의 눈을 똑바로 쏘아보았습니다.

"선생님, 하나만 여쭤도 될까요? 하지만 그 전에 이걸 팔에 차주시겠어요? 아뇨, 그냥 요새 유행하는 부적 같은 거예요."

제가 내민 '부적'을 베르테르가 단단히 팔목에 두르는 것을 확인한 다음 물어보았습니다.

"선생님이 매주 가정방문을 한 이유는 나오키를 걱정해서였나요, 아니면 선생님의 자기만족 때문이었나요?"

"무슨 바보 같은 소리를 하는 거냐. 미즈호, 매주 함께 갔으니 잘 알잖니? 나는 나오키를 위해, 나오키를 걱정해서 매주 가정방문을 했던 거란다."

삐삐삐삐삐……. 쓴웃음이 나오리만치 얼빠진 소리였습니다. 베르테르는 의아한 눈으로 빛나는 숫자판을 바라보며 물었습니다.

"이건 뭐지?"

"신경 쓰지 마세요. ……최후의 심판이 끝났다는 신호니까요."

〇

    저는 베르테르와 함께 교장실로 갔습니다. 그곳에는 교장 선생님, 학년 주임 선생님, 그리고 경찰관 두 명이 있었습니다. 베르테르와 나란히 앉자, 사건은 제대로 설명해주지도 않고 뭐든 좋으니 나오키에 대해서 말해달라고 했습니다. 저는 있는 그대로 이야기했습니다.

    "저는 매주 금요일에 요시키 선생님과 함께 나오키네 집에 필기 복사물을 가져다주었어요. 맞이해주시는 분은 언제나 나오키 어머니셨고, 나오키는 한 번도 보지 못했습니다. 아주머니는 처음에는 환영해주는 눈치셨지만 점차 성가시다는 태도를 보이셨어요. 아주머니는 더운 날에도 긴소매를 입고 계셨고, 화장으로 숨기고는 있었지만 얼굴에 멍이 든 적도 있었습니다. 저는 나오키가 아주머니에게 폭력을 휘두르는 게 아닐까 싶었어요. 분명 저희가 찾아갈 때마다 아주머니는 나오키에게 학교에 가라고 말씀하시지 않았을까요."

    "아주머니가 아무 말씀 하지 않으셔도, 나오키에게는 가정방문 자체가 스트레스 아니었을까요? 나오키는 흥분해서 폭력을 휘두르는 아이는 아니었지만, 조금씩 궁지에 몰리는 갑갑함을 풀 장소를 달리 찾지 못했던 거예요. 그래서 무슨 짓을 해도 용서해주는 어머니에게 분풀이를 했던 것 같아요. 나오키는 아주 조금, 마음이 약했던 거예요. 하지만 그건 지금까지 나오키를 봐왔던 선생님이라면 알아차렸을 부분이에요. 몰랐던 사람은 분명 혼자서 전부 해결하려 했던 요시키 선생님뿐일 거예요. 저희가 찾아갈수록 나오키는 궁지에 몰려, 어머니에게 계속 분풀이를 했겠지요. 그렇게 생각한 저는 요시키 선생님께 잠시 가정방문을 그만두는 편이 좋지 않을까 의논했습니다. 하지만 요시키 선생님은 제 의견을 들어주시지 않았어요. 그것도 모자라 사건 당일에는 이웃에까지 들릴 만한 목소리로 나오키를 설득했어요. 그래서야 나오키가 단순한 구경거리밖에 더 되겠어요? 나오키는 이 학교에 오기 싫었을 뿐이고, 집은 안식처였던 거예요. 그런데 요시키 선생님은 그 안식처마저 나오키에게서 앗아가려 했어요."

"나오키를 몰아세운 사람은 요시키 선생님입니다. 선생님은 학생에 대해 무엇 하나 살펴주지 않으셨어요. 선생님은 학생들에게 비치는 자기 모습을 보고 자아도취에 빠져 있었을 뿐이에요. 선생님이 어리석은 자기과시욕만 드러내지 않았더라면 이런 비극은 일어나지 않았을 거예요."

○

유코 선생님, 이것은 1학기 동안, 불과 넉 달 사이에 있었던 일입니다.

이 편지를 쓰는 지금은 여름방학입니다. 2학기 개학식에 베르테르는 모습을 드러낼까요? 만약 뻔뻔스럽게 교사를 계속하겠다면 저도 생각이 있습니다.

저는 작년 여름부터 다양한 약품을 수집하고 있습니다. 그 약품들은 언젠가 이 세상에 싫증이 나면 스스로 목숨을 끊으려고 모은 것입니다. 하지만 그 효과를 다른 사람에게 시험해보아도 괜찮지 않을까요. 가장 탐나는 청산가리를 아직 손에 넣지 못했지만, 학교가 보호자들의 문의에 정신없는 지금이 기회일지도 모릅니다. 과학 담당인 다다오 선생님은 제가 화학실 열쇠를 빌려달라고 하면 아무 의심 없이 바로 내어주시겠지요.

베르테르에게 약을 먹이기란 간단합니다. B반에서 우유를 마시는 사람은 베르테르뿐이고, 만일 다른 누가 그 우유를 마신다 해도 별 상관없습니다. 어째서 제가 그렇게까지 베르테르를 증오하는지, 선생님은 의문을 느끼실지도 모르겠네요.

저는 초등학교 저학년 때부터 나오키를 좋아했습니다. 아마도 첫사랑이겠지요.

반 아이들 모두가 저를 미즈호라고 부르는데, 나오키만은 미

112

즈키라고 불러주었습니다. 구구단도 못 외우던 멍청한 계집애가 화풀이 삼아 반에서 가장 공부를 잘했던 제게 붙인 별명이 미즈호였습니다.

'미즈키 벽창호'에서 따온 미즈호였습니다.

소꿉친구니까 '미즈키'라는 호칭이 익숙했는지도 모릅니다. 하지만 좋아하기에는 그거면 충분했습니다. 세상에서 유일하게 나오키만 제 편인 줄 알았습니다.

나오키네 작은 누나에게 들었습니다. '어째서 어머니를 살해했는가'라는 질문에 나오키는 단 한마디로 이렇게 대답했다고 합니다.

"경찰에 체포당하고 싶었으니까."

유코 선생님, 마지막으로 한 가지 여쭤보아도 될까요?

선생님은 두 소년을 본인이 직접 제재하셨다는 사실을 지금 어떻게 생각하고 계신가요?

3장

자애자

慈愛者

대학 진학 후 두 번째 맞이하는 여름방학. 추석 때 귀성할 예정이었는데 그보다 약간 이른 7월 20일 새벽, 갑자기 아버지에게 전화가 걸려왔다.

용건은 두 가지. 첫 번째는 어머니가 살해당했다는 소식. 두 번째는 어머니를 살해한 사람이 남동생이라는 소식이었다.

어머니가 살해당했다면 나는 피해자의 가족이니 범인에게 증오를 퍼부으면 된다. 남동생이 살인을 저질렀다면 나는 이제 가해자의 가족이니 세간의 비난을 받으며 남동생의 갱생과 피해자에 대한 사죄를 고민해야 한다.

하지만 이 두 가지가 겹친 경우에는 어쩌면 좋을까.

당연히 세간도 매스컴도 한 가정의 문제라는 말로 조용히 덮어주지 않는다. 하룻밤 새에 우리 집에 쏟아지게 된 것은 동정도 아니고, 증오도 아닌…… 호기심 어린 시선이었다.

'존속 살인'은 최근에는 그리 드문 사건이 아니다. 뉴스에서 방송해도 '아, 또야?' 하는 정도이다. 그렇지만 '존속 살인'이라는 사건이 다른 사건에 비해 다소 흥미를 유발하기 쉬운 이유는 다른 가정의 일그러진 모습을 엿볼 수 있기 때문 아닐까.

일그러진 애정, 일그러진 교양, 일그러진 교육, 그리고 일그러진 신뢰 관계. 사건 당초에는 '설마 이 가정이?'라고 생각하더라도 속을 들여다보면 반드시 일그러진 요소가 나오고, 사건은 필연적으로 일어났다는 결론을 내린다.

뉴스를 보며 '우리 집은 괜찮을까?' 하고 불안감을 느끼는 사람도 있을지 모른다. 하지만 내게 그런 이야기는 언제나 남의 일이었다. 평범. 그것이 '시모무라 가', 우리 집을 표현하기에 딱 알맞은 단어였기 때문이다. 하지만 '존속 살인'이 우리 집에서 일어나고 말았다. 그렇다면 우리 집의 일그러진 모습은 무엇이었을까.

마지막으로 집에 돌아갔던 것은 올해 정월이었디.

새해 첫날에는 아버지와 어머니, 나하고 남동생, 넷이서 근처 신사에 새해 참배를 갔고, 집에 돌아와 어머니가 만든 정월 음식을 먹으며 느긋하게 텔레비전을 보면서 대학 축제에 온 코미디언 이야기를 했다.

이튿날에는 이웃 동네에 사는, 갓 결혼한 언니네 부부가 정초 인사를 와서 다 함께 쇼핑센터에 선물 세트를 사러 갔다. 부모님은 남동생의 2학기 성적이 월등히 상승했다며 전부터 갖고 싶어 했던 노트북을 사주셨고, 내가 '나오키만 사주고, 부러워'라며 예의 투정을 부리자 작은 핸드백을 사주셨다.

매년 변함없는 평범한 가정의 평범한 정월이었다. 어떤 징조가 있지 않았을까 싶어 대화 하나하나, 행동 하나하나를 되짚어 보아도 정말 짐작 가는 바가 전혀 없었다.

요 반년 사이에 뭔가 잘못될 만한 일이 있었던 걸까.

어머니의 시신에는 복부에 자상刺傷이 한 군데, 후두부에 타박상이 한 군데 있었다. 식칼로 찌른 다음, 계단에서 떠민 모양이었다. 마치 남 이야기를 하는 것 같지만, 나는 시신을 보고도 어머니가 돌아가셨다는 사실을 받아들일 수 없었고, 그렇게 만든 사람이 동생이라는 사실을 믿을 수도 없었다.

어째서 이런 일이 벌어지고 말았을까. 그것을 알지 못하면 어머니의 죽음을 받아들일 수가 없다. 그것을 알지 못하면 동생의 죄를 받아들일 수가 없다. 그것을 알지 못하면 아버지나 언니, 그리고 나…… 남은 가족들은 다시 일어설 수가 없다.

우리 집의 일그러진 모습을 내가 알게 된 것은 사건이 발생하고 이틀이 지난 후였다. 경찰이 알려주었다. 동생은 2학년이 되고 나서 단 한 번도 학교에 가지 않았던 것이다. 하지만 요 근래 등교 거부 아동이나 은둔형 외톨이는 그리 드물지 않다.

우리 집의 일그러진 모습은, 그것을 어머니 이외의 가족이 아무도 몰랐다는 점이다. 멀리 떨어진 외지에 사는 나나 이웃 동네에 사는 임산부인 언니는 그렇다 쳐도, 같은 집에 살고 있던 아버지조차 몰랐던 것이다. 아무리 출퇴근에 두 시간이나 걸리고 야근이 많다고 해도 아들이 학교에 다니지 않는다는 사실을 넉 달이나 눈치채지 못하는 부모가 과연 있을까.

아버지는 경찰의 질문에, 마지막 학기에 학교에서 일어난 사고 때문에 동생이 등교를 거부했던 것 같다고 대답했다. 원래 말수가 적은 아버지는 집안에 큰일이 터졌는데도 마치 남의 일처럼 묻는 말에만 짧게 대답했는데, 요약하면 이런 이야기였다.

올 2월, 내 동생을 가르치던 담임교사의 딸이 학교 수영장에 떨어져 죽었다. 동생은 우연히 그 자리에 있었지만 그 아이를 구하지 못했다. 담임교사는 딸의 죽음에 동생도 책임이 있다고 생각했다. 동생은 그게 마음에 걸려 담임교사가 퇴직했음에도 불구하고 학교에 가지 못하게 되었다.

그런 일이 있었다면 소심한 동생은 분명 신니지 못했을 것이다. 집에 틀어박히게 된 사정은 일단 이해할 수 있었다. 하지만 그게 어머니를 살해할 정도로 큰 문제였을까?

밖에 나가지 않게 된 동생은 집에서 어떻게 지냈을까. 어머니는 동생을 어떻게 대했을까…… 어머니가 돌아가신 지금, 그것을 아는 사람은 동생뿐이다. 하지만 나는 아직 동생을 직접 만날 수 없다.

자취를 시작했을 때 어머니가 내게 일기장을 사주셨던 것이 문득 생각났다.

"뭐든 힘든 일이 있으면 엄마가 언제나 들어줄 테지만, 의논할 마음이 들지 않을 때는 가장 믿음이 가는 사람한테 털어놓는다 생각하고 여기에 글을 쓰렴. 인간의 뇌는 원래 뭐든지 열심히 기억하려고 노력한단다. 하지만 어디든 기록을 남기면 더는 기억할 필요가 없다고 안심하고 잊을 수 있거든. 즐거운 기억은 머릿속에 남겨두고, 힘든 기억은 글로 적고 잊어버리렴."

어머니의 중학교 은사께서 하신 말씀이었다. 질병과 사고로 부모를 연달아 잃은 어머니에게 그렇게 말하며 일기장을 선물해주셨다고 했다.

나는 어머니의 일기장을 찾았다.

3월 1X일

나오키의 담임, 모리구치 유코가 집에 찾아온 것은 어제 일입니다.

애초에 저는 그 여자가 싫었습니다. 사춘기라는 예민한 시기에 접어든 아들의 담임이 싱글맘이라니 말도 안 된다고 교장 선생님께 편지를 쓰기도 했습니다. 하지만 어차피 공립 중학교이다보니 일개 보호자의 의견을 받아줄 리가 없지요. 아니나 다를까, 올 1월, 불량 고등학생이 나오키에게 시비를 걸어 아들이 경찰의 보호를 받았을 때도 그 여자는 가정을 우선하느라 우리 아들을 데리러 가지 않았어요. 그때 교장 선생님이 담임을 바꿔주었다면 나오키가 이런 사고에 휘말리는 일은 없었을 겁니다.

그 여자의 딸이 중학교 수영장에서 죽었다는 소식은 신문에서 보아 알고 있었습니다. 어린 자식을 잃은 건 안됐지만, 애초에 직장에 아이를 데려오는 것 자체가 이상하지요. 만일 직장이 학교가 아니라 일반 기업이었다면 아이를 데려왔을까요? 공무원이라는 직함에 대한 그 여자의 자만심과 안일한 생각이 사고를 유발하지 않았나 싶습니다.

그런데 그 여자가 불쑥 집에 찾아오더니 제 앞에서 나오키에게 유도심문 같은 짓거리를 하지 뭡니까. 처음에는 중학교 생활에 대해 묻더군요. 나오키는 테니스부에 들어갔다가 고문 선생님의 지도 방침과 맞지 않아 그만둘 수밖에 없었던 이야기, 그 후에 다니기 시작한 학원 이야기, 그리고 오락실에서 불량 고등학생들에게 휘말린 이야기, 자기는 피해자인데도 처벌받은 이야기를 했습니다.

곰곰이 들어보니 기대를 가득 품고 중학교에 입학했을 텐데 불쌍한 이야기뿐이었습니다. 어느 하나, 나오키는 전혀 잘못이 없는데 괴로운 일을 당하고 있었어요. 대체 이 여자는 뭘 하러 온 걸까, 울화통이 터졌습니다. 그런데 그 여자는 박차를 가하듯이 나오키에게 자기 딸의 사고에 대해 묻지 않겠어요?

"그런 건 나오키하고 상관없잖아요!"

저는 그만 거친 목소리를 내고 말았지만, 그다음에 들은 나오키의 대답에 할 말을 잃고 말았습니다.

"내 탓이 아니야."

기어들어가는 목소리로, 나오키는 그렇게 말했던 겁니다.

나오키는 마지막 학기 때 같은 반의 와타나베 슈야라는 아이와 친해졌습니다. 저는 와타나베가 방범 지갑을 만들어 상을 받았다는 소식을 신문에서 읽어 알고 있었기 때문에 나오키에게 우수한 친구가 생겼다는 사실이 기뻤습니다. 하지만 이 와타나베란 아이가 글쎄, 황당하기 짝이 없었어요.

와타나베는 '방범 지갑'이라는 이름의 전류가 흐르는 끔찍한 물건을 아무한테나 시험해보고 싶은 마음에, 나오키더러 그 대상을 고르라고 했습니다. 착한 나오키는 반 친구들 이름은 차마 대지 못하고, 분명 말려줄 거라 믿고 선생님 이름을 몇 명 댔습니다만 전부 거부당하고 말았습니다. 나오키는 어쩔 수 없이 그 여자의 딸아이 이름을 댔습니다. 분명 와타나베도 어린아이는 건드리지 않을 줄 알고 그랬겠지요.

하지만 와타나베는 악마 같은 소년이었습니다. 나오키의 제안이 진짜인 줄 알고 착실하게 준비를 진행했어요. 그리고 싫다는 나오키를 억지로 끌고 가 수영장에서 그 여자의 딸을 기다렸습니다.

그 광경을 상상만 해도 현기증이 날 것 같았습니다.

개에게 먹이를 주러 온 그 여자의 딸에게 먼저 말을 건 사람은 나오키였습니다. 와타나베는 나오키의 착한 천성을 이용한 거예요. 와타나베는 마음을 놓은 그 아이 목에 토끼 캐릭터로 된 주머니를 걸어주고 열어보라고 채근했습니다.

저도 쇼핑센터에서 우연히 보았던, 그 여자의 딸이 사달라고 졸랐던 주머니였습니다. 교육이라고 생각할지 모르지만, 싱글맘이라고는 해도 남들 이상의 월급을 받고 있으니 사람들 앞에서 그런 흉한 꼴 보이지 말고 얼른 사주었더라면 와타나베에게 이용당할 일도 없었을 거예요.

그 여자의 딸은 지퍼에 손을 댄 순간 쓰러졌습니다. 나오키는 눈앞에서 어린아이가 죽는 순간을 목격한 겁니다. 얼마나 무서 웠을까. 하지만 더 무서운 점은, 와타나베가 처음부터 그 아이를 죽일 속셈이었다는 사실입니다.

'다른 사람들한테 떠벌려도 돼.' 목적을 달성한 와타나베는 나오키를 두고 미련 없이 돌아갔습니다. 맘씨 착한 나오키는 그래도 친구를 감싸려 했던 거겠지요. 그 여자의 딸이 사고로 죽은 걸로 위장하려고 시체를 수영장 안에 빠뜨렸습니다.

"그때는 제정신이 아니었어서 기억이 잘 안 나."

나오키는 끝으로 그렇게 말했습니다. 당연하지요. 살인 사건에 휘말렸으니까요.

그 여자는 그 말을 듣고는 뭔가 그럴싸한 소리를 주절주절 늘어놓더니만 마지막에 이런 소리를 했습니다.

"경찰이 사고라고 판단했다면, 이제 와서 그 결과를 번복할 뜻은 없습니다."

선심이라도 베푸는 것처럼 무슨 뚱딴지 같은 소리를 하는지. 나쁜 건 전부 와타나베 아닌가요? 와타나베가 계획했고, 나오키를 이용한 거예요. 나오키도 피해자예요. 그 여자가 말하지 않는다면 제가 대신 경찰에 가서 와타나베를 고발하고 싶을 정도였어요.

하지만 나오키는 시체를 수영장에 빠뜨리고 말았습니다. 이건 무슨 죄일까요? 시체 유기? 아니면 살인 위장? 앞날이 창창한 나오키가 살인 공범자로 세간의 시선을 사는 일만은 피해야 합니다. 하는 수 없이 그 여자에게 감사하는 척했습니다. 저는 만족스러운 얼굴로 돌아가는 그 여자가 얄미워 미칠 것만 같았어요.

남편에게는 숨길 생각이었습니다. 하지만 그 여자가 돌아간 후에 배상금을 지불하는 편이 좋을지 모른다는 생각이 들었습니다. 나중에 협박당하지 않도록 깔끔하게 처리해야만 합니다.

하지만 돈 문제는 남편 모르게 변통할 수 없습니다. 회사에서 돌아온 남편에게 사건 이야기를 간단히 알리고, 그 여자 집에 전화를 걸어달라고 했습니다. 하지만 그 여자는 배상금을 거절했습니다. 대체 무슨 목적으로 우리 집에 왔던 걸까요.

남편은 경찰에 알리는 편이 낫다고 했습니다. 말도 안 되는 소리. 나오키를 공범으로 몰아넣으면 어쩔 셈이냐고 물어도, 나오키를 위해 그러는 편이 좋다고 하지 뭐예요. 아버지들이란 이래서 안 됩니다. 저는 사건에 대해 남편에게 이야기한 것을 후회했습니다. 역시 나오키는 제가 지켜야 해요.

애초에 저는 나오키의 고백을 도무지 믿을 수가 없었습니다.

어쩌면 나오키는 우연히 거기에 있었을 뿐이고, 무서운 와타나베에게 협박당해 자기도 도왔던 게 아닐까요. 아니, 어쩌면 사건 자체가 그 여자의 허풍이 아닐까요. 신문 기사대로 실수로 발이 미끄러져 아이가 수영장에 빠져 죽었다면, 보호자의 책임을 태만히 한 그 여자 잘못입니다. 그 여자는 그걸 인정하기 싫어 재수 없게 그 자리에 있었던 나오키와 와타나베를 협박해서 거짓 고백을 강요한 게 아닐까요? 자꾸만 그런 생각이 드네요.

만약 나오키가 정말로 사건에 휘말렸다면 제가 그걸 알아차리지 못했을 리 없습니다. 모리구치가 다그칠 때까지, 나오키가 제게 잠자코 있었을 리가 없습니다.

그래요, 분명 그런 거예요. 이건 전부 불쌍한 그 여자의 허풍입니다. 그렇다면 와타나베라는 아이도 피해자예요.

전부 그 여자 잘못입니다.

3월 2X일

오늘은 나오키네 학교 종업식이었습니다.

나오키는 그 여자가 집에 찾아온 이래로 마음의 문을 닫은 듯했지만 하루도 빠짐없이 등교했기 때문에 안심이 됩니다.

오늘은 집에 돌아오자마자 자기 방에 틀어박히더니 저녁도 먹지 않고 잠들어버리더군요. 아마도 긴장했던 탓에 피로가 한꺼번에 쏟아진 것 같습니다.

내일부터 한동안 방학인데, 새 학기에도 그 여자가 담임이라고 생각하니 어쩌나 우울한지요.

3월 2X일

나오키가 뜬금없이 결벽증에 걸린 것은 봄방학에 접어든 직후였습니다.

식사는 큰 접시에 한데 담지 말고 작은 접시에 덜어달라는 말을 꺼낸 것이 시초였어요. 제가 남긴 음식도 태연하게 먹던 아이가 말입니다. 그러더니 빨래도 자기 옷은 함께 빨지 말아달라느니, 자기가 들어간 다음에는 절대 욕조에 들어가지 말라느니 하는 소리를 연달아 하더군요.

이런 경우는 텔레비전에서 본 적이 있습니다. 사춘기의 독특한 경향이라고 판단하고 나오키 말을 들어주고는 있지만, 어찌나 철저한지 약간 상식을 벗어나지 않았나 하는 생각이 듭니다. 일단 자기 몸에 걸쳤던 옷가지나 사용한 물건을 절대 만지지 못하게 해요.

집안일은 한 번도 시킨 적이 없는 아이인데, 자기 손으로 설거지를 하고 빨래를 하게 되었습니다. 물론 자기 물건만 그렇지만…… 이렇게 써놓고 보니 뭔가 굉장히 착한 아이처럼 보이는데, 실제로 그러고 있는 모습을 보면 역시 불안해질 수밖에 없습니다. 고작 해야 접시와 밥그릇 몇 개뿐인데 흐르는 물에 세제를 써서 한 시간 가까이 씻어댑니다. 빨래도 색이나 무늬에 상관없이 멸균 표백제를 필요 이상 넣어 몇 번이고 몇 번이고 빨아댑니다.

마치 어느 날 갑자기 눈에 보이지 않던 몇만 마리의 세균이 보이게 된 사람처럼 행동하는 것이었어요.

그뿐이라면 극도의 결벽증이라고 이해하고 무슨 대책을 세울 수도 있었겠지만, 나오키의 경우는 그게 전부가 아니었습니다. 자기 자신에 대해서는 정반대의 행동을 취했던 겁니다.

일단 불결해요. 자기 몸에서 나온 것들을 떼어놓으려 하지 않습니다. 제가 몇 번이나 타일러도 머리를 빗으려고도 하지 않고, 양치질도 하지 않습니다. 그렇게 좋아하던 목욕도 싫어하게 되었습니다.

목욕을 시키려고 복도를 걸어가던 나오키의 등을 장난스럽게 욕실 쪽으로 살짝 민 적이 있었는데, 뭐가 어떻게 심기를 건드렸는지 지금까지 한 번도 보지 못했던 험악한 모습으로 건드리지 말라며 소리를 지르더군요.

나오키가 제게 언성을 높인 것은 처음이었습니다. 반항기니 어쩔 수 없다고 스스로를 위로해보지만, 역시나 너무 슬퍼서 홀로 눈물을 흘렸을 정도였어요.

그런데 그런 식으로 나오는가 싶다가도, 곧이어 엄마, 엄마, 하면서 제 방에 들어와 옛 추억담을 늘어놓기도 했습니다.

대체 나오키의 이 기묘한 행동은 언제까지 계속될까요.

3월 3X일

오늘, 이웃분이 여행에서 돌아와 교토의 유명한 화과자 가게에서 파는 모나카를 선물로 주셨습니다. 나오키는 옛날부터 화과자를 별로 좋아하지 않았지만, 모처럼 받은 거라 일단 방에 가서 먹을지 물어보기로 했습니다.

예상대로 필요 없다며 거절했는데, 잠시 후 "역시 먹어볼래" 하고 부엌으로 내려오는 게 아니겠어요? 나오키와 마주 앉아 과자를 먹기는 오랜만이라, 저는 제일 좋은 차를 끓이고 약간 긴장한 채로 나오키의 모습을 바라보고 있었습니다.

나오키는 모나카를 한 입 깨물더니, 그대로 단숨에 입안에 전부 쑤셔 넣었습니다. 그리고 맛있게 꿀꺽 삼키더니, 무슨 영문인지 눈물을 흘리기 시작했습니다.

"엄마, 모나카가 이렇게 맛있었구나. 난 지금까지 그런 걸 알려고 하지도 않았어……."

저는 그 눈물을 보고 마침내 깨달았습니다. 나오키의 결벽증이나 그와 상반된 행동은 사춘기나 반항기 때문이 아니라 그 사고 때문이었던 것입니다.

"나오키, 사양할 것 없단다. 전부 먹어도 돼."

제가 그리 말하자 나오키는 새 봉지를 열어 이번에는 천천히 한 입씩 곱씹듯이 먹기 시작했습니다.

분명 나오키는 사고로 죽은 그 여자의 딸을 생각하며 먹었겠지요. 눈물을 흘린 이유는 더는 맛있는 음식을 먹을 수 없는 그 아이를 가련히 여겼기 때문 아닐까요. 나오키는 착한 아이예요.

모나카를 먹었을 때만 그랬던 게 아닙니다. 언제 어느 때든 나오키의 머릿속에는 그 사고가 자리하고 있었습니다.

결벽증에 걸린 이유는 닦고 또 닦아도 씻어낼 수 없는 끔찍한 기억을, 그릇이나 빨랫감에 묻은 오물과 함께 필사적으로 씻어 내려 했기 때문 아닐까요. 그러면서도 자신을 청결히 하려 하지 않는 이유는 혼자만 쾌적한 생활을 보낸다는 사실에 죄책감을 품고 있었기 때문 아닐까요.

그리고 나오키는 지금도 여전히 자신에게 벌을 주고 있습니다.

나오키가 보인 요 며칠 동안의 기묘한 행동을 간신히 이해할 수 있었습니다. 어째서 그걸 좀 더 빨리 알아차리지 못했을까요. 나오키는 줄곧 제게 구원을 요청하는 신호를 보냈는데.

이렇게 되면 증오해야 할 사람은 역시 엉뚱한 의혹을 품고 나오키를 정신적으로 몰아붙인 그 여자입니다. 죄책감을 덜고 싶었다면 자기하고 똑같이 뻔뻔한 사람에게 책임을 전가하면 됐을 텐데. 마음 여린 나오키에게 그런 짓을 하다니, 비겁하다는 말밖에 떠오르지 않네요.

하지만 다행히 이틀 전에 배달된 성적표에는 모리구치 선생의 사임 인사장이 동봉되어 있었습니다. 그만둔다는 말은 역시 본인에게 떳떳치 못한 구석이 있었다는 증거겠지요. 학급 교체는 없다지만 담임만 바뀌면 문제없습니다. 교육에 열성적인 독신 남성 교사를 담임으로 붙여달라고 교장 선생님께 편지를 보낼 생각입니다.

나오키는 이제 아무것도 걱정할 필요 없습니다. 지금 나오키에게 필요한 것은 '망각'입니다. 잊기 위해서는 일기를 쓰면 됩니다.

생각해보면 힘들 때 일기를 쓰라고 제게 가르쳐주신 분은 중학시절의 은사였습니다. 저는 그렇게 훌륭한 선생님을 만났는데, 어째서 나오키는 그런 제비를 뽑고 말았을까요. 그래요, 꽝을 뽑은 거예요.

나오키는 아주 조금 운이 나빴을 뿐입니다. 앞으로는 좋은 일만 있을 거예요.

4월 X일

오늘 근처 문구점에 가서 자물쇠 달린 일기장을 샀습니다. 자물쇠가 달려 있어야 쏟아낸 감정을 가둬두는 효과가 있을 것 같아서요.

방금 전, 저는 나오키에게 일기장을 건네며 말했습니다.

"나오키, 지금 나오키의 가슴속에는 다 끌어안을 수 없을 정도로 힘든 일이 많이 쌓여 있을 거야. 하지만 그걸 계속 품고 있을 필요는 없단다. 엄마한테 보여달란 말 안 할 테니까, 지금 나오키가 생각하는 것들을 여기에 써보렴. 응?"

중학생 남자아이입니다. 일기라니, 혹시나 싫어할지도 몰라 걱정이 되었지만 뜻밖에도 나오키는 고분고분 받았습니다. 그리고 또 눈물을 흘리며 이렇게 말하는 것이었습니다.

"고마워, 엄마. 나, 글은 잘 못 쓰지만 열심히 써볼게."

그 말에 저도 울고 말았습니다.

괜찮아, 괜찮아, 나오키는 금방 극복할 수 있어. 그런 끔찍한 사고는 반드시 잊게 해줄게.

저는 그렇게 마음속으로 다짐했습니다.

4월 X일

원래 일기는 힘든 일이 있을 때 쓰곤 하는데, 오늘은 엄청나게 기쁜 일이 있어서, 역시 그 일을 쓰지 않을 수 없군요.

마리코가 '임신' 소식을 알리러 왔습니다. 이제 막 석 달째에 접어들어 겉보기로는 전혀 변함이 없었지만, 마리코의 표정은 어머니가 된다는 기쁨과 사명감으로 가득한 것 같았습니다.

나오키가 좋아하는 슈크림을 사왔기에, 셋이서 축하하자고 나오키를 부르러 방까지 갔지만 나오키는 밑에 내려오지 않았습니다. 감기 기운이 있어 누나에게 옮기면 안 된다고 하더군요.

마리코는 아쉬워했지만 "우리 남편보다 나오키가 훨씬 남을 배려할 줄 안다니까"라고 나오키를 칭찬하며, 아내가 임신 초기인데도 아랑곳없이 눈앞에서 태연하게 담배를 피우는 남편에 대해 불평을 늘어놓기 시작했습니다.

저는 마리코의 말을 듣고 깜짝 놀랐어요. 최근에 나오키의 기묘한 행동에만 정신이 팔려 그 아이의 진정한 모습을 놓치고 있었던 것입니다. 나오키가 착하기만 한 게 아니라, 임신중인 누나를 배려할 정도로 성장했다는 사실을 깨닫고 몹시 기뻤습니다.

더욱 기쁜 일은 마리코가 돌아갈 때, 현관 앞에 서서 잠시 이야기를 나누고 있었는데 나오키가 자기 방 창문을 열고 "누나, 축하해" 하고 말하며 손을 흔들어주었다는 사실이에요. 마리코도 "고마워, 나오키. 아기 귀여워해줘야 돼"라며 웃는 얼굴로 손을 흔들었습니다.

요새 확신을 갖지 못했지만, 그 모습을 보며 새삼 제 자식 교육은 틀리지 않았다고 확신했습니다.

제가 나고 자란 가정, 그것이 바로 제 이상이었습니다. 엄격한 아버지, 정숙한 어머니, 그리고 저와 남동생. 이웃과 친척 모두가 저희 가정을 부러워했습니다.

아버지는 집안일은 전부 어머니에게 맡기고 가속을 위해 밤낮을 가리지 않고 열심히 일하셨습니다. 덕분에 다른 가정보다 약간이나마 유복한 생활을 할 수 있었습니다.

어머니는 딸인 제게는 장래에 어디로 시집을 가도 부끄럽지 않도록 일반적인 교양이나 예의범절 등 세세한 부분까지 엄격하게 교육하셨습니다. 반대로 남동생에게는 항상 자신감을 갖고 자기 의지로 행동할 수 있도록 사소한 일이라도 칭찬해주고 깊은 애정으로 지켜보셨습니다. 또한 아버지가 아무 걱정 없이 일에 몰두할 수 있도록 집 안에서 발생하는 문제는 반드시 직접 해결하려고 노력하셨습니다.

하지만 행복한 가정일수록 불행은 빨리 찾아오는 법인가 봅니다. 아버지는 교통사고로, 어머니는 병환으로, 두 분 다 제가 중학교 때 연이어 돌아가시고 말았습니다.

친척집에서 저와 여덟 살 어린 남동생을 함께 맡아주었습니다. 그 후로는 제가 동생에게 어머니 대신이었습니다. 저는 어머니의 가르침을 잊지 않고 자신에게는 엄격하게, 동생에게는 어머니와 똑같은 태도로 대했습니다. 그런 보람이 있었던지 동생은 일류 대학에 진학했고, 일류 기업에 취직해, 훌륭한 가정을 꾸리고 세계를 무대로 활약하고 있습니다.

어머니의 가르침대로 하면 틀림없습니다.

여전히 나오키는 결벽증에 불결증(달리 적당한 말을 못 찾겠습니다)이지만, 일기장을 건네준 뒤로는 심기가 불편하지 않은 시간이 약간 늘어난 것 같습니다.

곰곰이 생각해보면 두 딸아이에게도 비슷한 시기가 있었어요. 마리코가 갑자기 피아노 학원을 그만두고 싶다고 했던 것도 중학생 때였고, 기요미가 제가 사온 옷을 입지 않게 된 것도 중학생 때부터였습니다.

나오키는 사춘기라는 예민한 시기에 끔찍한 사고에 휘말려, 스스로 앞길을 모색하고 있는 중이겠지요. 제가 흔들려서는 안 됩니다. 어머니가 동생에게, 그리고 제가 동생에게 그러했듯 사소한 일이라도 칭찬해주고 깊은 애정으로 지켜본다면 나오키는 반드시 본모습, 아니 한층 성장한 모습으로 돌아오겠지요.

지금은 봄방학. 느긋하게 휴식하면 됩니다.

4월 1X일

몇 년 전부터 '은둔형 외톨이'니 '니트족*'이니 하는 단어를 종종 접하게 되었습니다. 그런 현상에 해당하는 청년들이 해마다 증가해 사회적 문제가 되고 있다고 하더군요.

저는 항상 이런 현상에 해당하는 사람들, 학교에도 가지 않고, 일도 하지 않고, 집 안에서 빈둥거리는 청년들에게 이런 명칭을 부여한 게 문제라고 생각해요.

우리는 사회생활을 하면서 어느 집단에 속하거나 직함을 얻음으로써 안도하고 있지 않을까요. 어디에도 속하지 않고 아무 직함도 없는 것은 자기가 사회의 일원으로 존재하지 않는다는

---

* 학생도 직장인도 아니면서 구직활동도 직업훈련도 받지 않는 사람 혹은 무리.

말이나 다름없습니다. 보통 자기가 그런 입장이 되면 불안하고 초조해서 하루라도 빨리 자기 자리를 확보하려고 노력하지 않을까요.

하지만 어디에도 존재하지 않는 사람들에게 '은둔형 외톨이'니 '니트족'이니 하는 이름을 붙여버리면 그 시점부터 그것이 그 사람들의 소속이자 직함이 되고 맙니다. 사회 속에서 '은둔형 외톨이'나 '니트족'이라는 자리를 확보한 사람들은 그것만으로 안심하고 일하거나 학교에 가려는 노력을 그만두는 거예요.

사회 전체가 그런 존재를 받아들이고 말았다면 어쩔 수야 없겠지만, 그래도 저는 태연한 얼굴로 자기 자식이 '은둔형 외톨이'니 '니트족'이니 하고 떠드는 부모의 존재가 믿기지 않습니다. 부끄러운 줄도 모르고, 잘도 그런 소리가 나오는군요.

태연한 얼굴로 그런 소리를 하는 부모들은 하나같이 학교나 사회의 잘못으로 자기 자식이 '은둔형 외톨이'나 '니트족'이 되었다며, 가정 외의 장소에 원인이 있다고들 생각합니다.

그렇지 않습니다. 설령 계기는 학교나 사회에 있더라도 아이의 인격은 가정에서 그 근본이 형성되니까, 가정 내에 원인이 없기란 불가능하지 않을까요.

은둔형 외톨이의 원인은 가정에 있다. 그 논리로 생각해보면 나오키는 절내로 '은둔형 외톨이'가 아닙니다.

새 학기가 시작되고 오늘로 꼭 일주일이 지났지만, 나오키는 아직 단 하루도 등교하지 않았습니다. 첫날은 열이 있다고 해서 별로 추궁하지 않고 쉬게 했습니다. 학교에 전화하니 새 담임이라는 젊은 남자 선생님이 받으시더군요. 교장 선생님이 드디어 제 요청을 들어주셨다는 사실에 만족하면서, 당장 나오키에게도 알렸습니다.

"나오키, 이번 담임선생님은 젊은 남자 선생님이래. 분명 나오키에 대해서도 잘 이해해주시지 않을까 싶구나."

하지만 나오키는 이튿날도, 또 그 이튿날도 열이 있다는 핑계로 학교에 가려 하지 않았습니다. 열이 있다기에 이마에 손을 대 보려 하니 "무슨 짓이야!"라며 고함을 지르질 않나, 체온계를 건네니 열이 아니라 두통이 좀 있다며 얼버무리더군요.

아마 꾀병이겠지요. 하지만 게을러서 쉬려는 게 아닙니다. 학교에 가면 아무래도 그 사고가 떠오를 테고, 그런 마음이 나오키를 학교에서 떼어놓는 거겠지요.

나오키는 마음이 지친 겁니다. 그렇다면 의사 선생님께 제대로 진찰을 받아, 진단서를 받아야합니다. 언제까지고 설렁설렁 결석하다가는 학교나 이웃분들이 나오키를 '은둔형 외톨이'로 취급하고 말 거예요.

나오키는 싫어할지 모르지만, 어쨌든 병원에 한 번 가면 되겠지요. 지금은 일단 마음을 독하게 먹어야 합니다.

4월 2X일

오늘은 나오키를 데리고 이웃 동네 신경정신과에 갔습니다.

역시 나오키는 병원에 가기를 거부했습니다. 여기서 자기 자식에게 호되게 말하지 못하는 부모가 자식을 '은둔형 외톨이'로 만들고 마는 거라고 스스로를 타이르며 나오키에게 말했습니다.

"나오키, 병원에 가기 싫으면 지금 바로 학교에 가렴. 병원에 가서 제대로 진단서를 받으면 엄마가 내일부터 학교에 가란 말 하지 않을게. 나오키는 착각하고 있을지도 모르지만, 요새는 마음의 병도 질병이라고 제대로 인정해준단다. 그러니까 이야기만 해봐도 좋으니 가보자꾸나."

나오키는 잠시 생각하더니 이런 소리를 했습니다.

"혈액 채취 같은 거, 안 해?"

그러고 보니 나오키는 어렸을 때부터 주사를 싫어했어요. 그런 걱정을 했나 싶으니 나오키가 몹시 사랑스러웠습니다. 아직 어린애라니까요.

"괜찮아, 엄마가 주사는 놓지 말라고 말해줄게."

그렇게 말하자 나오키는 외출 준비를 시작했습니다. 곰곰이 생각해보면 나오키가 외출하는 것은 마지막으로 학교에 갔던 학기말 종업식 이래로 처음이었습니다.

병원에서는 간단한 내과 검진 후에 거의 한 시간에 이르는 상담을 받았습니다. 나오키는 무슨 질문을 해도 고개만 숙일 뿐이고, 자기 몸이나 마음 상태를 의사 선생님께 썩 제대로 설명하지 못하는 것 같아 제가 요 며칠간의 상황을 대신 설명했습니다.

작년 담임선생이 누명을 씌워 나오키가 학교를 불신하게 되었다는 점, 그 때문에 극도의 결벽증에 걸리고 말았다는 점 등을 말입니다.

나오키는 '자율신경 실조증'이라는 진단을 받았습니다. 무리해서 학교에 갈 필요 없으니 스트레스를 쌓아두지 말고 편안하게 지내도록 유의하라고 하셨습니다. 의사 선생님이 집에 있으라는 의무를 부여한 겁니다.

돌아오는 길에 뭐 맛있는 거라도 먹고 돌아갈까, 하고 말하니 나오키는 패스트푸드 햄버거라면 먹고 싶다고 했습니다. 저는 그런 가게는 별로 좋아하지 않지만 나오키 정도 되는 아이들이라면 때때로 먹고 싶기도 하겠지요. 저희는 역 앞 햄버거 가게에 들어갔습니다.

손에 묻지 않도록 냅킨으로 햄버거를 다시 싸다가 저는 깨달았습니다. 나오키가 패스트푸드를 선택한 이유는 결벽증 때문입니다. 이런 가게에서는 남이 사용한 식기를 사용하지 않아도 되고, 자기가 사용한 식기를 남이 사용할 우려도 없으니까요.

저희 옆 자리에는 네 살쯤 되어 보이는 여자아이와 그 어머니로 보이는 여성이 앉아 있었습니다. 이렇게 어린아이에게 패스

140

트푸드를 먹이다니. 못마땅하게 보고 있었지만 아이가 마시는 음료가 우유라는 걸 알고 안심했습니다.

하지만 아이가 손을 놓쳐 우유팩을 떨어뜨리고 말았어요. 바닥에 튄 우유는 나오키의 바짓단과 구두에도 묻고 말았습니다. 그 순간, 나오키는 안색이 변하더니 화장실로 뛰어 들어갔습니다. 모처럼 먹은 음식을 게워내고 말았는지, 자리로 돌아온 나오키의 안색은 백짓장 같았습니다.

마음만 지친 게 아니라 아무래도 몸 상태도 좋지 않은가 봅니다. 내일, 진단서를 학교에 보내고 한동안 느긋하게 쉬게 할 생각입니다.

5월 X일

나오키는 하루의 대부분을 청소로 보냅니다.

손톱이 길게 자란 손으로 그릇을 씻고, 구깃구깃한 빨랫감을 넙니다. 화장실도 볼일을 볼 때마다 그 몇 배나 되는 시간을 들여 멸균 세제로 변기와 벽, 문손잡이를 닦습니다.

제가 할 테니 그만 됐다고 해도 전혀 들으려 하지도 않고, 도와주려고 나오키의 그릇이나 빨랫감에 손을 대려 하면 건드리지 말라며 고함을 지릅니다.

나쁜 짓을 하는 게 아니니 내버려두면 그만일지도 모르지만, 뿌리에 있는 것이 그 사고라면 역시 어떻게든 해주어야 해요.

목욕은 일주일에 한 번 하면 그나마 나은 편이지만, 외출을 하지 않으니 지저분해지거나 땀을 흘리는 일이 없어 그리 나빠 보이지 않습니다.

저는 차를 마시는 시간이 가장 좋습니다. 그날 기분에 따라 다르지만, 나오키는 모나카를 먹은 이래로 맛있는 과자를 권하면 함께 먹는 날이 있습니다. "엄마가 구운 핫케이크가 먹고 싶어"라고 말한 날도 있었어요. 예전처럼 시장에 따라오는 일은 없지만, 시장에 가서 나오키가 좋아할 만한 과자를 고르는 일이 최근 저의 낙이랍니다.

나머지 시간은 컴퓨터를 하는지, 게임을 하는지, 자고 있는지 모르겠지만, 내내 자기 방에 틀어박혀 소리도 거의 내지 않고 조용히 지내는 듯합니다.

나오키는 차분히 인생의 휴식을 취하고 있는 거예요.

5월 2X일

오늘은 새 담임선생님인 데라다 요시키 선생님이 가정방문을 오셨습니다.

전화로는 몇 번 말씀을 나눈 적이 있었지만 직접 만나보니 온몸에 열정이 넘치는 분이어서 굉장히 인상이 좋았어요. 나오키는 만나기 싫다며 방에서 나오지 않았지만, 선생님은 제 이야기를 자기 일처럼 들어주셨습니다.

모든 과목의 수업 필기를 복사해 빠짐없이 가져다주셨습니다. 집에서 편히 쉬는 편이 좋다고는 하지만 학업 문제가 몹시 신경 쓰였던 터라, 정말 꼼꼼한 선생님이라고 감탄하며 무척 감사드렸습니다.

다만 마음에 걸리는 점은 선생님이 기타하라 미즈키와 함께 왔다는 점입니다. 동급생을 데려와야 나오키도 안심하고 이야기를 할 수 있을 거라고 마음을 써주셨는지는 모르지만, 그렇다면 더 멀리 사는 아이를 데려오셨더라면 좋았을 텐데 말이에요.

나오키의 병에 대해 학교에는 연락했지만, 그걸 선생님이 자기 반 학생들에게 어떻게 설명하셨는지는 모릅니다. 미즈키가 집에 돌아가 '은둔형 외톨이'라는 안이한 단어를 사용해 나오키 얘기를 했다가 그런 소문이 이웃에 퍼지면 큰일입니다. 내일이라도 당장 선생님께 전화를 걸어 감사 인사도 드릴 겸, 가능하면 친구들에게는 편지로 응원받고 싶다고 부탁할 생각입니다.

방금 전에 나오키의 방에 선생님이 가져다주신 필기 복사물을 전해주러 갔더니, 문을 열자마자 "이 무신경한 할망구, 쓸데없는 소리 지껄이지 마!" 하는 고함과 함께 사전이 한 권 날아왔습니다. 심장이 멎는 줄 알았습니다. 험한 말, 야만스러운 행동. 그런 나오키는 처음 봅니다. 대체 뭐가 심기를 건드렸을까요. 역시 학교를 떠올리면 마음이 불안해지는 걸까요. 저녁식사도 나오키가 그렇게 좋아하는 햄버거를 준비했는데 먹으러 내려오지 않았습니다.

하지만 데라다 선생님이라면 나오키를 구해줄 것 같습니다. 그렇게 생각하니 저도 마음을 굳게 먹고 힘을 낼 수 있을 것 같습니다.

6월 1X일

나오키의 결벽증은 여전하지만 설거지에도 지쳤는지, 자기 식사는 종이 접시에 담아달라더군요. 물은 종이컵에, 젓가락은 일회용 나무젓가락으로요. 경제적이지 못하고 쓰레기 양도 늘지만 그것으로 나오키가 침착해진다면야 당장 사러 갈 생각입니다.

목욕은 벌써 삼 주 이상 하지 않았습니다. 옷이나 속옷도 며칠째 똑같은 것을 입고 있어요. 머리카락은 기름지고 온몸에서 쉰내가 나기 시작했습니다. 너무나 비위생적이라 야단법석을 각오하고 젖은 수건으로 억지로 얼굴을 닦아주려 했지만, 나오키가 힘껏 밀어내는 바람에 계단 난간에 얼굴을 찧고 말았습니다.

이제는 간식을 함께 먹어주는 일도 없습니다.

그래도 화장실 청소는 하고 있습니다.

한때는 상당히 안정되었는데, 어째서 상태가 이 지경에 이르렀는지……. 분명 가정방문이 원인입니다. 일주일에 한 번, 금요일이면 데라다 선생님이 여전히 미즈키를 데리고 가정방문을 오는데, 그때마다 나오키가 자기 방에 틀어박히는 시간이 길어지는 것만 같아요. 집에서 편히 쉬라고 하면서 사실은 학교에 보내려는 속셈이 아닐까 하고 저를 못 믿는 건지도 모릅니다.

데라다 선생님도 그래요. 처음에는 열의 있는 분이라고 감탄했고 기대도 했지만, 회를 거듭할수록 아무 짝에도 쓸모없다는걸 깨달았습니다. 그 사람은 필기 복사물을 가져다줄 뿐, 학교방침이나 대책을 알려줄 생각은 전혀 없습니다. 교장 선생님이나 학년 주임과는 어떻게 의논하고 있는 걸까요.

학교에 전화를 걸어볼까도 했지만 나오키가 그걸 듣기라도 하면 그야말로 더는 방에서 나오지 않을 것만 같아, 한동안 학교와는 거리를 둘까 합니다.

7월 X일

같은 집에서 생활하고 있는데도 벌써 며칠째 나오키를 보지 못했습니다. 자기 방에서 한 발짝도 나오지 않게 된 것입니다.

종이 접시에 담은 식사를 방으로 가져다주어도 문 앞에 두라며 모습을 보이려 하지 않습니다. 목욕은 벌써 한 달은 하지 않았을 거예요. 옷이나 속옷을 갈아입는 기색도 없습니다.

그래도 화장실에는 가는 모양이지만, 되도록 제가 외출한 틈이나 다른 일을 하는 틈을 노리고 있는 듯해요. 외출에서 돌아와 화장실에 가보면 깨끗한데도 고약한 냄새가 남아 있습니다. 배설물과는 전혀 다른, 썩은 음식물 같은 냄새입니다.

나오키는 불결이라는 이름의 갑옷을 몸에 두르고 자기 방에서 농성을 하고 있습니다.

가만히 두면 회복될 거라 믿었습니다. 하지만 나오키는 점점 더 마음을 닫고 있습니다. 제가 좀 더 과감히 나오키의 마음 깊은 곳에 있는 공포와 불안에 맞서야만 할까요?

7월 1X일

바닥에 머리카락 한 올 없는 엄청나게 깨끗한 방에서 불결이라는 갑옷을 두른 나오키가 깊이 잠들어 있었습니다. 어지간한 일이 아니고서는 저녁까지 눈을 뜨지 않을 것입니다.

부모가 자식의 점심에 몰래 수면제를 넣다니, 있어서는 안 될 행위지만, 나오키에게서 불결이라는 갑옷을 떼어낼 방법은 이것 밖에 떠오르지 않았어요. 나오키를 완고하게 집 안에 가두고 있는 것은 나오키의 죄책감이 만들어낸 불결이라는 갑옷이니까요.

커튼을 꼭꼭 닫은 어슴푸레한 방 안, 고약한 냄새를 풍기는 나오키에게 천천히 다가가 잠든 얼굴을 굽어보았습니다. 기름과 때로 뒤덮인 얼굴 표면에는 하얗게 곪은 여드름이 군데군데 나 있었고 머리카락에는 딱지 같은 비듬이 잔뜩 들러붙어 있었지만, 그래도 저는 나오키의 얼굴을 어루만지고 싶은 마음을 억누르지 못하고 한 손으로 딱 한 번, 천천히 어루만졌습니다.

그리고 다른 손에 들고 있던 재단 가위를 천천히 나오키의 얼굴, 귀밑머리 부근으로 가져갔습니다. 이 가위로 준비물 주머니를 만들어주었던 기억이 문득 떠올랐습니다. 길게 자란 끈적끈적한 머리카락을 싹둑 자르자 커다란 소리가 나서 나오키가 도중에 눈을 뜨면 어쩌나 당황했지만, 그럭저럭 귀가 보일 정도로 자를 수 있었어요.

원래 잠든 사이에 이발까지 해줄 생각은 없었습니다. 어중간하게 흉한 모습으로 잘라놓으면 이발소에 갈 마음이 들지 않을까 싶었습니다.

불결이라는 갑옷에 흠만 내면 족했습니다.

머리맡에 머리카락이 흩어져 있었지만, 그것 때문에 목덜미가 가려우면 목욕도 할지 모른다고 생각하며 그대로 가위만 들고

147

조용히 방에서 물러났습니다.

짐승이 울부짖는 듯한 소리가 온 집 안에 울려 퍼진 것은 마침 저녁식사 준비를 시작했을 무렵이었어요. 그때는 그게 나오키의 목소리인 줄도 몰랐을 정도로 짐승 같은 목소리였습니다. 이층으로 달려가 조심스럽게 나오키의 방 문을 연 순간, 노트북이 날아왔습니다. 몇 시간 전까지 그렇게 깔끔했다는 사실이 믿기지 않을 정도로 방 안은 어지러웠습니다.

'와아'라고 하는 건지 '오오'라고 하는 건지 알 수 없는 기묘한 소리를 지르며 방 안에 있는 물건을 손에 잡히는 대로 벽에 집어던지고 있는 나오키는 이미 인간이라고 할 수 없었습니다.

"나오키! 그만해!"

스스로 놀랄 정도로 큰 소리가 나왔습니다. 나오키는 움직임을 뚝 멈추더니, 저를 돌아보고 억양 없는 목소리로 말했습니다.

"나가……."

그 눈에 비치는 것은 틀림없는 광기였습니다. 그래도 살해당한 가요로 품에 안아주었더라면 좋았을까요. 그때 저는 처음으로 제 자식이 진심으로 무섭다고 느끼고 도망치듯 나오키의 방에서 나올 수밖에 없었습니다.

이제 저 혼자 힘으로는 어떻게도 할 수 없습니다.

오늘은 반드시 남편에게 의논해야겠어요. 하지만 꼭 그럴 때면 제대로 쓸 줄도 모르는 휴대전화에 '야근이라 늦을 거야'라는 메시지가 들어오는 법입니다.

　이제 제가 할 수 있는 일은 일기를 쓰는 것뿐입니다.

　지금은 다시 잠이 들었는지, 바로 머리 위에 있는 나오키의 방에서는 아무 소리도 들려오지 않습니다.

7월 1X일

　일기를 쓰다가 그대로 거실에서 잠들어버린 저는, 새벽녘에 욕실에서 들리는 샤워 소리에 눈을 떴습니다. 남편이 돌아온 줄 알았는데, 욕실 앞에 떨어져 있는 옷은 나오키의 것이었습니다.

　나오키가 제 발로 목욕탕에 들어간 거예요. 어제의 짐승 같은 끔찍한 행동으로는 상상도 못할 일이지만, 나오키도 하룻밤 냉정하게 생각했나 봅니다.

　불결이라는 갑옷에 흠을 내는 작전은 훌륭하게 성공했습니다.

　샤워 소리는 그 후로도 한 시간 넘게 이어졌습니다. 도중에 혹시나 자살 같은 말도 안 되는 생각을 하고 있는 건 아닌지 불안해져 몇 번이나 욕실 앞까지 갔다가, 샤워 소리에 섞여 의자를 움직이는 소리나 목욕 수건으로 문지르는 소리가 들리는 것을 확인하고 기실로 돌아왔습니다. 두 달 가까이 목욕을 하지 않았으니 시간이 걸리는 것도 당연하지요.

욕실에서 나온 나오키를 본 저는 무심코 앗 하고 소리를 지르고 말았습니다. 나오키가 머리를 홀랑 밀지 않았겠어요?

놀라기는 했지만 그게 가장 청결하다 싶었습니다. 개운하게 머리를 민 나오키는 마치 모든 번뇌를 씻어낸 수도승처럼 보였습니다. 손톱도 짧게 깎았고, 속옷도 겉옷도 제가 사두었던 새 옷을 입고 있었습니다.

하지만 저는 눈앞에 선 나오키를 보고 솔직하게 기뻐할 수가 없었습니다. 모든 것을 씻어낸 나오키는 인간의 감정까지도 씻어버린 게 아닐까 싶을 정도로 얼굴에 아무런 표정도 없었습니다.

무슨 말을 해야 할지 몰라 고민하고 있으려니 나오키가 먼저 입을 열었습니다.

"지금까지 잘못했어. 잠깐 앞에 편의점 좀 다녀올게."

억양이 하나도 없는 목소리였어요.

게다가 목욕을 하는가 싶더니 이번에는 밖에 나간다고 합니다. 나두 모르게 "엄마도 같이 갈까?" 하고 말했지만 거절하더군요. 뒤쫓아 가볼까 하는 생각이 강렬히 끓어올랐지만, 도중에 들키면 어젯밤의 고생이 물거품이 되겠지요. 꾹 참고 집에서 기다리기로 했습니다.

나오키를 배웅하러 현관까지 나갔다가, 그제야 깨달은 사실이 있습니다. 계절은 벌써 여름이었습니다.

7월 1X일

 이제부터 쓰는 내용은 나오키가 편의점에 다녀온 수십 분 후의 일이지만, 시간이 며칠 흐르고 말았습니다. 그만큼 제가 받은 충격은 컸습니다.

 돌아오자마자 아침식사를 할 수 있도록, 저는 부엌에서 나오키가 좋아하는 베이컨이 든 스크램블드에그를 만들고 있었습니다. 그러고 있는데 평소에는 거의 울리지 않는 제 휴대전화가 울리기 시작했습니다.

 불길한 예감이 들었고, 그것은 적중했습니다. 전화를 건 사람은 근처 편의점 점장이었습니다. 아드님을 보호하고 있으니 데리러 오라고 하더군요.

 도둑질을 했구나……. 집에서 나갈 때 돈은 충분히 쥐어줬는데, 정신이 아직 불안정한 상태로 밖에 나갔다가 충동적으로 저지른 게 아닐까 싶었습니다.

 하지만 나오키가 취한 것은 더욱 기묘한 행동이었습니다. 점원의 말에 따르면, 가게에 들어온 나오키는 어슬렁어슬렁 가게를 한 바퀴 돈 다음 주머니에 손을 넣는가 싶더니(주위를 의식하면서 손을 넣기에 점원은 물건을 훔친 줄 알았답니다) 그 손으로 닥치는 대로 삼각 김밥, 도시락, 페트병 뚜껑 등 가게의 상품을 만지기 시작했다는 겁니다.

그것만으로도 충분히 기묘한 행동이기는 하지만 붙들릴 정도는 아니지요. 나오키는 피로 범벅이 된 손으로 그런 짓을 했던 겁니다. 가게의 모든 상품에 자기 피를 질척하게 묻히며 돌아다녔던 거예요. 나오키는 응급처치로 가게에서 파는 붕대를 오른손에 둘둘 말고 있었습니다. 점원에게 들킨 후에 나오키가 직접 했다고 합니다. 나오키의 주머니에는 집 세면대에 놓아두었던 교체용 면도날이 들어 있었습니다.

점장도 이런 경우는 처음이라 어떻게 대응해야 좋을지 몰라서 나오키의 휴대전화 1번에 등록된 제 번호로 연락했다고 합니다. 가게 사람들이 뭐라 물어도 나오키는 침묵으로 일관했지만, 범죄라고 할 만한 행위는 아니었기 때문에 경찰에 신고하지 않고 나오키의 피가 묻은 상품을 전부 구입하는 조건으로 용서받을 수 있었습니다.

집으로 돌아오는 길에도 나오키는 한 마디도 하지 않았습니다. 아침식사를 준비하고 있었던 터라 그대로 부엌에 들어가자 나오키도 따라오더니 잠자코 식탁에 앉더군요. 난장판이 된 방에 돌아가기 싫었던 건지도 모릅니다. 저도 묵직한 쇼핑 봉투를 식탁 위에 놓고 맞은편에 앉았습니다.

"엄마 좀 보렴, 나오키. 어째서 이런 짓을 했니?"

대답할 거라 생각하지는 않았지만, 묻지 않을 수 없었습니다. 하지만 나오키는 대답해주었습니다.

"……경찰에 체포당하고 싶어서."

억양 없는 담담한 목소리였습니다.

"경찰이라니, 무슨 소리니? 나오키는 아직 그 사건을 마음에 두고 있는 거니? 나오키는 아무 잘못도 없어. 아무 걱정 하지 않아도 돼."

이 말에는 아무 대답도 없었습니다. 하지만 사고에 대해 둘이서 이야기를 나누다니, 지금까지 없었던 일입니다. 저는 이게 나오키가 다시 일어설 기회라 생각하고 애써 밝게 행동했습니다.

"아아, 왠지 배가 고프네. 그러고 보니 엄마는 이런 곳에서 파는 삼각 김밥은 먹어본 적이 없었어. 모처럼 샀으니 하나 먹어볼까?"

저는 편의점 봉투에서 삼각 김밥을 하나 꺼냈습니다. 참치 마요네즈라고 쓰인 비닐 포장지에는 나오키의 피가 찐득하게 들러붙은 채 갈색으로 굳어 있었습니다.

"아, 그거 안 먹는 게 좋을걸. 에이즈에 걸려 죽을 테니까."

나오키는 그렇게 말하더니 제 손에서 삼각 김밥을 빼앗아 포장지를 뜯고 먹기 시작했습니다. 나오키의 행동도, 어째서 에이즈라는 말이 나오는지도, 이해할 수 없었습니다.

"엄마는 나오키가 무슨 말을 하는지 하나도 모르겠구나. 무슨 뜻이니? 에이즈라니?"

"모리구치 선생님이 나한테 에이즈에 걸리는 바이러스가 든 우유를 먹였거든."

나오키는 안색 하나 바꾸지 않고 이렇게 끔찍한 고백을 했습니다. 나오키의 말을 몇 번이고 머릿속으로 곱씹는 사이, 서서히 온몸에 소름이 돋기 시작했습니다.

"나오키, 그게 정말이니?"

"그래. 종업식 날 선생님이 그렇게 말했어. 모리구치 선생님네 아이 아버지가 세상을 바꾸는 철부지 선생님이래. 엄마, 그 사람 좋아했지? 세상을 바꾸는 철부지 선생님은 암으로 죽었다고들 하지만, 사실은 에이즈로 죽은 거야. 모리구치 선생님이 그 사람 피를 나하고 와타나베의 우유에 섞었어."

끔찍한 고백을 하고 있는데도 불구하고 무표정했던 나오키의 얼굴에는 어딘지 모르게 개운한 표정이 어른거렸습니다. 저는 가만히 앉아 있지 못하고 개수대에서 몇 번이고 토악질을 했습니다. 그 여자는. 악마야······.

에이즈 바이러스. 제가 사랑하는 아들은 HIV에 감염된 것입니다. 나오키는 그런 보복을 당했는데 제게도 털어놓지 못하고 여태껏 혼자 참고 있었어요.

결벽증도, 불결증도, 맛있는 음식을 먹으며 눈물을 흘렸던 것도, 전부 이해할 수 있었습니다. 나오키는 부조리하고 냉혹한 보복을 당했으면서도 여전히 부모와 누나를 걱정하고 있었습니다. 그리고 살아 있다는 사실의 위대함에 감사하고 있었던 겁니다.

"나오키, 엄마하고 같이 병원에 가자꾸나. 응? 엄마가 나오키 얘기 잘 해줄 테니까. 응?"

가능하다면 나오키의 온몸에 흐르는 피를 지금 당장이라도 바꾸어주고 싶었습니다. 저 혼자만 흥분했고, 나오키는 몹시 냉정했습니다.

하지만 악몽은 아직도 계속되었습니다. 그 후의 대화에서, 저는 나락의 밑바닥으로 굴러 떨어지고 말았던 것입니다. 도저히 요약해서 쓸 수 있는 내용이 아니니 그대로 쓰고자 합니다.

"병원보다 경찰에 가자."

"경찰? 그래, 모리구치를 체포해달라 그래야겠구나."

"아니야, 나를 체포해달라고 가는 거야."

"무슨 소리를 하는 거니? 어째서 나오키가 체포당해야 하는 건데?"

"그야, 내가 살인자니까."

"나오키가 살인자라니, 말도 안 되는 소리! 엄마는 이것도 믿지 않지만, 나오키는 시체를 수영장에 빠뜨렸을 뿐이잖니?"

"모리구치 선생님이 그러는데, 그 애는 정신을 잃고 있었을 뿐이래. 그걸 내가 수영장에 빠뜨렸기 때문에 죽은 거래."

"그런, 설마……. 하지만 그렇더라도 나오키는 몰랐으니까 사고잖니?"

"아니, 그렇지 않아."

나오키는 얼굴 한가득 웃음을 띠며 이렇게 말했습니다.

"그 애, 내 눈앞에서 눈을 떴거든. 그랬는데 내가 수영장에 그 앨 던져버렸어."

오늘은 더 쓰지 못하겠어요.

7월 1X일

방금 전, 그 멍청한 교사 데라다가 찾아왔습니다. 그리고 말도 안 되는 짓을 했습니다. 현관 앞에서 이웃에 전부 들릴 만큼 큰 소리로 나오키가 학교에 가지 않고 있다는 사실을 떠벌린 것입니다.

그것도 모자라 학급 아이들이 무어라 쓴 색지까지 주었습니다. 붉은 매직으로 눈에 띄게 큼직하게, 이런 메시지가 적혀 있었습니다.

살다보면 세상이 힘들 수도 있지만

인간은 함께 살아가는 존재야

자, 이제 행복을 되찾아야지

죽 기다릴게

어서 돌아와!

공들여 만든 암호라고 생각하나보지요? 데라다는 모를지 몰라도, 저는 바로 알았습니다. 머리글자를 합하면 '살인자, 죽어' 아닙니까? 나오키는 살인자예요. 이런 메시지를 재미있다고 쓰는, 지성도 교양도 없는 무식한 인간들에게도 멸시당하는 살인자입니다.

하지만 덕분에 저도 결심이 섰습니다.

나오키는 와타나베라는 소년이 살해한 모리구치의 딸을 수영장에 빠뜨렸을 뿐. 저는 그것조차 그 여자의 허풍이라고 믿고 있었습니다. 그런데 진실은 더욱 끔찍했습니다.

나오키는 정신을 잃은 그 여자의 딸이 의식을 되찾은 후에 수영장에 집어던졌습니다. 고의로 사람을 죽인 겁니다.

그날 모리구치와 함께 들었던 나오키의 고백이 어딘가 거짓되게 들렸던 이유는 나오키가 거짓말을 하도록 그 여자가 유도했기 때문인 줄 알았습니다. 그렇기에 저는 나오키의 결백을 믿었어요. 하지만 그것은 나오키가 고의로 거짓말했기 때문이었습니다.

나오키에게 들은 잔혹한 진실은 믿고 싶지 않았지만, 거짓말이라는 생각은 들지 않았습니다.

저는 나오키의 어미예요. 아들이 거짓말하는 것쯤이야 꿰뚫어볼 수 있습니다.

"그 애가 눈을 떴는데도 수영장에 던진 건 무서워서 그랬던 거지?"

잔혹한 고백을 한 나오키에게 저는 몇 번이고, 몇 번이고, 거듭 물었습니다. 어리석은 어미인 줄은 저도 압니다. 하지만 아들이 살인을 저질렀다고 인정했어도 그 동기는 공포 때문이길 바랐습니다.

하지만 나오키는 그렇다고 말하지 않았습니다.

"엄마가 그렇게 생각하고 싶으면 그렇게 해."

이 말만 고집할 뿐, 끝까지 나오키는 어째서 모리구치의 딸을 죽였는지 가르쳐주지 않았습니다. 그러기는커녕 전부 털어놓고 속이 풀렸는지 어딘지 모르게 당당해져서는, 입만 열면 응석을 부리듯 "빨리 경찰서에 가자"라는 소리만 되풀이하고 있습니다.

나오키는 불결이라는 갑옷과 함께 남들 이상으로 가지고 있던 상냥한 마음씨도 씻어내버리고 말았습니다. 이제 제가 사랑했던 나오키는 없습니다. 인간의 마음을 잃고, 당당하게 구는 살인자 아들에게 어미인 제가 해줄 수 있는 일은 하나밖에 없습니다.

여보, 지금까지 고마웠어요. 건강 조심하세요.

마리코, 할머니가 되지 못하는 게 한이구나. 튼튼한 아이를 낳으렴.

기요미, 강하게 살아라. 꿈을 이루려무나.

저는 나오키를 데리고 한 걸음 먼저 사랑하는 아버지, 어머니 곁으로 갑니다.

○

　어둠 속에서 몸부림을 쳐도, 진실이 밝혀지면 조금이라도 출구가 보일 줄 알았다. 하지만 어머니의 일기를 다 읽은 지금, 나는 출구는커녕 내가 디딜 발밑조차 잃고 말았다.

　어머니가 먼저 동생을 죽이려 했다. 이것은 동생이 집에 틀어박혀 있었다는 말을 들었을 때, 바로 머리를 스친 생각이었다. 자기 이상을 깊이 추구하며, 올바르게 사는 일만이 행복이라고 믿어 의심치 않았던 어머니라면 선택하고도 남을 수단이었다.

　하지만 어머니는 내 예상만큼 생각이 짧지 않았고, 동생이 학교에 가지 않는 것을 인생의 휴식으로 받아들이고 조용히 지켜보았다. 항상 동생 문제라면 무슨 일을 해도 하나부터 열까지 간섭하지 않고는 못 배기던 어머니가 그저 조용히 지켜보다니, 상당한 각오 끝에 결정한 행동이었을 것이다.

　동생이 망가져버린 것은 결코 어머니가 머리를 자른 탓이 아니다. 그 아이는 이미 망가지기 직전이었을 것이다. 동생이 어머니에게 자기가 살인을 저질렀다는 사실을 고백하는 것은 시간문제였다.

　이미 일어난 일에 가정이란 없지만, 그래도 생각해본다. 보름만 더 버텨주었더라면, 나는 그 집에 돌아갔을 것이다. 어머니의 일기에 적혀 있던 그런 상태의 동생을 과연 어떻게 대했어야 했을지, 나는 지금도 모르겠다. 하지만 둘이 있었더라면 어떻게든 되지 않았을까.

둘이 있었더라면……. 아버지는 정말 아무것도 몰랐을까. 사실은 집에 이변이 벌어졌다는 사실을 알면서도 모르는 척했던 게 아닐까.

내가 이런 생각을 한다는 사실을 알면 어머니는 화를 낼지 모르지만, 아버지는 이 소동에서 도피하려고 우울증에 걸린 시늉을 할 것이다. 시늉이 아니라 절반은 진짜겠지만. ……동생의 약한 면은 아버지에게서 물려받은 거니까.

어머니의 이상은 어디까지나 이상이지, 우리 집은 정말 별 볼 일 없는, 하지만 이제 와서 생각해보면 무척 행복한, 평범한 가정이었다.

언니는 사건의 충격 때문에 유산 기미가 있어 병원에 입원했다. 그 병원에까지 들이닥치려는 취재진이, 동생이 학교에서 일으킨 사건을 알아내기까지는 얼마나 걸릴까. 어쩌면 벌써 눈치챘을지도 모른다.

시간이 없다.

동생은 무슨 질문에도 입을 다물고 있다고 들었다.

마지막 날 어머니가 남긴 일기는 유서로 인정해주지 않을까? 먼저 죽이려 했던 사람이 어머니라는 사실을 알면 동생의 행위는 정당방위로 성립되지 않을까? 동생이 신경정신과에 다녔던 기록과 대조하면…… 무죄가 되지 않을까?

언니를 위해서도, 아버지를 위해서도, 나 자신을 위해서도, 그리고 어머니를 위해서도, 동생을 무죄로 만들어주고 싶다.

하지만 그것은 동생의 본심을 확인한 후에 할 일이다.

4
장

구도자

求
道
者

눈앞에는 하얀 벽. 뒤에도 하얀 벽. 오른쪽도 왼쪽도 하얀 벽. 위쪽도 아래쪽도 하얀 벽.

나는 언제부터 이 좁고 새하얀 방 안에 혼자 있었을까. 어디를 둘러보아도 벽에는 언제나 그 사건의 영상이 무한반복으로 펼쳐진다.

벌써 몇 번을 보고 또 보았을까. 아아, 또 처음부터 시작이다…….

발갛게 시린 코끝으로 터벅터벅 걷고 있는 중학생— 시작의 날

싸늘한 바람에 몸을 움츠리며 등을 구부리고 걷는 나를, 반팔

셔츠에 반바지 차림으로 달리는 테니스부 놈들이 앞지른다. 학원에 가려고 역까지 달음질치는 놈들이 앞지른다. 나는 나쁜 짓을 하는 게 아니라 그저 집에 돌아가는 것뿐인데도 어딘지 모르게 눈치가 보여, 등을 더욱 구부리고 아무하고도 눈을 마주치지 않도록 신발 끝만 보면서 서서히 걸음을 서둘렀다. 돌아가봤자 아무 할 일도 없는데…….

운이 없었다. 중학교에 입학한 다음부터 나는 지지리도 운이 없었다. 해가 바뀌자 더더욱 운이 없었다. 뭣 때문이냐고? 대인 관계, 특히 선생님 때문이다. 동아리 선생도, 학원 강사도, 학급 담임도, 어째선지 나한테만 호되게 군다. 그 탓에 요사이 같은 반 놈들까지 나를 우습게 여기는 것 같다.

내가 반에서 함께 도시락을 먹는 녀석은 기차와 성인 게임을 좋아하는 얼간이 두 명이다. 반에서 처음으로 처벌받은 뒤 나하고 제대로 말을 섞어주는 사람이 이 두 녀석뿐이니 별 수 없다. 그렇다고 그 녀석들이 친절한가 하면 그렇지도 않다. 단순히 자기가 좋아하는 분야 외에는 관심이 없기 때문이다. 내가 말을 거니까 대답한다, 그뿐. 하지만 혼자 있는 것보다는 나았다. 그런데도 나는 그 녀석들하고 함께 있는 모습을 같은 반 여학생들이 쳐다보면 부끄러워 견딜 수가 없다.

학교에 가기 싫다. 하지만 엄마한테 그런 이유로 빠지고 싶다는 말은 도저히 할 수 없다. 말하면 분명 실망하겠지. 나는 지금

단계에서도 충분히 엄마의 기대를 저버리고 있는 자식이니까. 엄마의 기대, 그것은 남들 위에 서는 인간이 되는 것. 엄마의 남동생, 고지 외삼촌처럼.

엄마는 그런 나를 친척이나 이웃들에게 착하다고 자랑한다. 착하다는 게 뭘까. 봉사활동이라도 하면 또 모를까, 나는 착하다는 말을 들을 만한 행동을 한 기억이 없다. 칭찬할 점이 없으니 어쩔 수 없이 착하다는 말로 둘러대는 것이다. 그렇다면 차라리 칭찬하지 않는 편이 낫다. 나는 꼴찌가 되기는 싫지만, 일등이 되지 못한다고 시샘하지도 않으니까.

철들 때부터 한결같이 칭찬만 받으며 자란 나는, 내가 머리도 좋고 운동도 잘하는 줄 알았다. 하지만 아무리 시골이라도 그럭저럭 학생 수가 많은 초등학교에 다니다보니 3학년이 되었을 무렵에는 그게 단순히 엄마의 소망이었고, 현실의 나는 기껏 노력해봤자 중상위가 고작이라는 사실을 깨달았다.

그래도 초등학생 때까지 엄마는 내가 받은 유일한 상장을 액자에 넣어 거실에 장식해놓고 집에 오는 모든 사람들에게 끝없이 자랑했다. 3학년 때 서예 대회에서 3등상을 탔을 때 받은 상장이다. 아마도 히라가나로 '선거'라고 썼던 것 같다. 그때 담임선생님이 정직한 글자라고 칭찬했던 기억이 난다.

그런 자랑은 결국 중학생이 되니 하지 않게 되었지만, 대신 시도 때도 없이 '착하다'는 말을 연발하게 되었다. 하지만 그 이상으로 싫었던 건 엄마가 때때로 학교에 편지를 쓰는 일이었다. 눈치를 챈 건 1학기 중간고사가 끝난 후였다.

담임인 모리구치가 종례 시간에 종합 점수 상위 세 명을 발표했다. 딱 보기에도 공부 잘하게 생긴 아이들이었다. 나는 박수를 치면서 굉장하다는 생각은 했지만, 분하다는 생각은 들지 않았다. 비교할 수 있는 수준이 아니었기 때문이다. 이웃에 사는 미즈키가 2등이었기 때문에 저녁을 먹으며 엄마한테 그 얘기를 했더니 관심 없다는 듯 "어머, 그러니" 하고는 끝이었다. 그랬는데, 며칠 후, 우연히 거실 쓰레기통에 버려진 편지 쪼가리를 발견하고 말았다.

'개개인의 인격을 존중하는 작금에, 시대 흐름에 역행하여 아이들 앞에서 성적 상위자를 발표하는 교사가 있다는 사실에 불안감을 금치 못하겠습니다.'

보자마자 담임에 대해 불만을 토로하는 편지라는 것을 알았다. 나는 당장 그 편지를 가져가 부엌에 있던 엄마에게 따졌다.

"엄마, 학교에 이런 편지 쓰지 마. 내가 공부 못한다고 시샘하는 것 같잖아."

그러자 엄마는 온화하게 이렇게 말했다.

"어머, 나오키, 무슨 그런 소리를 하니? 시샘을 하다니? 엄마는 등수를 매기는 일이 나쁘다는 게 아니란다. 시험 등수만 발표했다는 사실에 항의하는 거야. 시험 성적이 좋은 아이만 특별하니? 우수한 인간인 거니? 그렇지 않지? 하지만 선생님이 착한 아이에게 등수를 매겨주니? 청소를 열심히 한 아이에게 등수를 매겨주니? 그걸 아이들 앞에서 꼬박꼬박 발표해주니? 엄마가 하고 싶은 말은 그거란다."

비참해 죽겠다. 말은 그럴싸하게 하지만, 만약 선생님이 성적 상위자로 내 이름을 불렀더라면 이런 편지는 절대 쓰지 않았겠지. 엄마는 그저 실망하고 있는 거다.

그 후로 엄마가 '착하다'고 자랑할 때마다 나는 비참했다. 비참해, 비참해, 비참해……

따릉따릉, 뒤에서 나는 소리에 걸음을 멈추자 자전거를 탄 같은 반 여학생이 시원스레 나를 앞질렀다. 얼마 전까지는 '시모무라, 잘 가' 하고 말을 걸어주었던 아이다. 나는 울리지도 않은 휴대전화를 주머니에서 꺼내 메시지를 확인하는 시늉을 하다가, 감기도 아닌데 요란하게 코를 훌쩍이고는 다시 걸음을 뗐다.

그런 내 등을 갑자기 두드리는 녀석이 있었다.

"야, 시모무라. 오늘 한가하냐? 굉장한 비디오를 손에 넣었는데 너도 볼래?"

깜짝 놀랐다. 2월에 자리를 바꾸면서 옆자리가 되기는 했지만, 나는 그 녀석하고 말을 나눈 적이 거의 없었다. 초등학교도 달랐고, 같이 주번이나 당번 활동을 한 적도 없다.

게다가 나는 와타나베가 좀 거북하기도 했다. 머리 구조가 완전히 다른 것이다. 그 녀석은 학원도 안 다니는데 시험만 봤다 하면 모든 과목이 거의 다 만점에, 여름방학 때는 과학 공작전 전국 대회에서 입상도 했다. 하지만 거북한 점은 그게 다가 아니다.

와타나베는 평소 혼자 있는 시간이 많다. 아침이나 쉬는 시간에는 대개 어려워 보이는 책을 읽고 있는 데다, 방과 후에는 동아리 활동도 하지 않고 곧장 학교에서 사라진다. 요즘 내 상황하고 비슷한데도, 결정적으로 다른 점은 그게 비참해보이지 않는다는 사실이다.

친구가 없는 게 아니라, 자기가 사람들을 피한다. 멍청이들하고 어울릴 이유가 없다, 그런 느낌. 그런 점이 거북하다. 왠지 고지 외삼촌이 떠오른다.

그런데도 와타나베는 우리 반 남학생들이 한 수 접어주는 존재다. 이상한 감언이설을 늘어놓으며 그 녀석 비위를 맞추려는 멍청한 놈들이 있을 정도이다. 공부를 잘해서 그런 게 아니다. 다들 그런 이유로 경의를 표하지는 않는다. 녀석은 그 재능으로 성인 비디오의 모자이크 부분을 구십 퍼센트 가까이 제거하는 데 성공했기 때문이다. 하여간 엄청 선명하게 보이는 모양이다.

그런 소문을 들으면 나도 보고 싶지만, 제대로 말해본 적도 없는데 무턱대고 성인 비디오 좀 빌려달라는 말을 할 수는 없었다.

그런데 와타나베가 먼저 말을 걸어왔다. 대체 어찌된 영문이지?

"왜 난데?"

놀리는 건지도 모른다. 같은 반 놈들이 어디 숨어서 내가 어떻게 반응할지 흥미진진하게 구경하고 있을지도 모른다. 그런 생각에 주위를 살펴보았지만 누가 보는 기척은 없었다.

"전부터 너하고 얘기해보고 싶었어. 하지만 좀처럼 기회가 있어야지. 왜, 넌 은근히 여유가 있잖아. 그게 왠지 부럽더라고."

와타나베는 그렇게 말하더니 약간 쑥스러운 표정으로 씩 웃는 것 같았다. 어색한 표정이었지만, 그 녀석이 웃는 얼굴은 처음 보았다.

그나저나, 부럽다고? 내가 와타나베를 부러워한 적은 있어도 그 반대라니, 도저히 상상이 안 간다.

"어째서?"

"다들 날 공부벌레라고 생각하잖아. 죽어라 공부만 하는 건 부끄럽잖아."

"그래? 난 그런 생각 안 드는데……."

"아니, 정말 완전 실패야. 거기에 비하면 너는 1학기에는 여유 부리면서 애들을 관찰하다가 2학기에 갑자기 성적이 올랐잖아."

"뭘, 별거 아니야. 네 발치도 못 따라가."

"하지만 아직 온힘을 쏟은 게 아니잖아. 왠지 멋진걸."

멋져? 내가? 그런 소리는 태어나서 지금까지 남자한테서도 여자한테서도, 심지어 엄마한테서도 들어보지 못했다. 왠지 가슴이 뛰고 뺨이 화끈거렸다.

내 성적은 여름방학 때부터 학원에 다니면서 약간 오르기는 했지만, 사실 훨씬 전부터 막다른 벽에 부딪혔다. 학원 선생님한테도 혼났고, 결국 그게 원인이 되어 벌칙도 받게 되었다. 어차피 나는 노력해봤자 중상위가 고작이라고 포기하고 지난달에 학원도 그만둔 참이었다.

하지만 와타나베한테서 그런 말을 들으니 실은 아직 여유가 있는 것처럼 느껴졌다. 나 자신도 몰랐던 본질을 오로지 그 녀석만 꿰뚫어 보았는지도 모른다.

와타나베하고 친해지고 싶다. 나는 진심으로 그렇게 생각했다.

강가에 있는 낡은 단층 건물의 방, 와타나베의 '연구실'을 방문하기는 이번이 두 번째이다. 이번에는 엄마가 구워준 당근 쿠키를 들고 왔다.

최신형 대형 텔레비전에는 생물 병기가 되어 밤거리를 배회하는 좀비들이 버글거리고 있었다.

와타나베는 성인 비디오 모자이크 제거에는 관심이 있어도 내용에는 별로 관심이 없는 듯했다. 생리적으로 혐오감을 느낀다나? 나도 한번 보여달라고 했다. 평범하게 야한 영상을 상상했는데 갑자기 링이 튀어나오더니 금발 미녀들이 프로레슬링을 시작했고, 그 난투극이 너무 끔찍해서 쫄고 말았다.

그래서 평범한 비디오나 보자 싶어, 역 앞 비디오 가게에서 액션 호러 외화를 빌렸다. 우리 집에서는 엄마 때문에 총을 난사하는 영화는 금지이다. 그런데 이렇게 재미있을 줄이야! 멋진 여주인공이 좀비 군단을 향해 보란 듯이 기관총을 갈긴다. 왠지 굉장히 개운해 보였다.

"좋겠다. 나도 해보고 싶어."

무심코 중얼거리고 말았다. 들었을까? 와타나베를 쳐다보니 시선이 마주쳤다.

"그럼 누구 혼쭐 내주고 싶은 녀석 없어?"

와타나베가 말했다.

"혼쭐?"

그렇게 물어보았지만 와타나베는 "이거 끝난 다음에"라더니 화면으로 눈길을 돌렸다. 내가 영화 주인공이 된다면 말인가? 나도 화면으로 눈을 돌렸다. 기관총 세례를 받은 좀비들이 흐느적흐느적 일어서고 있다. 이게 현실이라면 정말 악몽이다.

좀비 퇴치는 결국 끝이 나지 않고 2편으로 이어지는 모양이었다.

"만약에 온 동네가 좀비로 가득해지면 어쩔 거야?"

엄마가 구워준 쿠키를 먹으며 와타나베에게 물어보았다. 그러자 그 녀석은 벌떡 일어서더니 책상 서랍에서 뭔가를 꺼냈다. 작은 동전 지갑이었다.

"그거 혹시 충격 지갑?"

"그래. 실은 이거 파워업하는 데 성공했는데, 아직 시험해보지 못했거든. 만져볼래?"

나는 화들짝 놀라 고개와 손을 내저었다.

"농담이야, 농담. 이건 나쁜 놈을 혼내주려고 만든 물건이니까, 당연히 실험도 나쁜 놈한테 해야지."

와타나베는 그렇게 말하더니 내 앞에 지갑을 내려놓았다. 어디로 보나 지퍼 달린 평범한 동전지갑으로만 보인다.

"이걸로 혼쭐을 내줄 수 있어?"

"지퍼 고리를 만지면 감전되는 구조거든. 그러니 깜짝 놀라 자빠지는 정도는 가능하지 않을까? 나쁜 놈들이 그러는 꼴, 보고 싶지 않아?"

"보고 싶어, 보고 싶어. 그래서, 누굴 혼내주려고?"

"그게 문제야. 난 마음에 여유가 없잖아. 주위 녀석들이 다들 나쁜 놈으로 보이더라고. ……나오키, 네가 골라주지 않을래?"

"내가?"

나도 모르게 괴상한 목소리가 나왔다. 하지만 몹시 설레었다. 와타나베가 발명한 도구로 나쁜 놈을 응징한다. 표적을 고르는 사람은 나. 영화 주인공 같잖아? 와타나베가 박사고, 내가 조수쯤 될까.

나는 필사적으로 생각했다. 내 적이 아니라, 우리의 적. 그렇다면 역시 선생이다. 언제나 잘난 척하는 인간.

"도쿠라는 어때?"

"나쁘지는 않지만…… 그 인간하고는 얽히기 싫어."

그 자리에서 기각당했다. 그럼 담임이다. 학생보다 자기 자식을 우선하는 인간.

"그럼 담임으로 하자."

"으음, 그 사람한테는 벌써 한 번 시험했는데……. 같은 수법에 두 번 걸리지는 않을걸."

이것도 기각이다. 말문이 막혔다. 와타나베는 가볍게 한숨을 쉬더니 시시하다는 듯 책상 위에 놓여 있던 공구를 만지작거리기 시작했다.

나를 끌어들인 걸 후회하고 있을지도 모른다. 다음 선택이 마음에 들지 않으면 이 계획은 물거품이 될지도 모른다. 아니, 물거품으로 돌리는 척하고 다른 녀석을 새로 끌어들일지도 모른다. 그리고 그 녀석하고 둘이서 나를 바보 취급할지도 모른다.

'역시 그 녀석은 못 쓰겠더라. 하나도 쓸모가 없어.'

그런 비참한 기분을 맛보는 것은 질색이다. 비참한……. 겨울철의 차갑고 더러운 수영장. 혼자서 그런 장소를 청소하는 비참함. 나는 아무 잘못 없는데. 청소는 싫지 않다. 그보다 벌 받는 모습을 누가 보는 것이 싫었다. 그래서 인기척이 났을 때, 반사적으로 탈의실에 숨고 말았다. 하지만 거기에 들어온 사람은…….

그래, 그 애는 어떨까.

"있지, 담임 아이는 어때? 학생보다 자식을 우선하는 선생을 혼내줄 좋은 기회 아냐?"

공구를 만지작거리던 와타나베의 손길이 멎었다.

"그거 좋은데? 난 본 적 없지만, 가끔 학교에 데려온다면서?"

와타나베는 눈에 띄게 관심을 갖는 듯했다. 나는 마음속으로 쾌재를 불렀다. 첫 번째 관문 통과이다. 나는 내가 굉장히 쓸모 있다는 사실을 더 알리고 싶어서, 해피타운에서 담임네 아이가 주머니를 사달라고 졸랐지만 결국 사주지 않더라는 이야기도 했다.

"그래? 주머니 정도 되는 크기라면 더 파워업할 수 있겠다. 대단해, 나오키. 역시 내 생각이 맞았어. 네 덕분에 예상보다 훨씬 더 재미있어지겠어."

"그럼 빨리 사러 가자. 품절되면 큰일이야!"

우리는 자전거로 동네 외곽의 국도변에 있는 쇼핑센터, 해피타운으로 향했다.

휴일의 특설 매장은 몹시 혼잡했다. 밸런타인데이까지 앞으로 나흘. 나는 아줌마와 여고생을 헤치며 목적한 코너로 향했다.

"이거다, 이거. 다행이야, 마지막 하나라고 해서 식은땀 났어."

나는 엉망으로 헝클어진 머리카락을 가다듬으며 전리품인 솜 토끼 얼굴을 본뜬 주머니를 와타나베에게 보여주었다.

"마지막 하나라니, 운이 좋네."

와타나베가 말했다. 말마따나 만약에 품절되었다면 이 계획은 수포로 돌아갔을 것이다. 마지막 하나! 행운이 우리 편이었다.

용돈을 반반씩 보태어 주머니 값을 내고, 이층 도미노 버거에서 작전 회의를 열기로 했다.

"충격 지갑은 어떤 구조야?"

햄버거를 먹으면서 물어보았다.

"단순해. 일단 이게 지퍼 고리라고 쳐. 이런 식으로 스위치 역할을 하는 거야."

와타나베는 쟁반 위에 감자튀김을 늘어놓으며 설명해주었지만, 하나도 이해하지 못했다.

"이런 설명으로 알 수 있으려나?"

"아아, 응, 그렇구나. 은근히 단순하네."

와타나베가 실망할까봐 그렇게 맞장구를 치고 보니, 왠지 모르게 이해한 것처럼 느껴지기도 했다.

그보다 여기에 있다는 사실이 못 견디게 즐거웠다. 도미노에는 작은 누나하고는 몇 번 와본 적 있지만, 친구하고 오기는 처음이다. 초등학교 때, 이런 가게에서 보았던 중고생 무리를 동경했다. 마침내 꿈이 이루어진 것이다. 게다가 주위 무리들이 나누는 멍청한 이야기에 비해 우리는 몹시 고도의 대화를 나누고 있다. 게다가 비밀 작전회의이다.

"그래서 말인데, 걔는 왜 수영장에 왔던 거야?"

감자튀김을 씹으며 와타나베가 물었다. 내 차례이다.

"개 때문이야, 개. 철망 건너편 집에 까만 개 있는 거 알아?"

"아아, 그 털북숭이?"

"그래. 그 개한테 먹이를 주러 왔더라고. 옷 속에서 빵 같은 걸 꺼내서 주더라."

"헤에, 왜 그런 짓을 했을까? 그 집 사람은?"

"그러고 보니 일주일째 아무도 안 보이던데, 여행이라도 갔나? 그것도 확인해두는 편이 낫겠지?"

"어떻게?"

"맞아! 야구공이라도 던지고, 공을 찾으러 왔다면서 마당에 들어가보면 어떨까?"

머릿속에서 아이디어가 줄줄이 떠올랐다. 이런 경우는 처음이다. 와타나베가 발명 담당, 내가 작전 담당. 이제 나는 와타나베의 조수가 아니다. 동지이다.

나는 와타나베에게 "이런 순서로 하면 어떨까?" 하고 제안했다.

① 방해받지 않도록 내가 사전답사를 간다.

② 와타나베와 합류해 탈의실에 숨어 아이를 기다린다.

③ 아이가 오면 우선 내가 말을 건다.

(와타나베는 웃는 얼굴이 어색하니까)

④ 와타나베가 아이에게 주머니를 걸어준다.

(엄마한테 부탁받았다고 하자)

⑤ 그리고 내가 안을 열어보라고 권한다.

"괜찮은데?"

와타나베가 만족스러운 듯이 말했다. 아이가 깜짝 놀라 엉덩 방아를 찧는 모습을 상상해보았다. 재미있어 죽겠다.

"개, 울까? 응? 넌 어떻게 생각해?"

웃음이 멎지 않는 내게 와타나베도 가볍게 웃으며 대답했다.

"안 울어."

"에이, 내 생각엔 반드시 울걸? 그래, 내기하자. 지는 사람이 다음에 도미노 세트 쏘는 거야. 어때?"

"좋아."

우리는 콜라로 약속의 건배를 했다.

주위를 살피며 수영장에 잠입하는 소년— 시작의 날 일주일 후

아침부터, 아니 요 며칠 내내 신바람이 났다. 학교가 즐겁다고 느낀 것은 아마 중학생이 된 후로 처음일 것이다.

"준비는 어때?"

2교시를 마치고 와타나베에게 은밀하게 물어보니 "완벽해"라 는 대답이 돌아왔다. 우리는 계획이 탄로나지 않도록, 지금까지 그랬듯 학교에서는 따로 행동하고 있었다.

수업은 평소보다 더욱 귀에 들어오지 않았고, 5교시 과학 수업 때에는 담임하고 눈이 마주칠 때마다 필사적으로 웃음을 참았다. 시간은 눈 깜짝할 새에 지나갔다.

그리고 방과 후, 나는 혼자 수영장에 갔다. 주변을 살피며 아무도 없다는 사실을 확인했다. 새삼스럽지만 벌칙을 받은 녀석이 없어서 다행이었다.

철망 사이로 코끝을 디밀고 있는 까만 개와 눈이 마주쳤다. 오늘도 그 집에 인기척은 없다. 그래도 만일을 위해 야구부 부실 뒤편에서 주워두었던 공을 가방에서 꺼내 마당에 던져넣었다. 실수한 것처럼 연기를 하며 철망을 넘었다. 집 주위를 한 바퀴 돌아 현관 벨을 눌러보았지만 한참을 기다려도 대답도 없고, 안에 사람이 있는 기척도 없었다.

좋아, 완벽해.

철망을 넘어 수영장으로 돌아왔다. 그 사이 까만 개가 줄곧 나를 쳐다보고 있었지만 늙어서 그런지, 멍청해서 그런지, 한 번도 짖지 않았다.

'작전 ① 종료'라고 메시지를 보내자 와타나베는 오 분도 채지나지 않아 합류했다.

"완벽해!"

나는 엄지를 세웠다.

우리는 탈의실에 들어가 문 그늘에 숨었다. 애초부터 자물쇠는 잠겨 있지 않았다. 작전 ② 개시이다. 어두침침하고 먼지 쌓인 탈의실 안은 어딘지 어렸을 때 놀던 비밀기지 같았다. 아직 내가 뭐든지 할 수 있다고 믿었던 무렵. 아니, 앞으로도 뭐든지 할 수 있다. 와타나베하고 함께라면.

와타나베를 쳐다보았다. 주머니를 최종 점검하고 있는 모양이다. 어디로 보나 평범한 주머니인데, 저런 걸로 감전시킬 수 있다니 최고이다.

"야, 와타나베, 다음에 우리 집에 놀러와. 엄마가 꼭 데려오래. 케이크 구워준댔어. 엄마는 나한테 머리 좋은 친구가 생겨서 기쁜가봐. 성적으로 순위를 매기다니 어떻게 된 일이냐고 학교에 항의 편지를 쓴 적도 있으면서, 와타나베하고 친해졌다고 하니까 '어머, 그 1등 하는 애?' 이러면서 다 기억하고 있더라니까, 나 참. 뭐, 네 공부방에 비하면 별것 아니지만, 케이크는 웬만한 근처 가게에서 파는 것보다 맛있어. 그래, 오늘 일을 축하하는 파티를 하자. 좋아, 그럼 굉장한 걸 만들어달라 그래야지. 맞다, 넌 생크림하고 초코 중에 뭐가 좋아?"

와타나베가 쉿 하고 손가락을 세웠다. 보니까 여자애가 입구 틈새를 비집고 들어오고 있었다.

"와타나베, 저 애야."

우리는 조용히 몸을 내밀고 담임의 딸을 살폈다.

아이는 우리를 알아차리지 못하고 수영장 둘레를 돌아 철망 너머로 코끝을 디밀고 있는 검은 개에게 곧장 다가갔다.

"무쿠, 밥이야."

그러더니 개 앞에 마주 앉아, 체육복 속에서 빵을 꺼내 개에게 뜯어주기 시작했다. 검은 개가 꼬리를 흔들며 엄청난 기세로 먹어치우는 모습을 기쁘게 바라보고 있다. 빵은 눈 깜짝할 새에 사라졌다.

"또 올게."

빵부스러기를 털어내며 일어섰다.

나는 와타나베를 쳐다보았다. 와타나베가 고개를 끄덕였다. 우리는 천천히 아이에게 다가갔다. 작전 ③ 개시. 우선 내가 말을 건다.

"안녕, 마나미 맞지?"

아이는 흠칫 놀란 모습으로 뒤를 돌아보았다. 나는 웃는 얼굴로 말을 이었다.

"우리는 엄마네 반 학생이야. 그래, 요전에 해피타운에서 만났지?"

작전대로이다. 하지만 아이는 경계하는 눈초리로 우리를 요리조리 쳐다보고 있었다.

"멍멍이 좋아하니? 우리도 좋아해. 그래서 이렇게 가끔 간식을 주러 온단다."

와타나베가 말했다. 사전회의 때는 없었던 대사다. 하지만 아이는 환한 표정을 지었다. 그 모습을 확인한 와타나베는 뒤에 숨기고 있던 주머니를 아이에게 내밀었다. 작전 ④이다.

"솜토끼!"

아이가 환호성을 질렀다. 와타나베는 어색한 웃음을 지으며 몸을 약간 숙여 아이와 눈높이를 맞추었다.

"엄마가 사주지 않았지? 혹시 벌써 사주셨니?"

예정대로라면 내가 할 대사였다. 아이는 고개를 가로저었다.

"그렇지? 실은 이거, 엄마가 우리한테 부탁해서 사온 거거든. 자, 조금 이르지만 엄마가 주는 밸런타인데이 선물이야."

와타나베는 그렇게 말하며 주머니를 아이 목에 걸었다.

"엄마가?"

아이는 더할 나위 없이 기쁘게 웃었다. 담임하고 별로 닮지 않았다고 생각했는데, 웃으니 판박이이다.

"그래. 안에 초콜릿이 들어 있으니 열어보렴."

이건 내가 할 결정적인 대사였는데. 자기 멋대로 진행하는 와타나베에게 다소 화가 났다. 하지만 화를 내고 있을 때가 아니다. 드디어 클라이맥스니까. 담임의 아이는 보들보들한 천으로 만든 솜토끼 주머니를 몇 번 어루만지더니 지퍼를 잡았다.

지금이다! 깜짝 놀라 엉덩방아! ……어?

파직, 하는 희미한 소리와 동시에 아이는 온몸을 흠칫, 크게 떨더니 슬로모션처럼 그대로 반듯하게 쓰러졌다. 눈을 감은 채 꼼짝도 하지 않는다.

무슨 일이 일어난 거지? ……설마, 죽었나?

그렇게 생각한 순간, 온몸이 떨려 나도 모르게 와타나베에게 매달리고 말았다.

"어떻게 된 거야, 이거. 얘, 안 움직이잖아."

와타나베는 아무 대답도 없었다. 천천히 올려다보니, 그 녀석은 웃고 있었다. 진심으로 만족스러운 웃음. 어색한 기미는 어디에도 없다. 그 웃는 얼굴이 나를 쳐다보았다.

"다른 사람들한테 떠벌려도 돼."

어? 뭐?

되물어볼 겨를도 없이, 와타나베는 쓰레기라도 떨쳐내듯 내 손을 쳐내더니 그럼 자기는 돌아간다며 등을 돌렸다.

기다려, 어떻게 된 거야!

마음속으로는 힘껏 외치고 있는데, 아무래도 목소리가 나오지 않았다. 와타나베가 뭔가 생각났다는 듯이 걸음을 멈추고 뒤를 돌아보았다.

"아, 맞다. 공범 어쩌고 하는 건 걱정하지 마. 처음부터 친구라고 생각한 적 없으니까. 능력도 없는 주제에 자존심만 센, 그런 놈들이 제일 싫거든. 발명가인 내 입장에서 보면 너는 어디로 보나 인간 실패작이야."

인간 실패작? 실패작, 실패작……. 기다려, 와타나베. 날 두고 가지 마!

달아나고 싶은데 다리가 굳어 움직이지 않았다. 머릿속에서는 와타나베의 목소리가 어지럽게 울려 퍼지고 있다. 눈앞이 깜깜해졌다.

아아, 해가 질 시간인가.

종소리에 퍼뜩 정신이 들었다. 어둠 속에서 몇 시간이나 우두커니 서 있었던 것 같은데, 실제로는 와타나베가 돌아간 지 오분 정도밖에 지나지 않았다. 내 머릿속에서는 와타나베가 떠나면서 한 말이 여전히 빙글빙글 맴돌고 있었다.

분명 처음부터 죽일 셈이었던 거야. 나는 이용당한 거다. 하지만, 대체 무슨 이유로?

'다른 사람들한테 떠벌려도 돼.'

그것 때문에? 만약에 내가 경찰에 모든 사실을 털어놓는다면 와타나베는 체포당할 것이다. 내가 그러길 바라는 걸까? 살인자가 되고 싶은 걸까? 아니, 와타나베라면 그럴 것도 같다. 하지만 나는 무죄가 될까? 그보다, 와타나베가 경찰에 아무것도 모른다고 거짓말을 하면 어쩌지? 아니, 내가 꾀어서 그랬다는 말이라도 하면 끝장이다.

바닥을 보다가 솜토끼와 눈이 마주쳤다. 담임 딸이 이 주머니를 사달라고 조르던 모습을 본 사람은 나였잖아. 나는 반듯하게 쓰러져 있는 아이의 목에서 주머니를 풀어내 멀리, 힘껏 던져버렸다.

이걸로 됐나? 내가 의심을 살 일은 없을까? 이대로 달아나 입을 다물고 있으면 경찰에 잡히지 않을까? 아니, 안 된다. 감전사로 죽으면 경찰은 분명 범인을 찾아 나설 것이다. 그렇게 되면 와타나베가 체포되는 건 시간문제이다. 그때 역시 와타나베가 배신한다면…….

그래, 수영장에 빠졌다고 하면 되겠다. 저 혼자 수영장에 빠졌다. 그래! 그래! 저 혼자 빠진 거다.

주저할 겨를이 없다. 나는 고개를 돌리고 아이를 두 손으로 안아올렸다. 생각보다 무겁다. 간신히 수영장 바로 가장자리까지는 왔지만, 자칫하면 나까지 빠질 것만 같았다. 낙엽이 떠 있는 지저분한 수면에 발이 빠지지 않도록 천천히 두 팔을 뻗었다.

안 돼. 최대한 소리를 내지 않아야 한다.

무릎을 굽혀 균형을 잡으며 몸을 숙였다. 그와 동시에 아이의 몸이 희미하게 움찔했다. 그러더니 천천히 눈을 떴다. 나도 모르게 힉, 하고 소리를 내며 아이를 놓칠 뻔했다.

살아 있다! 살아 있다! 살아 있다!

안도감에 눈물과 웃음이 동시에 나올 것만 같았다.

'인간 실패작이야.'

긴장이 완전히 풀려버린 내 머릿속에, 와타나베가 떠나면서 남긴 말이 또다시 되살아났다. 나를 완전히 업신여기는 그 태도. 역시 살인자가 되려 했던 거다. 나를 이용해서. 하지만 아이는 살아 있다. 와타나베의 계획은 실패다.

실패! 실패! 실패한 주제에! 그것도 모르다니, 바보 아니야?

서서히 의식을 되찾은 담임의 딸과 눈이 마주친 것과 내가 손을 놓은 것은 어느 쪽이 먼저였을까. 나는 뒤도 돌아보지 않고 수영장에서 나갔다. 이제 다리는 후들거리지 않았다.

나는 와타나베가 실패한 일을 성공한 거다.

개운한 얼굴로 눈을 뜨는 소년— 사건 이튿날

부엌에 내려가자 베이컨 스크램블드에그를 만들고 있던 엄마가 "나오키, 큰일 났어" 하고 돌아보며 식탁 위에 조간신문을 펼쳤다. 지역 소식 면이다. 중앙에서 약간 아래쪽에 작은 타이틀이 있었다.

네 살 아동, 개에게 먹이를 주려고 수영장에 숨어들었다가 추락사

추락사. 벌써 신문에 실렸구나. 기사를 읽어보니 완전히 사고로 취급하고 있었다. 대성공이다.

"모리구치 선생님, 큰일을 당했더구나. 하지만 아이를 학교에 데려오다니, 원. 수업은 어떻게 될까. 기말고사도 코앞인데…….
그래, 나오키, 그보다 말이야."

엄마는 식기 선반 안쪽에서 붉은 포장지에 금색 리본이 달린
상자를 꺼내 펼쳐진 신문 위에 놓았다. 담임의 아이를 다룬 기사
가 완전히 가려지고 말았다.

"자, 밸런타인 초콜릿."

생긋 웃는 엄마에게 나도 최고의 웃음으로 답했다.

올해는 작은 누나도 없으니까 초콜릿은 이것뿐인가. 그런 생
각을 하면서 학교에 가니 신발장 앞에서 미즈키가 초콜릿을 주
었다. '작은 누나에게 도움을 많이 받아서'라는 이유의 형식적인
초콜릿이다. 나는 고맙게 받았다.

"나오키, 신문 봤니?"

미즈키가 갑자기 그렇게 묻는 바람에 초콜릿을 떨어뜨릴 뻔했
다. "큰일이지" 하고 대답을 얼버무렸는데, 교실에 도착하니 난
리도 아니었다. 다들 사고 이야기를 하고 있었던 것이다.

들자하니 동아리 활동 때문에 학교에 남아 있던 녀석들이 다
같이 담임 딸을 찾아다녔던 모양이다. 더군다나 같은 반 남학생
인 호시노가 발견했고, 그밖에도 시체를 본 아이가 몇 명 있었는
지 제법 쑥덕거리고 있었다. 우는 아이도 있었지만 대부분의 녀
석들은 어딘지 흥분한 모습이다. 처음에는 정보 교류였던 이야
기가 점차 자랑대회로 변했다.

그런 모습을 문 앞에 서서 보고 있으려니 누가 갑자기 내 팔을 붙잡아 복도로 끌고 나갔다. 와타나베였다.

"어째서 쓸데없는 짓을 했지?"

와타나베는 무서운 얼굴로 나를 다그쳤다. 하지만 하나도 무섭지 않았다. 오히려 웃음이 터져 나올 것 같았다. 나는 필사적으로 웃음을 참고 와타나베의 손을 쳐내며 말했다.

"말 걸지 마, 친구도 아니면서. 아, 그리고 나, 어제 일은 아무한테도 말할 생각 없으니까 떠벌리고 싶으면 직접 하지 그래?"

그렇게만 말하고 뒤도 돌아보지 않고 교실로 들어갔다. 자리에 앉아서도 시시한 자랑에는 끼지 않았다. 잠자코 문고본을 폈다. 전에 고지 외삼촌이 추천해주었던 고전 미스터리이다. 오늘의 나는 지금까지의 나와는 다르다.

와타나베가 실패한 일을 나는 성공으로 이끌었다. 하지만 그 녀석처럼 다른 아이들에게 떠벌릴 생각은 없다. 담임의 딸은 사고로 죽었다. 만약 살인이라는 사실이 탄로나더라도 범인은 와타나베이다. 방금 전 그 모습을 보아하니 역시 정말로 살인범이 되고 싶었던 모양이다. 그러니 만약 경찰이 학교에 온다 해도 솔직하게 자수하지 않을까.

멍청하긴. 사실은 실패했는데. 그런 생각을 할 때마다 나는 새로운 사람이 될 수 있을 것 같았다.

담임은 일주일 만에 학교에 복귀했다. 사고에 대해서는 아침

조례 시간에 오랫동안 쉬어서 미안하다고 말한 게 전부였다. 마치 감기라도 걸려서 쉬었다고 하는 것처럼.

아마 우리 엄마는 내가 죽으면 앓아눕든지 미쳐버릴 것이다. 어쩌면 뒤를 쫓아 자살할지도 모른다. 그런데 담임은 평소하고 똑같아서 불쌍하다는 생각조차 들지 않는다. 오히려 지독히 아쉬웠다.

아마 와타나베도 그렇게 생각했을 것이다. 담임이 몹시 슬퍼한다, 와타나베가 그 모습을 보고 혼자 웃는다, 그 모습을 보고 내가 속으로 웃는다. 그런 도식이 성립해야 했는데.

그래도 수업중에는 유쾌했다.

선생들은 평등하게 문제풀이를 시키는 척하지만, 사실은 그렇지 않다. 학생이 부끄럽지 않도록 배려해주는 건지 수업을 순조롭게 진행하고 싶은 건지(아마도 후자겠지만), 어려운 문제는 의도적으로 똑똑한 녀석에게 시킨다.

와타나베가 태연한 얼굴로 그런 문제에 대답했다. 선생님이 칭찬해도 아무렇지 않은 모습이다. 그런 식으로 여유 넘치는 척하는 게 전보다 더 심해졌다는 사실이 우스꽝스러웠다.

이 정도 문제는 식은 죽 먹기. 자기는 그보다 더 굉장한 일을 해냈다고 말하는 듯한 얼굴. 실패한 줄도 모르고. 그리고 나는 그 일을 성공시켰다.

요사이 선생님이 와타나베에게 시키는 문제조차 대수롭지 않아 보인다. 실제로 지난주 쪽지시험에서 어려운 한자읽기를 전부 맞혀서 과목 선생님에게 칭찬을 받았다.

이거 좋은 징조인데? 이번 기말고사는 어려울지 몰라도 조만간 와타나베보다 좋은 점수를 딸 수 있지 않을까. 그런 생각마저 들고, 왠지 교실에 있는 모든 사람들이 멍청해 보였다.

이제 나는 웃음을 참느라 안간힘을 쓰고 있다.

떨리는 목소리로 말하는 소년─ 사건 발생 한 달 후

담임이 집에 찾아왔다. 휴대전화로 연락해온 것이 한낮. 기말고사 마지막 시험을 마치고 이미 집에 돌아와 있던 내게 담임이 '수영장에서 이야기하고 싶다'고 했던 것이다.

들켰다. 분명 그 사고 이야기이다. 심장이 벌렁벌렁 뛰기 시작했고, 휴대전화를 쥔 손이 떨렸다. 진정해, 진정해……. 범인은 와타나베이다. 수영장에 가면 냉정함을 잃을 것 같아 담임에게 집으로 와달라고 부탁했다.

"와타나베한테는……."

전화를 끊기 전에 용기를 내어 물어보았다.

"지금 막 이야기를 들은 참이에요."

담임은 조용히 그렇게 말했다. 나는 가만히 안도의 한숨을 쉬었다. 괜찮아, 괜찮아……. 범인은 와타나베이고, 나는 휘말렸을 뿐이니까.

담임의 갑작스러운 가정방문에 엄마는 깜짝 놀랐다. 나는 엄마한테도 같이 있어달라고 부탁했다. 엄마라면 분명 몰래 엿들을 게 틀림없다. 그럴 바에야 차라리 함께 듣는 편이 낫다. 엄마는 분명 나를 믿고 도와줄 것이다.

"시모무라 군은 중학교에 입학한 후에 평소 어떤 생각을 했나요?"

담임은 그런 식으로 질문을 던졌다. 사고 이야기와는 상관없는 일이었지만 나는 전부 솔직하게 털어놓기로 했다. 테니스부 이야기, 학원 이야기, 오락실에서 고등학생이 시비를 건 이야기, 선생님이 데리러 오지 않았던 이야기, 나는 피해자인데 처벌을 받아야만 했던 이야기, 그런 일들이 더없이 비참했다는 이야기.

담임은 듣는 내내 말이 없었다.

"시모무라 군은 마나미에게 무슨 짓을 했지?"

한차례 이야기를 마치고 내가 홍차를 마시려는 순간, 감정을 억누른, 조용하기 그지없는 목소리가 거실에 울려 퍼졌다. 나는 조용히 잔을 내려놓았다. 얼빠진 목소리를 낸 사람은 엄마였다. 내가 어떤 식으로 얽혀 있는지도 모르면서, 벌써부터 흥분해서 화를 내고 있다. 나는 완벽하게 와타나베에게 이용당한 피해자가 되어야만 한다.

나는 담임에게 털어놓았다. 하굣길에 와타나베가 먼저 말을 걸었던 날부터 수영장에서 담임의 아이를 안아올리기까지, 그동 안 있었던 일들을. 솔직하게 죄다 털어놓았다. 와타나베에게 배 신당했다는 사실이 분해서 눈물이 흘러넘쳤다. 그리고 끝으로 딱 한 가지, 거짓말을 했다.

아마 먼저 만난 와타나베의 이야기와 일치했을 것이다. 담임 은 이야기 중간에 전혀 끼어들지 않았다. 이야기를 마친 후에도 여전히 말이 없었다. 테이블의 한 점을 바라보며, 무릎 위에 놓 았던 두 손을 꽉 움켜쥐고 있었다. 몹시 화를 내고 있는 것이다. 불쌍하게도.

엄마도 말이 없었다.

"어머님."

오 분쯤 지나 마침내 담임이 입을 열었다. 그리고 엄마 쪽으로 몸을 돌렸다.

"어미로서는 와타나베 군도 시모무라 군도 죽여버리고 싶은 심정입니다. 하지만 저는 교사이기도 합니다. 경찰에 진상을 알 리고 응당한 처벌을 받게 하는 것은 어른의 의무지만, 교사는 아 이들을 지킬 의무가 있습니다. 경찰이 사고라고 판단했다면, 이 제 와서 그 결과를 번복할 뜻은 없습니다."

놀랐다. 경찰에 알리지 않겠다니. 엄마는 다시 한동안 입을 다 물고 있었지만, 담임을 향해 "고맙습니다" 하고 머리를 깊이 조 아렸다. 나도 함께 머리를 숙였다. 이걸로 됐다.

나는 엄마와 함께 현관 앞까지 나가 담임을 배웅했다. 한 번도 시선이 마주치치 않았지만, 화가 났을 테니 별 수 없겠지. 크게 신경 쓸 일은 아니었다.

자리에 앉아, 창백한 얼굴로 고개를 숙이고 있는 소년— 가정방문 일주일 후

내일부터 봄방학. 우유 시간이 끝나자 담임은 "교사직을 그만 둔다"고 했다. 솔직히 마음이 놓였다. 살인자는 와타나베인 줄 알겠지만 나도 공범자라고 생각할 테니, 역시 매일 학교에 다니고 있지만 불안했기 때문이다.

"그만두는 건 그 일이 원인인가요?"

미즈키가 물었다. 그 일이라는 건 물론 그 사고이다. 쓸데없는 소리를 하다니. 혀를 차고 싶은 심정이었지만, 담임은 처음부터 그럴 속셈이었는지 기나긴 이야기를 시작했다.

교사가 된 이유. 세상을 바꾸는 철부지 선생님 이야기. 아무래 도 좋으니 빨리 끝났으면 좋겠다.

그러다가 신뢰관계가 어쩌니 저쩌니 하더니 휴대전화 메시지 가 일으킨 질 나쁜 장난에 대해 이야기하기 시작했다. B반 남학 생이 호출할 경우 A반 담임이 가도록 되어 있다? 이제 와서 그 런 소리를 들어봤자 이미 늦었다.

싱글맘 이야기, 에이즈 이야기, 그리고 딸이 수영장에서 죽은 이야기. 서서히 목이 옥죄어드는 기분이었다. '우연히 가족들과 쇼핑을 왔던 시모무라 군이'라는 대목에서 갑자기 이름이 튀어나오자 나도 모르게 구역질이 났다. 갓 마신 우유가 목 언저리까지 올라왔다. 그것을 집어삼켰을 때였다.

"마나미는 사고로 죽은 게 아니라 우리 반 학생에게 살해당했기 때문입니다."

별안간 등을 떠밀려 차갑고 더러운 수영장에 빠졌다. 숨을 쉴수가 없다. 주위가 보이지 않는다. 발이 닿지 않는다. 허우적거려도, 어디에도 매달릴 곳이 없다…….

그런 망상에 사로잡혀 눈앞이 새카매졌지만, 정신을 잃고 있을 때가 아니었다. 담임은 어디까지 말할 셈이지? 나는 마음을 가다듬기 위해 숨을 크게 들이쉬었다.

거기서 간신히 주위 상황을 깨닫고 오싹해졌다. 모두 담임을 주목하고 있었다. 지루하게 듣고 있던 녀석들까지 눈을 빛내고 있다.

그런데도 담임은 소년법과 '루나시 사건' 이야기를 늘어놓았다. 무슨 말을 하고 싶은 건지 전혀 알 수가 없어 답답한 마음이 더욱 심해질 뿐이었다. 이대로 끝내주지 않을까, 잠시 그렇게 기대해보았지만, 순식간에 그런 기대를 저버리고 아이 고별식 이야기로 넘어갔다. 에이즈로 결혼을 단념한 상대, 아이 아버지가 세상을 바꾸는 철부지 선생님이라는 이야기에는 깜짝 놀랐다.

그렇다면 세상을 바꾸는 철부지 선생님이 살날이 얼마 남지 않았다는 소문은 에이즈에 걸렸기 때문인가. 그런 생각을 할 정도의 여유는 아직 있었다. 아이를 들어올렸을 때의 감촉이 아직 두 손에 남아 있었던 나는 무심코 책상에 손을 문지르고 말았다. 만약 그 아이가 에이즈에 감염되어 있었다면 옮았을지도 모른다. 그렇게 생각했으니까.

옆 반은 끝났는지 의자가 덜컥거리는 소리가 들렸다. 담임도 그 소리를 들었나보다. 그래, B반도 제발 이걸로 끝나라.

"나가고 싶은 사람은 그래도 됩니다."

기도가 닿았는지 담임은 아이들을 둘러보며 그렇게 말했다. 한 명이라도 나가면 나도 편승할까 했는데 나가는 녀석이 아무도 없었다.

담임은 그 모습을 확인하더니 다시 이야기를 시작했다.

"여기서부터는 두 사람의 범인을 A, B라고 부르겠습니다."

그러더니 먼저 소년 A에 대해 말하기 시작했다. 누가 들어도 바로 와타나베인 줄 알 수 있는 이야기였다. 그 증거로 다들 와타나베를 흘깃흘깃 쳐다보고 있다. 담임은 일부러 그러는 것이다. 아이들의 관심을 끌도록.

그리고 마침내 소년 B의 이야기가 되었다. 가정방문 때 내가 말한 내용과 거의 비슷했다. 그때는 잠자코 듣고 있더니만, 아이들 앞에서는 태연한 얼굴로 나를 바보 취급하는 잔소리를 곁들이고 있다. 하면 되는 게 아니라, 하지 못하는 겁니다? 하지만 그런 소리에 화를 내고 있을 때가 아니다. 이제, 끝장이다.

이번에는 다들 내 쪽을 흘깃흘깃 쳐다본다. 깔보는 태도로 실실거리는 놈도 있고, 옆자리에 앉은 와타나베하고 나를 번갈아 쳐다보는 놈도 있다. 경멸하는 눈초리로 보는 녀석, 증오를 훤히 드러내고 쳐다보는 놈도 있다.

살해당한다! 살해당한다! 살해당한다!

오락실에 갔다가 벌칙 한 번 받았다는 이유로도 무시당했으니, 살인 공범자는 살해당할 게 뻔하다. 하지만 나쁜 건 와타나베였다. 나는 피해자이다. 범인은 와타나베, 나는 피해자. 범인은 와타나베, 나는 피해자. 나는 머릿속에서 주문처럼 그 말을 되뇌었다.

"와타, 아, 그러니까, A가 또다시 살인을 저지르면 어떻게 해요?"

별안간 그런 질문을 한 사람은 오가와였다. 이 자식, 재미있어하고 있다.

"A가 또다시 살인을 저지른다는 말에는 어폐가 있습니다."

내 몸은 단숨에 깊은 물밑으로 끌려들어갔다.

담임이 '살인을 한 사람은 B(다시 말해 나)'라고 단언한 것이다. 그 정도 전류로는 죽지 않는다. 마나미는 정신을 잃었을 뿐이다, 라고.

알고 있었던 거다. 가정방문 때 이미 내가 아이를 죽였다는 사실을 알고 있었던 거다. 고의로 그랬다는 사실은 모르는 것 같지만, 그런 건 아무 상관없다. 내가 죽였다는 사실에는 변함이 없으니까.

아이들이 나를 쳐다보고 있다. 와타나베는 어떤 표정을 짓고 있을까. 쳐다보고 웃어줄 여유는 어디에도 없었다. 이대로 경찰에 체포되고 마는 걸까. 아니, 그럴 것 같지는 않다. 처벌을 법에 맡기고 싶지 않다니, 무슨 뜻일까.

점점 주위가 보이지 않는다. 내가 빠진 곳은 수영장이 아니다. 썩어 있는, 끝없는 수렁이다. 발치부터 깊게 가라앉는 내 귀에, 담임의 목소리만이 나직하고 조용하게 울려 퍼졌다.

"저는 두 사람 우유에 오늘 아침에 갓 채취한 혈액을 섞어놓았어요. 제 피가 아닙니다. 두 사람이 착한 아이가 되게 해달라는 소원을 담아, '세상을 바꾸는 철부지 선생님' 사쿠라노미야 마사요시 선생님을 본받으라는 뜻에서 그 피를 몰래 가져왔습니다……."

세상을 바꾸는 철부지 선생님의 피, 에이즈 혈액이 내 우유 속에? 나는 남김없이 다 마셨다. 그게 무엇을 뜻하는지, 모자란 내 머리로도 충분히 이해할 수 있었다.

죽음, 죽음, 죽음, 죽음죽

음죽음죽음죽음죽음죽음죽음죽음죽음죽음죽음죽음…….

나는, 죽는다.

내 몸은 한없이 차갑고 더러운 수렁 속으로 가라앉았다.

방에서 멍하니 창밖 하늘을 바라보는 소년— 복수 직후

봄방학. 나는 매일 내 방에 틀어박혀 하늘만 쳐다보고 있다.

수렁 밑바닥에서 기어나와 어디로 멀리 도망치고 싶다. 아무도 나를 모르는 곳에 가고 싶다. 거기서 전부 새로 시작할 수만 있다면 얼마나 좋을까.

푸른 하늘에는 하얀 비행기구름이 아득히 멀리 뻗어 있다. 대체 어디까지 이어지는 걸까. 그런 생각을 하는 내 머릿속에 문득 어떤 말이 떠올랐다.

'마음이 약한 사람이 자기보다 더 약한 사람을 상처 입힌다. 상처를 입은 사람은 견뎌내든지, 죽음을 선택할 수밖에 없는 걸까? 그렇지 않다. 너희가 사는 세상은 그렇게 좁지 않다. 지금 있는 곳에서 살기가 고통스럽다면 다른 곳으로 피난해도 되지 않을까. 안전한 장소로 도망치는 일은 부끄러운 행동이 아니다. 드넓은 세상에는 반드시 자신을 받아들여줄 장소가 있다고 믿기 바란다.'

그런 말을 했던 사람은, 그렇다. 세상을 바꾸는 철부지 선생님이다. 기껏해야 몇 달 전에 텔레비전에서 했던 소리이다. 이 상황에서 떠올리다니 우습다. 가령, 여기서 도망친다 해도 중학생이 혼자서 어떻게 살아갈 수 있다는 걸까. 어디서 자고 뭘 먹으라는 걸까. 가출 중학생에게 밥을 먹여줄 사람이 과연 있을까. 일을 시켜줄 데가 과연 있을까. 요즘 세상에 돈 한 푼 없이 어떻게 살아가라는 걸까. 어차피 어른은 아이들의 세계도 어른의 잣대로만 잰다.

'내가 너희만 했을 때는 밥 먹듯이 가출을 했다. 엇비슷한 녀석들끼리 모여 철없는 짓만 했다. 그래도 죽고 싶다고 생각한 적은 한 번도 없었다. ……친구가 있었으니까.'

그건 당신이 살던 시절에나 그랬지. 지금하고는 달라. 친구? 원하는 사람도 없고, 애초에 그런 건 어디에도 존재하지 않는다. 결국 내가 살 수 있는 곳은 이 집밖에 없다. 아빠가 일하고 엄마가 지켜주는, 내가 있을 유일한 장소.

만약 HIV 바이러스가 아빠나 엄마한테 옮았으면 어쩌지. 그리고 나보다 먼저 발병해서 죽어버린다면 나는, 더는 살 수 없다.

절대 두 사람에게 옮겨서는 안 된다.

그것이 수렁 속에서만 살 수 있는 나의 마지막 인생 목표가 되었다.

수렁 속에서 사는 나는 매일 눈물만 흘린다. 하지만 괴로워서 우는 게 아니다.

아침에 눈을 뜨면, 일단 오늘도 살아 있다는 사실이 기뻐서 눈물이 흐른다. 방의 커튼을 걷고 햇볕을 쬐면, 아무 할 일이 없는데도 새로운 하루가 시작되었다는 사실에 눈물이 흐른다.

엄마가 만들어주는 음식이 맛있어서 눈물이 흐른다. 내가 좋아하는 반찬들만 잔뜩 오른 식탁에서 앞으로 몇 번이나 이 음식들을 먹을 수 있을까 싶으면 또 눈물이 흐른다. 지금까지 싫어했던 모나카도 이 세상에 태어난 기념으로 한입 먹어봤더니 뜻밖에 맛있어서 눈물이 흘렀다. 어째서 지금까지 먹으려 하지 않았을까.

누나가 임신했다는 소식을 들었을 때는 새로운 생명의 탄생에 그저 한없이 감동해서 눈물이 흘렀다. 늘 내게 다정했던 누나에게 직접 축하한다고 말해주고 싶었지만, 내가 할 수 있는 일은 튼튼하게 태어나달라는 기도뿐이다. 눈물도 홀로 흘린다.

하지만 나는 그런 내가 싫지 않다. 한정된 삶을 산다는 것은 그저 공포일 거라 생각했지만, 나의 하루하루는 전보다 더 평온하고 충실하다는 생각마저 들었다.

언제까지나 이런 날이 계속되었으면……. 그렇게 바랐다.

봄방학이 끝나고 말았다.

중학교 2학년이 된 나는 의무교육 때문에 학교에 가야만 한다. 그야 당연히 알지만, 등교할 수는 없었다. 나는 살인자이다. 학교에 가면 분명 같은 반 녀석들에게 제재를 받겠지. 그 녀석들은 가차 없이 나를 벌할 것이다. 분명 언젠가 살해당할 거다. 그런 곳에 갈 수는 없다.

하지만 내게는 또 하나의 불안 요소가 있었다. 이대로 학교에 가지 않아도 엄마가 용서해줄까? 개학 때부터 줄곧 병을 핑계로 댔지만 슬슬 한계가 아닐까? 화를 낼지, 눈물을 흘릴지, 실망을 할지. 전부 다 싫지만, 학교에 가지 못하는 진짜 이유는 절대 털어놓을 수 없다.

엄마가 사건의 진상을 알게 된다면.

와타나베가 죽인 담임 딸의 시체를 수영장에 버렸다. 그것만으로도 상당히 충격을 받은 것 같았는데, 사실은 아이를 죽인 사람이 나고, 게다가 자의로 그랬다는 사실을 알게 된다면. 그리고 HIV 바이러스 감염이라는 끔찍한 복수를 당했다는 사실을 알게 된다면.

정신이 나가 미쳐버릴 게 틀림없다. 그보다 부모 자식 간의 연을 끊어버린다면 어쩌지. 집에서 쫓겨나는 일이 가장 두려웠다. 그것은 내게 있어 죽음을 의미하는 일이다.

그리고 마침내 엄마가 방에 들어왔다. 하지만.

예상과 달리, 엄마는 그리 심하게 학교에 가라고 닦달하지는 않았다. 대신 병원에 한번 가보라고 부탁했다. 마음의 병에 걸렸다는 진단서를 받으면 느긋하게 쉬어도 된다는 것이었다.

나는 병에 걸린 걸까?

병원에 갔다가 감염 사실이 탄로나면 어쩌지. 엄마가 그걸 알게 된다면. 그것 하나가 걱정이었다. 하지만 위험해질 성싶으면 도망치면 된다. 학교에 억지로 끌려갔다가 살해당하는 것보다는 낫다.

내 걱정이 무색하게, 의사는 금방 진단서를 써주었다. '자율신경 실조증'이 어떤 병인지는 모르겠다. 하지만 이 병에 걸려 학교에 가지 않는 중학생이 전국에 많은 모양이다. 그 말을 들은 엄마는 묘하게 이해가 간다는 표정이었다. 왠지 만족스러워 보이기도 했다. 일단 이걸로 안심하고 학교에 가지 않아도 된다. 나는 가슴을 쓸어내렸다.

병원에서 나와 새삼스럽게 주변을 둘러보았다. 아침에는 긴장해서 몰랐는데, 그날 이후로 집밖에 나선 것은 처음이었다. 내가 평범하게 숨을 쉬고 있다는 사실에 놀랐다. 어쩌면 학교에는 갈 수 없어도 밖에는 나올 수 있지 않을까.

수렁에서 살짝 고개를 내밀고 있다는 사실을 확인하듯이 크게 숨을 들이켜자, 문득 역 앞 도미노 버거 간판이 눈에 들어왔다. 한때나마 와타나베를 친구라고 생각했던 증오스러운 장소.

"뭐 맛있는 거라도 먹고 갈까?"

엄마가 그렇게 말하기에 나는 햄버거라면 먹고 싶다고 했다. 바이러스를 퍼뜨리지 않기 위해서이기도 했지만, 그보다는 사실 큰 도박에 나섰던 것이다.

해피타운은 아니더라도, 도미노 버거를 무사히 통과할 수 있다면 나는 수렁에서 빠져나올 수 있다.

내 죽음만 두려워했던 나는 간판을 보기 전까지 와타나베에 대해서는 까맣게 잊고 있었다. 그리고 보니 그 녀석은 어쩌고 있을까. 분명 아무도 없는 그 낡은 집의 '연구실'에 혼자 틀어박혀 죽음의 공포에 떨고 있겠지. 눈앞에 떠오르는 와타나베의 그런 모습은 썩 나쁘지 않았다. 자업자득이라고 생각하면서 햄버거를 베어 물었다.

그 순간, 발치에 뭔가가 튀었다.

우유다! 우유, 우유, 우유……. 옆자리 가족은…… 담임하고 그 딸이다!

그 녀석들이 내게 다가온다. 수렁 밖으로 내민 내 머리를 엄청난 힘으로 짓누른다. 그만둬! 그만둬, 그만둬……. 내 머리는 또다시 수렁 속에 가라앉는다. 그 녀석들은 언제까지고 나를 지켜보고 있다. 내가 결코 수렁에서 기어나오지 못하도록. 진흙이 입속까지 파고들어왔다.

화장실로 뛰어들어간 나는 진흙을 토해내듯이 토악질을 했다. 그리고 와타나베의 모습도 함께 토해냈다.

커튼 틈새로 조용히 손님을 내려다보는 소년— 복수 그리고 약 이 개월 후

204

병원에 다녀온 후로 더는 외출이 불가능했지만, 나는 집 안에서 평화롭게 지내고 있었다. 특히나 마음 편한 곳은 바이러스를 뿌릴까봐 걱정할 필요가 없는 내 방이다.

나는 하루하루 인터넷으로 만화를 읽거나, 그 만화의 뒷이야기를 멋대로 상상해서 엄마가 사준 일기장에 끼적거리며 즐기고 있었다. 청소는 귀찮았지만 놀기만 하는 것보다는 오히려 마음이 편했다.

거기에 그 녀석들이 찾아왔다. 데라다라는 새 담임과 미즈키였다. 필기 복사물을 가져왔다는 그 녀석들을, 엄마는 환영하며 거실에 들였다. 내 방 바로 밑이다. 말소리가 훤히 들렸다. 엄마는 데라다에게 예전 담임 험담을 잔뜩 늘어놓았다.

"어머님, 나오키는 제게 맡겨주십시오."

데라다가 자신만만하게 그렇게 말하는 소리를 듣고, 저도 모르게 고함을 지를 뻔했다.

나한테 상관 마!

그 말을 집어삼킨 순간, 별안간 불안감이 치밀었다.

선생 따위는 믿을 수 없다. 친절한 척 가장해 나를 학교로 불러들여 아이들에게 죽이라고 할 게 분명하다. 어쩌면 데라다는 담임의 제자이고, 한패일지도 모른다. 미즈키도 믿을 수 없다. 선생의 스파이라는 소문까지 있을 정도이다. 담임은 복수를 하기는 했지만 그 정도로는 모자라, 역시 지금 당장 나를 죽이려고

205

계획을 세우고 있는지도 모른다. 그래서 미리 살피러 온 거면 어쩌지? 엄마는 데라다가 마음에 든 모양이다. 적당히 환심을 사서 이 방까지 올라오면 어쩌지? 나는 살해당한다. 그래, 엄마는 담임 험담을 잔뜩 했다. 그걸 일러바치면 어쩌지?

"이 무신경한 할망구, 쓸데없는 소리 지껄이지 마!"

나는 기분 좋게 방에 올라온 엄마에게 언성을 높이며 사전을 집어던졌다. 엄마는 넋을 잃었다. 이런 반항적인 태도를 취하기는 처음이었다. 문을 닫으니 눈물이 흘렀다. 하지만 이것 말고는 나를 지킬 방법이 떠오르지 않았다.

데라다는 일주일에 한 번, 미즈키와 함께 찾아온다. 그때마다 나는 공포에 사로잡혔다. 엄마는 이제 그 녀석들을 집 안에 들이지는 않지만, 오지 말라고 하지는 않는다. 대체 언제까지 계속되는 걸까.

방에서 나가기가 무서웠다. 방에 있어도 문밖에 담임과 데라다, 미즈키, 덤으로 테니스부 고문인 도쿠라까지 서 있을 것만 같아, 무서워서 아무것도 손에 잡히지 않았다.

다들 나를 죽이려 한다.

인터넷으로 만화를 읽고 있다는 사실을 들키면 그야말로 살해당하고 말 것이다. 담임이라면 내가 인터넷으로 어디에 접속하고 있는지쯤은 당장 밝혀낼 수 있지 않을까? 혹시 데라다가 거실에 도청기라도 장치했으면 어쩌지? 담임이 '맛있다'고 하면서

밥을 먹는 나를 용서해줄 리가 없다.

나는 감시당하고 있다.

아무 일도 할 수 없다. 내 방에 틀어박혀 멍하니 벽을 바라보고 있노라니 하얀 벽에 그 사건의 영상이 떠올랐다. 눈을 돌리고 싶은데도 그조차 용서받지 못할 것 같았다.

이건 분명 담임의 원념이다.

하루 종일 벽만 바라보는 생활. 날짜도 시간도 모른다. 음식 맛조차 모른다. 죽는 게 두려운데, 살아 있다는 실감도 없었다.

내가 정말로 아직 살아 있는 걸까.

오랜만에 내 모습을 거울에 비추어보았다. 초라하고 더러운 모습. 하지만 거기에는 '생명'이 있었다. 머리카락이 자라고 있다. 손톱이 자라고 있다. 피부 표면에는 때도 끼어 있다. 나는 아직 살아 있다. 눈물이 흘렀다. 흘러넘쳐 멈추질 않는다.

나는 살아 있다! 살아 있다! 살아 있다!

자라난 머리카락과 손톱, 그리고 더러워지는 몸이 내가 살아 있다는 증거다. 눈과 귀를 뒤덮어버린 머리카락은 내 표정을 감추어준다, 나를 그 녀석들에게서 지켜준다, 그리고 아직 살아 있다는 사실을 알려준다.

심장이 아니다. 머리카락이 바로 생명의 원천이다.

검은 뭉치를 아연히 바라보는 소년─ 복수 그리고 약 사 개월 후

온몸이 꺼지는 듯한 잠에서 깨어나니, 머리맡에 검은 뭉치가 흩어져 있었다.

뭐지, 이건……?

묵직한 머리를 흔들며 나는 그것을 집어보았다. 손가락으로 문지르니 실이 되어 산산이 흩어진다. 조심스럽게 머리를 만져보니, 귀에 직접 손이 닿았다.

머리카락이 없다……. 이건, 내, 머리카락이다. 내 머리카락, 내, 생명! 생명! 생명!

수렁 밑바닥이 녹아들어 온몸이 깊이 가라앉았다. 눈에, 귀에, 코에, 입에, 진흙이 파고든다. 괴롭다. 괴롭다. 숨을 쉴 수가 없다.

죽음, 죽음, 죽음, 죽음, 죽음, 죽음, 죽음, 죽음, 죽음……

죽고 싶지 않아, 죽고 싶지 않아, 죽고 싶지 않아, 죽고싶지않아죽고싶지않아죽고싶지않아죽고싶지않아……

싫어, 싫어, 싫어, 싫어, 싫어싫어무서워무서워무서워무서워무서워무서워무서워무서워……

누가 좀 살려줘…….

내가 눈을 뜬 이곳은 천국이 아니었다. 엉망진창이 되었지만, 틀림없는 내 방이었다. 아직 살아 있다. 숨을 쉬고 있다. 손발을 움직일 수 있다. 아니, 정말로 살아 있는 걸까?

방에서 나와 아래층에 내려가 보니 거실에서 엄마가 테이블에 엎드려 자고 있었다. 역시 여기는 우리 집이다. 욕실로 가서 세면대 거울에 내 모습을 비추어보았다.

그런가? 완전히 죽지 못한 것은 아직 생명의 증거가 남아 있기 때문이다.

서랍에서 초등학생 때 사용했던 전기 이발기를 꺼냈다. 중학생이 될 때까지 언제나 엄마가 머리를 깎아주었다. 스위치를 켜자 윙 하고 작은 소리가 울려 퍼졌다. 그것을 이마의 잔털에 가져갔다. 기름진 머리카락이 면도날에 걸리고, 자그마한 뭉치가 발치에 떨어진다. 동시에 내 안에서 아주 조금, 뭔가가 사라졌다. 그런가. 생명의 증거는 죽음의 공포였구나. 그렇다면 수렁에서 빠져나갈 방법은 단 하나……

이번에는 이발기를 힘주어 밀었다. 조용한 진동 소리는 내 몸에서 생명이 떨어져나가는 소리처럼 들렸다.

머리카락을 민 다음, 손톱을 깎았다. 그리고 온몸의 때를 벗겨내기 위해 샤워를 했다. 수건에 비누를 몇 번이나 묻혀 계속 문질렀다. 그때마다 지우개 찌꺼기 같은 때가 뚝뚝 떨어져나갔다. 생명의 증거는 배수구로 흘러들었다.

어째서 죽지 않는 거지?

나는 온몸에서 생명의 증거를 몽땅 벗겨냈음에도 불구하고 아직 숨을 쉬고 있다는 사실에 당황했다. 문득 몇 달 전에 보았던 비디오가 떠올랐다.

아아, 그런가. 좀비가 되었구나. 아무리 죽여도 죽지 않는 좀비. 더군다나 내 피는 생물 병기이다. 그렇다면 온 동네 사람들을 좀비로 만들면 재미있으려나?

편의점 선반에 진열된 상품을 하나씩 건드렸다. 내 손이 닿은 부분에는 붉은 피가 진득하게 묻어났다.

생물 병기, 완성이다.

나는 도장이라도 찍듯이 삼각 김밥과 도시락, 페트병 뚜껑을 만졌다.

다들, 다들, 나하고 똑같은 공포를 맛보라지.

누가 어깨를 쳤다. 아르바이트로 보이는 갈색 머리 점원이다. 몹시 싫은 눈초리로 내 오른손을 보고 있다. 나도 내 손을 보았다. 주머니에 숨겨두었던 면도날로 벤 손바닥에서는 새빨간 피가 흐르고 있다.

피, 피, 피, 붉게 흐르는 피……

지금까지 아무렇지도 않았는데, 상처를 바라보는 사이에 욱신욱신 고동치는 통증을 느끼기 시작했다. 나는 재빨리 판매 상품인 붕대 꾸러미를 뜯어 손에 둘렀다.

데리러 온 사람은 엄마였다. 엄마는 편의점 점장과 점원에게 몇 번이고 머리 숙여 사과했다. 그리고 내 피가 묻은 물건들을 전부 사들였다.

돌아오는 길은 태양이 아직 높이 뜨지 않았는데도 햇살이 바늘처럼 따가웠다. 환한 햇살에 눈을 찌푸리고 얼굴에 맺힌 땀을 훔치며 걷는 사이에 죽음의 공포도 생명의 증거도 아무래도 상관없다는 생각이 들었다. 붕대를 둘둘 감은 손이 욱신거렸고, 배도 고팠다.

너무, 너무, 지쳤다…….

옆에서 걷고 있는 엄마를 가만히 바라보았다. 엄마는 화장을 하지 않은 얼굴이었다. 옷도 어제하고 똑같다. 수업 참관 때 엄마는 자기가 나이 들었다는 사실을 걱정했지만, 나는 그런 건 전혀 신경 쓰이지 않았다. 엄마가 누구보다도 깔끔하게 꾸미고 있었기 때문이다. 그런데 화장을 하지 않고 밖에 나온 엄마는 처음 보았다. 양손에 두 개씩 편의점 비닐 봉투를 들고 있어서 코끝에 맺힌 땀을 닦을 수도 없다. 나는 쏟아지려는 눈물을 필사적으로 참았다.

나는 엄마를 오해하고 있었다. 자기 이상에 맞지 않는 자식은 받아들여주지 않을 줄 알았다. 하지만 엄마는 좀비가 되어버린 이런 나도 받아들여준다.

진실을 털어놓자. 그리고 꼭 경찰에 데려가달라고 하자. 엄마가 기다려준다면 다소 괴로운 벌을 받게 되더라도 분명 견딜 수 있다. 살인자가 되어버린 나라도 엄마가 있어준다면 다시 한 번 새로 시작할 수 있다.

하지만 나는 지금 이 심정을 어떻게 전해야 좋을지 몰랐다. 솔직하게 말하면 되겠지만, 버림받으면 어쩌나 하는 불안감이 아주 약간, 몇 퍼센트는 남아 있었다.

뻥이야!

여차하면 그렇게 말할 수 있는 도주로가 필요했다. 그래서 나는 좀비인 척하면서 엄마에게 내가 저지른 죄를 털어놓기로 했다.

담임에게 당한 복수를 엄마에게 털어놓으면서 나는 중대한 사실을 깨달았다.

정말 감염되었는지는 아직 모르잖아. 게다가 감염되었다 해도 발병 여부를 알 수도 없다. 대체 나는 지금까지 뭘 두려워했던 걸까.

수렁의 물이 서서히 투명해진다.

나는 그런 해방감에 젖어 담임의 아이를 고의로 살해했다는 말을 엄마에게 털어놓았다. 그날 수영장에서 느낀 우월감이 내 안에서 다시 솟아났다.

내 고백을 들은 엄마는 상당히 충격받은 듯, 바로 경찰에 가자고 말해주지는 않았다. 하지만 나를 외면하지도 않았다. 몇 퍼센트의 불안도 사라졌고, 나는 기뻐서 견딜 수 없었다.

"그 애가 눈을 떴는데도 수영장에 던진 건 무서워서 그랬던 거지?"

엄마는 몇 번이고 내게 그렇게 물었다. 그렇지 않아, 하고 나는 마음속으로 대답했다. 엄마의 이상에 한없이 가까운 녀석이 실패한 일을 성공시키고 싶었거든. 아무리 그래도 그런 말은 할 수 없었다.

나는 엄마가 걱정하지 않도록, 응석을 부리듯이 경찰에 갈 각오가 있다는 눈치를 계속 주었다.

그 녀석들이 또 왔다. 데라다와 미즈키. 하지만 이제는 무섭지 않았다. 아무래도 좋았다.

"나오키, 거기 있다면 들어주렴!"

데라다는 유난히 열의에 차 집 밖에서 소리를 높였다. 나는 오늘쯤은 들어줘도 상관없겠지 싶어 내 방 창가에 앉아 귀를 기울였다.

"실은 이 한 학기 동안 괴로워한 사람은 너 하나가 아니란다. 슈야도 몹시 고통을 받았다. 슈야는 반 아이들에게 왕따를 당했어. 음험하기 짝이 없었지."

지금, 뭐라고, 했지? 와타나베가 학교에 다녔어? 줄곧? 살해당하지도 않고?

"……다들 알아주더구나."

그건 왕따를 당하기는 했지만 해결되었다는 소린가?

데라다의 말은 이제 귀에 들어오지 않았다. 대신 수영장에서 들었던 와타나베의 목소리가 되살아났다.

'처음부터 친구라고 생각한 적 없으니까. 능력도 없는 주제에 자존심만 센, 그런 놈들이 제일 싫거든. 발명가인 내 입장에서 보면 너는 어디로 보나 인간 실패작이야.'

그 녀석은 분명, 집에 틀어박힌 나를 속으로 경멸하며 비웃고 있었을 것이다.

캄캄한 방 안에서 나는 침대에 파고들어 이를 갈고 있었다. 이 분노를 어디에 쏟아내야 할지 모르겠다. 죽음의 공포에 떨며 집에 틀어박혀 있었던 건 나뿐이었다. 내가 이런 꼴을 당한 건 와타나베 때문인데, 그 녀석은 학교에 다니고 있었다. 말로 다할 수 없는 패배감이 가슴속에 치솟았다.

엄마가 함께 가주지 않아도 내일, 반드시 경찰에 가서 전부 털어놓을 것이다. 와타나베가 더 가벼운 벌을 받을지도 모르지만, 내가 자의로 그 아이를 죽였다는 사실을 알면 그 녀석은 분명 분해하겠지? 그 얼굴을 보고 싶다. 그 녀석을 깔보며 비웃어주고 싶다.

계단을 올라오는 발소리가 들렸다. 엄마다. 내일 경찰에 가자고 말하러 왔는지도 모른다. 나는 기뻐서 방에서 나가 계단 위에서 엄마를 기다렸다. 그랬는데.

계단을 끝까지 올라온 엄마의 손에는 식칼이 들려 있었다.

어떻게 된 거지?

"뭐야, 그거. 경찰에 가는 거 아니야?"

"아니야, 나오키. 그래봤자 새로 시작할 수 없어. 이미 나오키
는 예전의 착한 나오키가 아닌걸."

엄마는 눈물을 흘리며 그렇게 말했다.

"나를 죽일 거야?"

"엄마하고 같이 외할아버지 외할머니 곁으로 가자."

"말은 그러면서 나만 죽일 거 아니야?"

"그럴 리가 있니!"

엄마가 나를 끌어안았다. 나는 그제야 비로소 내 키가 엄마를
넘어섰다는 사실을 깨달았다. 이상할 정도로 마음이 편해지더니
엄마하고 함께라면 죽어도 좋다는 생각마저 들었다.

엄마. 엄마. 단 한 사람. 나를 알아주는 사람…….

"나오키는 엄마의 보물이야……. 나오키, 미안하구나. 나오키
가 이렇게 된 건 엄마 탓이야. 제대로 키워주지 못해 미안하구
나. 실패해서 미안하구나."

실패해서 미안하구나. 실패해서. 실패……. 실패작! 실패, 실
패, 실패, 실패실패실패실패…….

몸을 떼어낸 내 머리에 엄마의 손이 닿았다. 부드럽게 나를 어
루만지는 엄마. 그 얼굴에 떠오른 것은 연민의 표정이다.

"실패해서 미안하구나……."

그만해! 그만해! 그만해! 나는 실패작이 아니야! 실패작이 아

니야!

얼굴에 뜨듯한 액체가 튀었다.

피. 피. 피. 이것은, 엄마의 피. ……내가, 찔렀어?

가녀린 엄마의 몸은 그대로 계단에서 굴러 떨어졌다.

기다려, 엄마! 나를 두고 가지 마! 엄마! 엄마! 엄마! 엄마!

……나도 함께 데려가.

○

하얀 벽에 떠오르는 영상은 늘 여기서 끝난다. 여기에 나오는 멍청한 소년은 대체 누구일까. 그리고 어째서 나는 이 소년의 심정을 속속들이 알 수 있는 걸까.

그나저나 방금 전에 내 누나라는 사람이 찾아와서는 방 밖에서 말을 걸었다.

"나오키는 아무 짓도 하지 않았어. 나쁜 꿈을 꾸고 있었을 뿐이야."

그 여자는 나를 '나오키'라고 불렀다. 그 영상에 나오는 멍청한 소년하고 똑같은 이름으로 불리는 게 마음에 들지 않는다. 다만, 혹시나 내가 정말 '나오키'라는 인물이라면, 나쁜 꿈이라는 건 그 영상을 말하는 게 아닐까 싶다.

그럼 이건 꿈일까…….

그렇다면 빨리 잠에서 깨어 엄마가 만든 베이컨 스크램블드에
그를 먹고 학교에 가야지.

5
장

신
봉
자

信
奉
者

유서

행복은 허망하고 부질없는 비누거품— 중학교 2학년 남학생
의 유서 첫머리가 이러면 기분 나쁠까?

단 하나뿐인 사랑하는 사람이 떠난 그날 밤, 목욕을 하려는데
샴푸까지 바닥나고 없었다. 인생은 어차피 이렇다. 어쩔 수 없이
딱 한 번 쓸 만큼 물을 넣고 힘껏 흔들자 반투명한 용기 내부가
잔거품으로 가득 찼다.

그 순간 생각했다. 이건 나다. 텅 빈 내부에 남아 있을까말까
한 행복의 잔해에 물을 타서 잔거품으로 채운다. 구멍이 숭숭 뚫
린 환상인 줄은 알지만, 비어 있는 것보다는 나았다.

8월 31일, 오늘, 학교에 폭탄을 설치했다.

원격조작식 폭탄의 스위치는 휴대전화 발신 버튼이다. 폭파장치에 설치해놓은 휴대전화가 진동하면 폭발하는 구조다. 오로지 이것을 위해 새로 가입했지만, 번호만 알면 누구의 휴대전화든 스위치가 될 수 있는 데다가 엉뚱한 전화라도 걸려오면 오 초 이내에 '펑!'이다.

폭탄은 체육관 단상 한복판에 있는 연단 속에 있다.

내일은 2학기 개학식. 전교생이 체육관에 모인다. 나는 거기서 표창을 받을 예정이다. 1학기 때 쓴 작문이 지역 최우수상을 받은 것이다. 어제, 담임인 데라다에게서 연락받고 순서를 들었다.

단상에 올라 교장에게 상장을 받으면 그대로 교장과 엇갈려 연단 앞에 서서 작문을 읽을 예정이다. 하지만 그런 무의미한 짓은 하지 않겠다. 대신 간결하게 이별을 고할 것이다. 그리고 스위치를 눌러…….

산산이 날아가는 것이다. 의미도 없이 존재하는 수많은 바보들을 데리고.

방송국은 이 전대미문의 소년 범죄에 달려들까? 매스컴은 흥분할까? 그렇게 되면 나를 어떤 사람으로 다룰까? '마음의 어둠'이라는 진부한 단어로 그저 그런 상상을 늘어놓을 정도라면 차라리 이 홈페이지를 그대로 공표해주면 좋겠다. 아쉬운 점은 미성년자이기 때문에 실명이 공표되지 않는다는 점이다.

그런데 세상은 대체 범죄자의 어떤 점을 궁금해할까? 태생? 내면에 숨은 광기? 아니면 역시 사건을 일으킨 동기일까? 그렇다면 그 언저리부터 써볼까 한다.

살인이 범죄라는 것은 이해할 수 있다. 하지만 악이라는 것은 이해할 수 없다. 인간은 지구상에 존재하는 수많은 물체들 가운데 하나에 지나지 않는다. 어떤 이익을 얻기 위해 어떤 물체가 소멸해야 한다면, 그것은 어쩔 수 없는 일 아닐까?

하지만 이런 나라도 학교에서 '생명'이라는 주제로 작문을 하라는 과제가 나오면 학급의 그 누구보다도, 아니, 지역 내 그 어느 중학생보다 그럴싸하게 쓸 수 있다.

도스토옙스키의《죄와 벌》에서 '선택받은 비범한 자는 새로운 세상의 성장을 위해서라면 현행 질서를 짓밟을 권리를 갖는다'라는 부분을 인용하고, 그에 대해 '생명의 존귀함'이라는 단어를 사용해가며 이 세상에 긍정해도 되는 살인은 없다는 주장을 중학생다운 언어로 호소한다. 400자 원고지 다섯 장, 삼십 분 남짓한 작업이다.

하고 싶은 말이 뭐냐고? 문장으로 나타내는 도덕관념은 학교에 들어와 익히는 단순한 학습 효과일 뿐이라는 말이다.

살인은 악이다, 본능적으로 그렇게 느끼는 사람이 과연 있을까? 신앙심이 희박한 대다수의 이 나라 사람들이 철들 무렵부터 받은 교육 효과 때문에 그렇게 믿고 있을 뿐 아닐까? 그래서 잔인한 범죄자는 당연히 사형시켜야 한다는 사고방식이 가능한 것이다. 거기에 모순이 있는데도.

하지만 극히 드물게, 교육받고도 자신의 지위나 명예와는 별개로, 비록 범죄자라 해도 생명의 무게는 똑같다고 이의를 제창하는 사람도 있다. 대체 어떤 교육을 받으면 그런 감성이 배양되는 걸까. 날 때부터 생명의 존귀함을 기리는 옛날이야기(그런 게 있기는 한가?)를 누가 매일 밤 귓가에 속삭여주기라도 했나. 만약 그렇다면 이해할 수 있다. 내가 그런 감성을 겸비하지 못했다는 사실을.

어머니는 한 번도 옛날이야기를 들려준 적이 없으니까. 잠자리 곁에 있어주기는 했다. 하지만 매일 밤 들려주었던 것은 전자공학 이야기뿐이었다. 전류, 전압, 옴의 법칙, 키르히호프의 법칙, 테브냉의 정리, 노튼의 정리…… 엄마 꿈은 발명가였어. 어떤 암 세포라도 제거할 수 있는 기계를 만들고 싶었단다. 이야기의 끝은 언제나 그렇게 끝났다.

가치관이나 기준은 나고 자란 환경에 따라 결정된다. 그리고 인간을 판단하는 기준치는 가장 먼저 접하는 인물 즉 대개의 경우 어머니에 의해 결정되지 않을까? 예를 들어 A라는 어느 인물을 볼 때, 엄격한 어머니 밑에서 자란 사람은 A를 상냥한 사람이라고 생각하고, 상냥한 어머니 밑에서 자란 사람은 A를 엄격한 사람이라고 생각하듯이.

적어도 내 기준은 어머니이다. 하지만 여태껏 어머니보다 뛰어난 인간은 만나지 못했다. 다시 말해 내 주변에는 죽어도 아쉬운 인간이 하나도 없다는 말이다. 거기에는 유감이지만 아버지도 포함된다. 시골 전파상 주인답게 명랑, 쾌활. 그게 전부이다. 싫지는 않지만 살아 있을 가치가 있다는 생각은 들지 않는다.

아무리 총명한 사람이라도 슬럼프는 있다. 본인은 완벽해도 타인 때문에 덤터기를 쓰는 불운한 시기도 있다. 어머니가 아버지를 만난 것은 그런 시기 중에서도 실로 절정이었다.

해외에서 살다가 일본 유수의 대학에서 전자공학 박사 과정을 밟고 있던 어머니는 추진하던 연구 최종 단계에서 커다란 벽에 부딪혔다. 게다가 설상가상으로 교통사고까지 당하고 말았다.

학회 때문에 이 지역 국립대학에 들렀다 돌아가는 길에 있었던 일이다. 도쿄행 야간 버스가 기사의 졸음운전으로 절벽에 충돌하고 말았다. 사상자가 십여 명에 이르는 대참사였다. 그때 안면을 세게 부딪쳐 정신을 잃은 어머니를 버스 밖으로 끌어내 가장 먼저 도착한 구급차에 태워준 사람이 같은 버스에 타고 있던 아버지였다. 아버지는 동창 결혼식에 가던 길이었다고 한다.

그 일을 계기로 두 사람은 결혼했고, 내가 태어났다. 아니, 순서는 반대였을지도 모른다. 과제를 남긴 채 박사 과정을 수료한 어머니는 그간 갈고 닦았던 재능을 살리지도 못하고 이 시골 동네로 왔다.

그것은 어떤 의미로 어머니의 재활 기간이었는지도 모른다.

서서히 기울어가는 상점가에 자리한 전파상 한구석에서 어머니는 늘 내게 본인이 가진 지식의 극히 일부를 알기 쉽게 가르쳐주었다. 때로는 작은 알람시계 뚜껑을 열어, 때로는 커다란 텔레비전을 분해해서, 언제나 발명에는 끝이 없다는 이야기를 해주었다.

"슈야는 굉장히 머리가 좋은 아이야. 엄마가 이루지 못했던 꿈을 이뤄줄 사람은 슈야뿐이란다."

그렇게 말하며, 단념하고 말았던 연구를 초등학교 저학년인 아이라도 이해할 수 있도록 거듭 설명해주는 사이에 뭔가 깨달음이 있었는지도 모른다. 어머니는 아버지 몰래 논문을 완성해 미국 학회에 보냈다. 내가 아홉 살 때였다.

얼마 지나지 않아 어머니가 있었던 연구실의 교수라는 남자가 대학으로 돌아오라고 어머니를 설득하러 왔다. 옆방에서 엿듣고 있던 나는 어머니가 떠날지도 모른다는 불안감보다 어머니를 높게 평가해주는 사람이 있다는 기쁨이 더 컸다.

하지만 어머니는 그 제안을 거절했다. 홀몸이라면 당장이라도 돌아가고 싶지만, 지금의 나는 아이를 버리고 떠날 수가 없다. 그렇게 말했다.

거절하는 이유가 나라는 사실에 충격을 받았다. 어머니의 발목을 잡고 있다. 나는 존재가치가 없는 인간보다도 못한, 존재 그 자체를 부정당한 것이나 마찬가지였다.

'단장의 비애'라는 말이 있는데, 그때 어머니는 실로 그런 심정으로 제안을 기각했을 것이다. 강제로 억누른 마음은 그대로 내게 돌아왔다.

"너만 없었더라면."

어머니는 그렇게 말하며 매일같이 손찌검을 하기 시작했다. 채소를 남겼다, 시험에서 사소한 실수를 했다, 문을 요란하게 닫았다…… 계기는 뭐든 상관없었을 것이다. 그저 내가 눈앞에 있다는 사실을 용서할 수 없었을 뿐.

매질당할 때마다 온몸에 뚫린 구멍이 점점 커지는 감각에 사로잡혔다.

하지만 그 일을 아버지에게 고자질할 생각은 없었다. 아버지가 싫지는 않았지만, 어머니의 결단에 안주해 아무 일 없었다는 듯이 지내는 모습을 보자 서서히 경멸의 감정이 솟아났기 때문이다.

당연히 뺨이 붓거나 손발에 멍이 들어도 어머니가 밉지 않았다. 감정을 터뜨린 날이면 밤에 꼭 방으로 찾아와 잠든 척하는 내 머리를 부드럽게 어루만지며 "미안하구나. 정말 미안해" 하고 눈물을 흘렸으니까. 어떻게 미워할 수 있을까.

어머니가 방에서 나가면 베개에 얼굴을 묻고 소리 죽여 울었다. 나라는 존재가 단 하나뿐인 사랑하는 사람을 괴롭히고 있다는 사실이 못 견디게 괴로웠다.

그때 처음으로 죽음을 생각했다.

내가 죽으면 어머니는 마음껏 재능을 발휘해 오랜 꿈을 이룰 수 있다. 생각해낼 수 있는 온갖 자살 방법을 머릿속으로 시험했다. 국도를 달리는 트럭 앞에 뛰어든다. 초등학교 옥상에서 뛰어내린다. 식칼로 심장을 찌른다. 하나같이 꼴사나운 죽음이었다. 지난해 겨울, 병원 침대 위에서 잠든 것처럼 죽은 할머니를 생각하니 차라리 병에 걸리고 싶었다.

필사적으로 죽음을 생각하는 사이에 부모님이 이혼했다. 내 나이 열 살. 아버지가 학대를 눈치챈 것이다. 상점가 사람이 귀띔했던 모양이다. 어머니는 아무 변명도 없이 절차가 끝나는 대로 집에서 나가기로 했다. 뻔히 알면서도 어머니가 데려가주지 않는다는 사실에 온몸이 찢어지는 것 같아 눈물을 흘렸고, 몸속은 마침내 텅 비고 말았다.

이혼이 결정되자 어머니는 일절 손찌검을 하지 않았다. 대신 문득문득 내 뺨이나 이마를 애틋하게 어루만져주었다. 내가 좋아하는 음식들만 차려주었다. 양배추롤, 그라탱, 오므라이스……. 솜씨 좋은 어머니가 만드는 요리는 여느 레스토랑 음식보다 맛있었다.

이별 전날, 둘이서 마지막으로 외출하기로 했다. 어디에 가고 싫냐고 물어도 아무 대답도 할 수 없었다. 입을 열면 눈물이 쏟아질 테니까. 결국 얼마 전 마을 외곽 국도변에 생긴 쇼핑센터, 해피타운에 가게 되었다.

어머니는 거기서 몇십 권이나 되는 책과 최신형 게임기를 사주었다. 게임은 당장에 찾아올 외로움을 달래기 위해 사주는 건지, 내게 좋아하는 소프트를 고르라고 했다. 하지만 책은 전부 어머니가 골랐다.

"지금은 아직 어려울지 몰라. 중학생쯤 되면 읽으려무나. 전부 다 엄마 인생에 큰 영향을 준 책들이야. 그러니 엄마하고 같은 피가 흐르는 슈야도 분명 감동할 거야."

그렇게 말하면서. 도스토옙스키, 투르게네프, 카뮈……. 썩 재미있어 보이는 책은 아니었지만, 그런 건 아무래도 상관없었다. 같은 피가 흐르고 있다. 그 말만으로 충분했다.

최후의 만찬은 햄버거였다. 어머니는 더 맛있는 음식을 먹으러 가자고 했지만, 조금이라도 밝고 떠들썩한 장소를 벗어나면 내가 눈물을 참을 수 없었기 때문이었다.

구입한 물건들을 택배로 부치고, 거리는 약간 있지만 손을 잡고 돌아갔다. 능숙하게 드라이버를 다루는 손, 맛있는 햄버그를 빚는 손, 힘껏 뺨을 후려치는 손, 그리고 상냥하게 머리를 어루만지는 손. 손이 이렇게나 추억을 전해준다는 사실을 이별 전날까지 알지 못했다. 이미 한계였다. 한 걸음 내딛을 때마다 눈물이 쏟아졌다. 자유로운 손으로 필사적으로 눈물을 훔치고 있자니 어머니가 말했다.

"슈야, 엄마는 규칙 때문에 슈야를 만나러 갈 수도, 전화를 걸 수도, 편지를 쓸 수도 없어. 하지만 엄마는 언제나 슈야만 생각할 거야. 떨어져 있어도 슈야는 하나뿐인 엄마 아들인걸. 슈야한테 무슨 일이 생기면 엄마는 규칙을 어기더라도 달려올 거야. 슈야도 엄마를 잊지 말아야 한다……."

어머니도 울고 있었다.

"정말 와줄 거야?"

어머니는 대답 대신 걸음을 멈추고 나를 힘껏 끌어안아주었다. 텅 비어버린 나의, 마지막 행복.

이듬해, 아버지는 재혼했다. 내 나이 열한 살.

중학교 동창이라는 재혼 상대는 얼굴은 그럭저럭 나쁘지 않았지만 영락없는 바보였다. 전파상 주인과 결혼했으면서 AA 건전지와 AAA 건전지도 구분 못한다. 하지만 나는 이 사람이 싫지는 않았다.

자기가 바보라는 사실을 알고 있기 때문이다. 모르면 모른다고 솔직하게 말한다. 손님이 무슨 어려운 질문을 하면 어설피 대답하지 않고 꼬박꼬박 메모했다가 나중에 아버지에게 물어보고서 다시 전화한다. 기특한 바보다. 그래서 나는 경의를 담아 '미

230

유키 씨'라고 불렀다. 물론 삼류 드라마에 흔히 등장하는, 계모에 대한 심술이나 부질없는 반항은 한 번도 한 적이 없다. 인터넷 옥션으로 명품 백을 싼 값에 낙찰해주기도 하고 짐을 들어주러 저녁 장보기에 따라가기도 했으니, 오히려 용케 애쓴 편이다.

수업 참관일에 찾아왔을 때도 싫지는 않았다. 숨기고 있었는데 상점가 사람한테 들었는지, 뒤를 돌아보니 곱게 단장한 미유키 씨가 혹여 질세라 앞줄 한복판에 서 있었다. 다른 아이들이 풀지 못하는 산수 문제를 칠판 앞에서 푸는 내 모습을 휴대전화로 찍어서 집에 돌아와 아버지에게 보여주기도 했는데, 사실은 그런 일도 기뻤다.

아버지하고 셋이서 노래방에도 가고 볼링장에도 갔다. 서서히 내가 바보가 되는 것 같았지만, 바보는 의외로 마음이 편해, 이대로 바보 일가의 일원이 되어도 좋다 싶을 정도였다.

재혼 후 반년, 미유키 씨가 임신했다. 바보와 바보의 자식이니 바보가 태어날 확률은 백 퍼센트이지만, 나하고도 절반은 혈연이 있는 셈이니 어떤 아이가 태어날지 궁금하기도 했다. 이 무렵에는 내가 완전히 바보 일가의 일원이라고 믿고 있었다. 하지만 그렇게 생각한 사람은 나뿐이었다. 출산 예정일 한 달 전, 아기 침대를 주문한 날, 미유키 씨가 말했다.

"아버지하고 의논했는데, 할머니 집에 슈야 공부방을 만들어줄까 해. 아기가 울면 방해 되잖니? 괜찮아. 텔레비전하고 에어

컨도 꼭 설치해줄게. 어때, 굉장하지?"

이미 결정된 사항에 반론할 여지는 없었다. 그다음 주에는 가게에서 쓰는 경트럭으로 내 방에 있던 거의 모든 짐을 할머니 집이었던 강가의 단층 주택으로 옮겼고, 빈 방의 햇살이 따스한 창가에는 새로 산 아기 침대가 놓였다.

자그마한 거품이 하나, 톡 터지는 소리가 났다.

시골에는 쓸 만한 입시 학교가 없어 집에서 가장 가까운 공립 중학교에 입학할 예정이었던 내게, 수험은 아무런 상관이 없었다. 학교 공부는 어느 과목이나 교과서를 한 번 읽으면 그 부분에서 어느 정도 수준의 지식을 전수하려는지 알 수 있었고 거기까지만 완벽하게 마스터하고 그 이상은 굳이 추구하지 않도록 주의했다.

다시 말해 내게 공부방은 필요 없었다는 소리이다. 하지만 주어졌으니 어쩔 수 없었다. 시간과 공간을 유효하게 이용하기 위해 중학생이 되면 읽으려던, 어머니가 사준 책을 약간 일찍부터 보기로 했다.

《죄와 벌》《전쟁과 평화》가 어머니에게 어떤 영향을 끼쳤는지는 알 수 없다. 다만 책을 읽으며 내가 느꼈던 감정을 나와 같은 피가 흐르는 어머니도 느끼지 않았을까 하는 생각은 했다. 어머니가 골라준 책에 실수는 없었다. 몇 번씩이나 읽고 또 읽었다. 책을 읽는 동안에는 멀리 떨어진 어머니와 시간을 공유하는 듯한 기분이 들었다. 고독한 내게 소소하지만 행복한 시간이었다.

어머니와 함께했던 추억에 젖어 전파상 창고로 사용하는 집 안을 둘러보니, 그곳은 보물창고였다. 공구도 그럭저럭 있었고, 사용하지 않는 가전제품도 잔뜩 굴러다녔다. 그 가운데 알람시계를 발견했다. 어머니가 덮개를 열고 내부를 보여주었던 물건이었다.

건전지를 넣어도 작동하지 않는 그 시계를 수리해보려고 덮개를 여니 단순한 접촉 불량이었다. 시계를 고치는 사이에 재미있는 아이디어가 떠올랐다. 발명품 제1호, 거꾸로 가는 시계의 탄생이다. 긴 바늘도 짧은 바늘도 반대로 회전하는, 지나간 시간으로 돌아갈 수 있다는 착각을 불러일으키는 시계. 시계의 바늘을 0시에 맞추고 그 순간부터 공부방을 '연구실'로 부르기로 했다.

회심의 역작이라고 생각했는데, 거꾸로 가는 시계를 본 주위의 반응은 미적지근했다. 여기서 '주위'란 모자이크를 지워달라며 성인 비디오를 가져오는 바보 동급생들이다. 우선 한참을 들여다보아도 바늘이 거꾸로 돌아간다는 사실을 알아차리지 못했다. 하는 수 없이 가르쳐주었는데도 "아, 정말이네" 하는 반응이 고작이었다. "헤에, 재미있네"라고는 해도 "어떤 구조야?"라고 묻는 사람은 하나도 없었다. 바보들은 눈에 보이는 것, 그것도 자기하고 직접 상관이 있는 것이 전부고, 내부 구조를 알고 싶다는 생각은 하지도 않는다. 그러니 바보인 거겠지만, 시시했다.

아버지에게 보여주자 "망가진 게냐?"라는 말이 전부였다. 아버지는 갓 태어난, 자기를 쏙 빼닮아 멍청한 얼굴을 한 아들에게 푹 빠져 있었다.

아무도 평가해주지 않는 가련한 발명품. 그래, 어머니에게 이 시계를 보여주면 뭐라고 할까. 분명 어머니만은 칭찬해주겠지. 한 번 그렇게 생각하니 더는 마음을 억누를 수가 없었다.

어떻게 하면 어머니가 봐줄까. 주소도 전화번호도 몰랐다. 유일하게 알고 있는 것은 근무처로 짐작되는 대학뿐이다. 그래서 개인 홈페이지를 열기로 했다. 그게 '천재 박사 연구소'였다. 거기에 발명품을 발표하면 언젠가 어머니가 글을 남길지도 모른다. 그런 가련한 기대를 품고 대학 홈페이지 게시판에 내 홈페이지 주소와 글을 남겼다.

전자공학을 너무나 좋아하는 천재 초등학생이 재미있는 발명품을 게재하고 있습니다. 꼭 보러 와주세요.

하지만 아무리 기다려도 어머니 같아 보이는 사람의 덧글은 없었다. 글을 남기는 사람은 같은 반의 바보들뿐이다. 어떤 녀석이 성인 비디오 모자이크를 지울 수 있다는 글을 남기는 바람에 변태들이 쓰는 글만 늘어나더니 석 달도 채 지나지 않아 홈페이지는 바보들 천지가 되고 말았다. 날 방해하다니, 이 사이트를 보러 왔다는 걸 후회하게 해주마. 그래서 강변에 죽어 있던 개의 시체 사진을 올렸더니 바보들은 더 기뻐했고, 이제는 그것도 모자라 약간 정신 나간 녀석들까지 모여들게 되었다. 그래도 홈페이지를 폐쇄하지 않았던 이유는 일말의 희망을 버리고 싶지 않았기 때문이다.

발명은 중학교에 들어간 후에도 계속했다. 1학년 때 담임은 과학을 가르치는 여성 교사였다. 필요 이상으로 학생들과 가깝게 지내려 하지 않는 태도에 약간 호감을 품었다. 내게는 몹시 드문 일이었다. 그 사람에게 발명품을 보여주고 싶다는 생각마저 들었으니까.

당장 완성한 지 얼마 되지 않는 야심작, '충격 지갑'을 보여주었다. 자, 어떤 반응이 돌아올까. 기대하고 있었는데, 돌아온 것은 아줌마의 히스테리였다.

"그렇게 위험한 물건을 만들어서 어쩌려는 건가요? 뭐에 쓸 셈이죠? 동물이라도 죽일 건가요?"

아마도 어느 바보가 홈페이지 사진을 고자질한 거겠지만, 그 말을 진짜로 받아들이는 담임이 더 바보이다. 실망. 이 한 마디로 족하다.

하지만 그 직후에 굉장한 기회가 찾아왔다. '전국 중고생 과학 공작전' 말이다. 교실 뒤에 붙은 안내문에는 전국대회 심사위원 성명과 그 직함이 적혀 있었다. 여섯 명의 심사위원 중에는 공상

과학 소설가나 유명 탤런트 출신 지사도 있었지만, 내 눈길을 사로잡은 것은 다른 인물이었다. 세구치 요시카즈. 이름이야 아무래도 상관없다. 직함이 문제이다. K대학 이공학부 전자공학과 교수. 내가 알기로는 어머니가 있는 대학이었다.

발명품이 입상해서 이 교수의 눈에 들면, 그 소식이 어머니 귀에도 들어가지 않을까? 어머니는 내 이름을 듣고 놀라지 않을까? 어머니가 가르친 지식으로 아들이 상을 받았다는 사실에 기뻐하지 않을까? 그리고 축하한다는 말이라도 한마디 해주지 않을까?

필사적이었다. 원래부터 집중력은 좋은 편이지만, 한 가지 일에 그렇게나 정신없이 매달려보기는 태어나서 처음이었다. 우선 지갑을 개량하기 위해 해제 기능을 추가했다. 중고생을 대상으로 하는 콩쿠르는 사실 작품의 질보다 보고서를 중시하지 않을까 싶어 포장도 고심했다. '충격 지갑'이야 단순한 장난감 아닌가. 그렇게 보여서는 안 된다. 그렇다. 방범 도구라고 하자. 도면과 해설은 정확하게. 하지만 동기와 개선점은 중학생답게. 워드 프로세서보다 손글씨가 낫겠지. 완성된 작품은 중학교 1학년 치고는 완벽했다고 생각한다.

하지만 사소한 장애가 발생했다. 응모하려면 지도 교사의 서명이 필요했는데, 담임이 날인에 난색을 표했던 것이다. 홈페이지 문제가 아직도 마음에 걸리나? 기가 막혔지만, '나는 정의를 위해 이걸 만들었어. 하지만 선생님은 이게 위험한 물건이라고 했지. 누가 옳은지 전문가에게 판단을 맡기겠어'라고 도발했더니 겨우 도장을 찍어주었다.

결과는 계획대로였다. '충격 지갑'은 여름방학에 나고야 과학박물관에서 열린 전국대회에서 3위에 해당하는 특별상을 받을 수 있었다. 1위를 하지 못해 약간 아쉽기도 했지만, 결과적으로는 3위라는 사실이 이렇게 기뻤던 적이 없었다. 입상자에게는 각각의 심사위원들이 좌석 순서대로 한 사람씩 심사평을 해주었는데, 내 작품을 평해준 사람이 바로 그 세구치라는 교수였기 때문이다. 그리고 놀랍게도 그 사람은 어머니를 대학으로 데려가기 위해 찾아왔던 인물이기도 했다.

"와타나베 슈야 군, 참 대단하구나. 나는 이런 건 못 만든다. 보고서도 읽었는데 중학교에서 배우지 않는 기술을 많이 응용했더구나. 학교 선생님께 배웠니?"

"아니요. ……어머니께 배웠습니다."

"호오, 어머님께서. 학생은 주변 환경이 참 좋은가 보군. 앞으로도 열심히, 더 흥미로운 발명품을 만들려무나."

어머니를 분명히 알고 있는, 내 이름을 성까지 붙여 불러준 이 교수에게 모든 희망을 걸었다. 제발 당신하고 같은 직장에 있는 어머니에게 오늘 있었던 일을 말해줘. 말하지 않아도 좋아. 입상자가 실린 책자를 어머니 눈에 띄는 곳에 놓아주기만 해도 돼.

그 후 지역 신문의 기자가 인터뷰하러 왔다. 지방지에 실리기 때문에 직접 어머니 눈에 뜨일 일은 없을지 모르지만, 내가 입상했다는 사실을 알면 인터넷으로 조사해서 신문을 구해볼지도 모른다. 그런 기대도 했다.

인터뷰 당일, 듣도 보도 못한 마을에서 소년 범죄가 터졌다. 바로 '루나시 사건'이다. 중학교 1학년 여학생이 가족들 식사에 몇 종류의 독을 넣으며 그 추이를 블로그에 기록했단다. 당시에는 세상에 별 웃긴 생각을 하는 놈도 다 있다고 조금 감탄했다.

하지만 남은 여름방학 동안, 아무리 기다려도 어머니에게 연락은 오지 않았다. 어머니는 내 휴대전화 번호를 모른다. 미유키 씨가 귀찮아했지만, 전화가 오면 바로 받을 수 있도록 '연구실'에 가지 않고 하루 종일 집에서 지냈다. 가게 컴퓨터를 몇 번이고 켜서 메일을 확인했고, 부스럭거리는 소리라도 들리면 우편함을 보러 갔다.

가게 텔레비전에서는 연일 '루나시 사건' 화제뿐이었다. 루나시의 가정환경, 학교생활, 성적, 동아리 활동, 취미, 좋아하는 책, 좋아하는 영화……. 텔레비전이 켜져 있는 한, 싫어도 루나시의 정보가 들어왔다.

그런데 내가 과학 공작전에서 입상했다는 소식은 어머니에게 전달되었을까? 세구치 교수와 어머니가 어디에나 있을 법한 대학 식당에서 함께 커피를 마시는 장면까지 머릿속에 그려보았다.

"요전번 과학 공작전에서 재미있는 발명을 한 아이가 있었어. 어디 보자, 와타나베 슈야라고 했지, 아마…….'

한심하다. 그런 말을 할 리가 없다. 분명 '루나시 사건' 얘기를 하고 있을 것이다. '루나시 사건'의 보도가 과열되면서 몸속의 거품이 터지는 듯한 감각에 사로잡혔다. 훌륭한 일로 신문에 이름을 올려도 어머니는 알아봐주지 않는다. 만약에, 만약에, 내가 범죄자가 되면 어머니는 달려와줄까.

이상이 내 '태생'과 '내면에 숨은 광기' 그리고 '동기'— 정확하게는 첫 번째 범죄의 '동기'이다.

범죄는 천차만별이다. 날치기, 절도, 상해……. 어중간한 범죄는 저질러봤자 경찰이나 교사에게 설교만 산다. 그리고 그 정도로는 아버지나 미유키 씨가 함께 주의를 받으면 그만일 것이다. 그래서야 아무 의미도 없다.

부질없는 행동은 내가 가장 혐오하는 것이다. 범죄를 저지르려면 텔레비전이나 매스컴, 세상을 떠들썩하게 할 만한 내용이어야 한다. 그렇다면 역시 살인밖에 없다. 그럼 부엌에서 식칼을 꺼내 휘두르고, 괴성을 지르며 상점가를 헤매다가 반찬가게 아줌마를 찌르면 되나? 확실히 보도는 크게 할지 몰라도, 그래서야 역시 아버지나 미유키 씨에게 책임을 물을 것이다.

그 두 사람이 내 인격 형성에 영향을 주었다고 보도되어서야 아무 의미도 없다. 외떨어진 곳에 공부방을 만들지 말고 가족으로 받아들였어야 했다. 아버지의 이런 발언이 전국에 방송되기라도 하면 개망신이다.

그게 아니다. 책임은 모친에게 있다고 보도되지 않으면 어머니는 달려와주지 않을 것이다. 사건이 터지면 세상의 이목이 어머니에게 쏠리도록 해야 한다. 어머니와 공유했던 것, 그것은 재능이다. 즉 내가 저지르는 범죄에는 어머니에게서 물려받은 재능이 크게 관여되어야만 한다. 그러기 위해서는— 발명품을 이용하면 된다.

새로 만들까? 아니, 딱 알맞은 물건이 있지. '충격 지갑'이다. 시상식 때 세구치 교수가 말했다.

"학교 선생님께 배웠니?"

나는 이렇게 대답했다.

"아니요. ……어머니께 배웠습니다."

살인 사건이 터지면 당연히 흉기에도 주목할 것이다. 나이프나 금속 방망이는 시시하다. '루나시 사건'의 청산가리나 약품도 마찬가지. 그래봤자 인터넷으로 입수했거나 학교에서 훔쳐낸 물건이다. 다시 말해 도구에 의존한 살인이지, 본인의 재능은 어디에도 개입되어 있지 않다.

범인인 소년이 발명품을 흉기로 썼다는 사실을 알면 세상은 어떤 반응을 보일까. 그것도 '전국 중고생 과학 공작전'이라고 하는, 청소년을 위한 건전한 콩쿠르에서 입상한 물건이라는 사실을 알면 매스컴은 분명 발칵 뒤집어지겠지. 상을 준 심사위원들에게 책임을 추궁할지도 모른다. 그렇게 되면 세구치 교수가 소년에게 기술을 가르친 사람은 그 모친이라고 말하지 않을까?

그럴 가능성은 낮다 쳐도, 전파상이라는 이유로 가장 먼저 의혹을 살 아버지가 책임 회피를 위해 어머니를 구실로 댈 가능성은 충분히 생각해볼 수 있다. 애당초 이렇게 복잡하게 생각할 것도 없이 직접 말하면 그만이다.

철들 무렵부터 어머니에게 전자공학 기초를 배웠다, 어머니는 내게 《모모타로》*도 《은혜 갚은 두루미》**도 읽어준 적이 없다, 라고.

이 발언은 제법 물의를 일으킬 것 같았다. 어머니는 내게 뭐라고 할까? 분명 "슈야, 미안하다"라며 또 그때처럼 품에 꼭 끌어안아주겠지.

흉기를 정했으면 다음은 표적이다. 시골 동네 중학생인 내 활동 범위는 집, '연구실', 학교 및 그 주변, 이 세 군데밖에 없다. 앞서 말했듯이 집 주변, 특히 상점가에서 사건을 일으키면, 가령 아무리 흉기가 발명품이라도 책임 추궁은 어머니가 아니라 아버

---

* 권선징악을 주제로 한 일본의 전래동화로, 복숭아에서 태어난 소년이 새, 원숭이, 꿩을 부하로 삼아 악한 도깨비를 물리치는 이야기.
** 노인이 덫에 걸린 두루미를 풀어주자, 두루미가 아름다운 아가씨로 변신해 노인을 찾아와 은혜를 갚는다는 일본의 전래동화.

지에게 돌아가고 만다. '연구실' 주변에는 아무도 살지 않는다. 강변에서 노는 아이를 노리는 방법도 있지만, 제대로 정비가 되지 않아 위험한 장소이다보니 정기적으로 놀러 오는 아이가 하나도 없어서 계획적 범행에는 걸맞지 않다. 그렇다면 학교이다. 학교에서 살인 사건이 터지면 분명 매스컴도 상당히 크게 다룰 것이다.

그렇다면 누굴 죽일까? 이 문제는 정말 누구든 상관없었다. 원래 촌구석 바보들한테는 관심이 없었기 때문에 동급생들 이름조차 거의 몰랐다. 교사? 학생? 매스컴은 어느 쪽을 더 좋아할까?

중학생, 교사를 살해!

중학생, 동급생을 살해!

양쪽 다 매력적이라면 매력적이고, 시시하다면 시시했다.

애초에 일반적으로 사람들은 어떨 때 살의를 품을까? 그러고 보니 옆자리에 앉은 녀석이 수업중에 공책에 '죽어'라는 낙서를 몇 번이나 갈겨쓰던데. 아무 장점도 없는, 살아 있을 가치가 없는 인간은 너 아냐? 무심코 그렇게 구박하고 싶은 녀석인데, 대체 누가 죽기를 바라는 걸까. 그 녀석에게 표적을 고르라고 해도 괜찮을 것 같다. 그렇게 생각했다.

하지만 그 녀석에게 말을 건 이유는 그 한 가지 때문만은 아니었다. 이 계획에는 증인이 필요하기 때문이었다. 살인을 저질러도 내가 범인이라는 사실을 알아주지 않으면 의미가 없다. 그렇다고 자수하는 것도 한심하다. 때문에 계획을 처음부터 끝까지 지켜보고 경찰과 매스컴에 증언할 인물이 필요했다.

아무나 괜찮은 것은 아니다. 먼저 자아가 강하고 시도 때도 없이 정의감을 표방하는 녀석은 안 된다. 계획 단계부터 지켜봐야 하니까 그 과정을 어른에게 흘리는 녀석은 제외해야만 한다. "살인은 안 돼" 하고 설교하는 녀석은 말할 가치도 없다.

현재 생활에 만족하는 녀석도 안 된다. 이런 녀석들은 하나같이 자기보다 불행해 보이는 녀석을 보면 동정하고 싶어 좀이 쑤시기 때문이다. "왜 그래? 왜 살인하고 싶은 거야? 뭐 괴로운 일이라도 있었어? 괜찮으면 말해봐." 그런 얘기를 들어서 어쩌자는 거지? 너 혼자 만족하고 싶을 뿐이잖아.

하지만 이런 녀석들은 척 보면 안다. 같은 반 녀석들 개개인의 성격은 일주일 정도 관찰하면 대개 구분할 수 있다.

조심해야 할 것은 바보이다. 그것도 남의 공적에 편승하고 싶어하는 바보. 예를 들면 성인 비디오에서 모자이크를 제거해줬더니, 마치 자기가 그럴 수 있는 것처럼 떠벌리는 바보. 홈페이지에 동물 사체 사진을 올렸더니, 그 사진을 보러 오는 게 고작인 주제에 흉악한 소년의 친구처럼 구는 바보. 자기도 공범자라고 떠벌리는 녀석은 절대 안 된다.

이상적인 인물은 똑같은 바보라도 내면에 불만을 쌓아두고 있는 소심한 녀석. 시모무라 나오키는 실로 그 조건에 딱 맞아떨어지는 인물이었다.

2월 초, '충격 지갑' 개량에 성공했다. 마침내 계획을 실행할 때가 온 것이다.

시모무라와 이야기를 해본 적은 거의 없었지만 친한 척 말을 걸어 아주 조금 치켜세우니 바로 속내를 털어놓았다. 본질과 반대되는 소리를 자연스럽게 해주며 역성을 들어주면 그만이니 식은 죽 먹기였다. 거기에 성인 비디오 이야기를 미끼로 던지니 완벽했다.

하지만 곧 시모무라를 증인으로 고른 일을 후회했다.

먼저, 특별히 죽이고 싶은 인물이 없다는 사실에 낙담했다. 어휘가 부족한 녀석은 이유 없이 짜증나는 기분을 '죽어'라는 단어로밖에 표현하지 못했던 것뿐이었다.

그리고 무엇보다 귀찮았다. 학교에서는 얌전한데 잠시 마음을 놓으면 종알종알, 종알종알⋯⋯.

"우리 엄마가 만들어준 당근 쿠키 먹을래? 그렇구나, 와타나베도 나처럼 당근 싫어하는구나. 마음이 맞네. 나노 구끼기 아니면 못 먹어. 내가 당근을 싫어하니까 엄마가 이런저런 요리나 과자로 시도했는데 다 맛이 없더라고. 하지만 이건 봐줄 만하다고 할까? 그냥 먹어주는 거지."

대체 자기가 뭐라도 되는 줄 아는 걸까. 애초에 내가 쿠키를 먹지 않은 이유는 역겨웠기 때문이다. 중학생이나 된 아들이 친구 집에 놀러 가는데 수제 쿠키를 들려 보내는 어머니도 역겨웠고, 그걸 부끄러운 줄도 모르고 들고 오는 시모무라도 역겨웠다.

이 녀석을 죽여버릴까? 살의란 일정한 거리가 필요한 인간이 그 경계선을 넘어왔을 때 생기는 감정이라는 사실을 비로소 깨달았다.

하지만 다른 녀석을 증인으로 삼을까 고민하고 있을 때, 시모무라가 예상치 못한 표적을 입에 올렸다. 나는 전혀 생각도 못했던 인물이었다― 담임의 아이.

중학생, 교내에서 담임의 아이를 살해!

이건 지금까지 별로 유례가 없는 유형이다. 매스컴도 반드시 달려들 것이다. '충격 지갑'을 보여주자 병적으로 나를 다그쳤던 담임. 응모 용지에 날인을 망설였던 담임. 그런 담임의 아이. 시모무라치고는 제법이다. 게다가 그 녀석은 아이가 쇼핑센터에서 토끼 캐릭터 주머니를 사달라고 졸랐는데 얻지 못했다는 정보까지 갖고 있었다. 시모무라를 그대로 증인으로 삼기로 했다.

장난칠 계획이라고 믿고 있는 시모무라는 들떠 있었다. 답사가 필요하다며 적극적으로 독자적인 계획을 세우기 시작했을 정도였다. 멋대로 하라지. 시시한 소리만 늘어놓는 녀석을 내버려두었더니 점점 더 주제넘은 짓을 시삭했다.

"걔, 울까? 응? 넌 어떻게 생각해?"

뭐가 그리도 재미있는지 멍청해 보이는 얼굴로 시시덕거리며 물었다.

"안 울어."

표적은 죽을 테니까. 그런 줄도 모르고 웃고 있는 시모무라가 우스꽝스러워 그만 웃음이 터졌을 정도였다. 들떠 있는 것도 살인을 목격하기 전까지다. 겁에 질려 집에 돌아가서 엄마한테 먼저 일러라. 그러고 보니 분명 그 녀석 어머니는 잔소리꾼이라고 들었다. 시도 때도 없이 교장에게 편지를 쓴다고. 좋다, 단숨에 일을 크게 벌려라.

분명 준비는 완벽했다.

결행 당일. 답사를 마친 시모무라의 메시지를 받고 수영장으로 향했다.

탈의실에 숨어 표적을 기다리는 동안에도 그 녀석은 연신 역겨운 소리를 지껄였다. 어머니에게 케이크를 구워달라고 해서 오늘 일을 축하하는 파티를 하자는 것이었다. 이 계획이 끝나면 두 번 다시 말을 나눌 일도 없을 테니 삼사고 있었기만, 이 바보를 한껏 상처주고 싶은 마음도 들었다. 간단한 일이다. 사실을 말해주면 그만이니까.

그런 생각을 하는 사이에 표적이 다가왔다. 담임을 많이 닮은, 똘똘하게 생긴 계집애(당시 네 살)였다. 꼬맹이 주제에 등을 꼿꼿

이 펴고 눈을 굴려 주위를 살피더니 개 앞으로 다가가 체육복에서 꺼낸 가느다란 빵을 조금씩 떼어 주기 시작했다.

싱글맘의 아이니까 좀 더 불행해 보일 줄 알았는데 그런 인상은 전혀 없었다. 토끼 캐릭터가 인쇄된 핑크색 체육복. 동그란 장식이 달린 고무줄로 좌우대칭으로 높이 묶은 갈래 머리. 하얗고 보드라운 뺨. 웃으며 개를 바라보는 얼굴. 보송보송한 토끼 캐릭터 그 자체가 눈앞에 있는 것 같았다. 한없이 사랑받는 아이. 내 눈에는 그렇게 비쳤다.

수치스러운 고백이지만, 나는 그 순간 표적을 질투했다. 표적은 이 계획에 필요한 도구, 하나의 물체로만 보았건만……

굴욕적인 감정을 떨쳐내듯 벌떡 일어서서 표적에게 다가갔다. 뒤따라온 시모무라가 한 걸음 앞으로 나섰다.

"안녕, 마나미 맞지? 우리는 엄마네 반 학생이야. 그래, 요전에 해피타운에서 만났지?"

단번에 김이 빠졌다. 솔직히 이 정도로 쓸모없는 놈일 줄은 몰랐다. 먼저 말을 걸겠다고 한 것은 시모무라였다. 대사까지 생각해뒀다기에 사람 좋아 보이는 얼굴 하나가 유일한 장점인 녀석이라 허락해주었는데, 최악이었다.

일 년에 한 번, 상점가 이벤트로 열리는 어린이 쇼에 나오는 삼류 진행자하고 똑같은 말투였다. 평범하게 말을 걸면 될 것을, 혼자 신나서 싹싹한 오빠를 연기하고 있었다. 표적까지도 미심

쩍은 얼굴로 시모무라를 쳐다보고 있다. 이러다가는 계획이 물거품이 된다.

서둘러 내가 말을 걸었다. 시모무라는 이제 지켜보기만 해도 된다.

개 이야기를 꺼내자 표적은 기쁜 표정을 지었다. 인간이란 정말로 단순한 생물이다. 타이밍을 계산해 주머니를 꺼냈다.

"자, 조금 이르지만 엄마가 주는 밸런타인데이 선물이야."

그렇게 말하며 목에 걸어주었다.

"엄마가?"

표적은 환하게 웃었다. 사랑받는 인간만이 지을 수 있는 웃음. 내가 잃어버린 것.

죽어! 마음속 깊이 그렇게 생각했다. 굴욕감이 살의로 바뀌어, 수단에 불과했던 살인에 부가가치가 발생했다. 이 계획이 완벽해지는 순간이었다.

"그래. 안에 초콜릿이 들어 있으니 열어보렴."

표적은 전혀 의심하는 기색도 없이 지퍼를 만졌다.

파직, 하고 작은 소리가 났다. 그와 동시에 표적은 크게 경련하더니 그대로 반듯하게 푹 쓰러졌다. 눈을 감은 채 미동도 하지 않는다.

거품이 터지는 것보다도 싱거웠다.

죽었다! 죽었다! 대성공이다! 어머니가 달려오겠지? "지금까

248

지 미안했다" 하고 힘껏 끌어안아주겠지? 그리고 앞으로는 줄곧 둘이 함께하는 거다.

무심결에 눈물이 날 뻔한 나를 현실로 되돌린 것은 시모무라였다. 내게 매달려 벌벌 떨고 있었던 것이다. 역겹다.

"다른 사람들한테 떠벌려도 돼."

할 말을 마치자 시모무라의 손을 털어내고, 등을 돌렸다.

더는 너하고 이야기할 일은 없어. 하지만 이제부터가 네 차례다. 그것 때문에 너 같은 바보한테 말을 걸고 '연구실'에도 들였으니까. 전기장판 위에 쿠키 부스러기나 잔뜩 흘리고, 쳇.

걸음을 멈추고 뒤를 돌아보니 시모무라는 아직도 넋 나간 얼굴로 서 있었다.

"아, 맞다. 공범 어쩌고 하는 건 걱정하지 마. 처음부터 친구라고 생각한 적 없으니까. 능력도 없는 주제에 자존심만 센, 그런 놈들이 제일 싫거든. 발명가인 내 입장에서 보면 너는 어디로 보나 인간 실패작이야."

완벽하다. 상쾌했다. 인간 실패작이라니, 제법 괜찮은 단어다. 다시 등을 돌려, 이번에는 두 번 다시 뒤돌아보지 않고 수영장에서 나와 '연구실'로 돌아갔다.

분명 계획대로였다.

'연구실'에서 하룻밤을 지새웠다. 휴대전화가 언제 울리려나.

경찰이 언제 현관 벨을 누를까. 이제나저제나 기다렸지만 결국 아무 일 없이 아침을 맞이했다. 시모무라가 아직도 엄마한테 울며불며 매달리지 않았나? 뭘 해도 굼뜬 녀석이다. 하지만 누군가 시체는 발견했겠지.

텔레비전이나 인터넷으로는 아무 정보도 얻을 수 없어, 이상하다 싶은 생각에 조간을 읽으려고 등교 전에 집에 들렀다. 미유키 씨가 아침식사 습관이 완전히 사라진 내게 "우유라도 마시지 그러니?" 하고 유리잔에 따라준 우유를 단숨에 들이켜고, 아직 아무도 읽지 않은 신문을 식탁 위에 펼쳤다. 평소에는 1면부터 읽지만 그럴 겨를이 없다. 지역 소식 면을 펼쳤다.

네 살 아동, 개에게 먹이를 주려고 수영장에 숨어들었다가 추락사

추락사? 뭔가 잘못된 게 아닌가 싶어 기사를 훑어보았다.

13일 오후 6시 30분경, 시립 S중학교 수영장에서 같은 학교 교사인 모리구치 유코 씨의 장녀 마나미 양(4)의 시체가 발견되었다. 시인은 물을 채운 수영장에 빠져 익사한 것으로 보이며, S경찰서에서는 관계자를 대상으로 조사를 진행하고 있다.

표제로 보나 내용으로 보나 사고로 취급하고 있었다. 그것도

250

감전사가 아닌 익사였다.

어찌된 영문이지? 머리를 정리하려는 내 곁에서 미유키 씨가 소리를 질렀다.

"어머나, 이거 슈야네 학교 아니니? 어머머? 모리구치 유코면 슈야네 반 모리구치 선생님? 맞지, 그치? 그치? 엄청나다! 아이가 죽다니!"

기억을 떠올리며 써보니, 이 계모는 참 엄청난 소리를 지껄였구나. 어떤 의미로는 감탄스럽지만 그때 나는 그럴 정신이 아니었다. 시모무라가 쓸데없는 짓을 한 게 틀림없다. 진상을 확인하기 위해 등교를 서둘렀다.

인생에서 실패라는 단어는 나와 인연이 없다고 생각했다. 나는 실패하지 않기 위한 방법을 알고 있었다. 바보와 얽히지 않는다. 그런데 증인 선택에 정신이 팔린 나는 그 점을 까맣게 잊고 있었던 것이다.

학교에서는 사건 이야기가 한창이었다. 같은 반 호시노가 시체를 발견했는데, "수영장에 시체가 떠 있었어"라고 단언했다. 그게 아니잖아. 마음속으로 중얼거렸다. 어째서 와타나베 슈야가 전국대회에서 상을 받은 발명품으로 담임의 아이를 죽였다고 말하지 않는 거지?

그야 당연하다. 모두 살인 사건이 아니라 사고라고 철석같이 믿고 있으니까. 이 계획은 대실패. 소심한 시모무라가 공범자라는 사실을 감추기 위해 사고로 위장하려고 수영장에 빠뜨린 게 분명했다.

걷잡을 수 없이 화가 났다. 사고로 다루고 있기는 하지만 약간은 겁을 먹고 있을 줄 알았는데, 태평한 얼굴로 등교하는 녀석의 모습을 보자 더더욱 화가 났다.

"어째서 쓸데없는 짓을 했지?"

복도로 끌고 나와 다그치자 시모무라는 뻔뻔한 태도로 이렇게 말했다.

"말 걸지 마, 친구도 아니면서. 아, 그리고 나, 어제 일은 아무한테도 말할 생각 없으니까 떠벌리고 싶으면 직접 하지 그래?"

그 순간 생각했다. 이 녀석은 무서워서 시체를 수영장에 떨어뜨린 것이 아니다. 내 계획을 망치기 위해 일부러 그런 거다.

어째서 그런 짓을? 간단하다. 내가 현장을 떠나면서 내뱉은 말, 그 말에 대한 복수이다. 안이했다. 쥐도 궁지에 몰리면 고양이를 문다. 일본 전역에서도 궁지에 몰린 바보일수록 황당한 일을 저지르지 않던가. 일시적인 감정에 휩쓸려 바보를 도발하고 만 것이 후회스러웠다.

하지만 특별히 무엇을 잃은 것은 아니다. 변한 것은 아무것도 없다. 한동안 평소대로 우등생으로 지내며 다시 새 계획을 짜면 된다.

분명 끝이었다.

하지만 사건은 끝나지 않았다. 피해자의 모친, 즉 담임이 진상을 눈치챈 것이다.

사건 발생 약 한 달 후, 담임은 나를 화학실로 불러내 때 묻은 토끼 캐릭터 주머니를 눈앞에 내밀었다. 영혼을 바친 흉기, 애틋한 발명품…… 무심코 소리를 지를 뻔했다.

해냈다! 해냈다! 해냈다!

나는 진실을 고백했다. 발명품으로 살인을 하고 싶었다. 루나시보다 대대적으로 매스컴을 타고 싶었다. 하지만 증인으로 이용하려던 시모무라가 겁을 집어먹고 시체를 수영장에 빠뜨렸다. 그리고 그런 결과로 끝나서 몹시 애석하다, 라고.

그때 담임이 날 죽이지 않은 것이 거짓말 같을 정도로 나의 태도는 도발적이었다. 당연했다. 실패를 성공으로 바꿀 최고의 기회였으니까. 하지만 담임은 경찰에 말하지 않겠다고 했다. 와타나베 군이 원하는 엽기적 살인 사건으로 만들지는 않겠어요, 라고.

어째서! 어째서 이놈이고 저놈이고 방해만 하지? 의도대로 움직이지 않는 도구들이 짜증스러웠다.

하지만 경찰에는 말하지 않겠다고 했다.

종업식 날, 반 아이들 앞에서 퇴직 사실을 밝힌 담임은 이별 인사를 가장해 사건의 진상을 털어놓기 시작했다. 경찰에는 말하지 않겠다면서 바보들 앞에서 고백하는 속내는 헤아리기 어려왔지만 지루한 얘기는 아니었다. 약간 과도하게 연출된 이야기에 기가 막힌 부분도 있었지만, 제법 파란만장한 인생이었다.

진상이 핵심에 육박하자 다들 나를 주목하기 시작했다. 가시바늘 같은 시선을 받으며 일단 학교 내에서 내가 살인범이라는 소문이 나는 것도 나쁘지 않겠다고 만족감에 젖어 있을 때였다. 신이 난 바보의 'A가 또다시 살인을 저지르면 어떻게 해요?'라는 질문에 담임은 충격적인 사실을 고백했다.

"A가 또다시 살인을 저지른다는 말에는 어폐가 있습니다."

나는 당사자이자 사건을 전부 파악하고 있었음에도 불구하고 담임이 무슨 말을 하는지 이해할 수 없었다.

"심장병 환자라면 몰라도, 가령 네 살짜리 아이라도 그 정도로 심장이 멎지는 않습니다."

내 발명품을 부정하며, 아이를 죽인 사람은 내가 아니라 시모무라라는 것이었다. 나는 아이를 기절시켰을 뿐, 그 후에 시모무라가 멋대로 착각해 수영장에 빠뜨린 탓에 '익사'했다고. 모두 일제히 진짜 살인범인 시모무라를 주목했다.

굴욕. 이보다 더한 굴욕은 없었다. 그 자리에서 혀를 깨물고 자살할까 했을 정도이다. 하지만 마지막에 담임은 대단히 흥미로운 고백을 하며 이야기를 끝냈다.

나와 시모무라의 우유에 에이즈 환자의 혈액을 넣었다는 것이었다.

내가 딱 시모무라만큼 바보였다면 "브라보!" 하면서 춤이라도 췄을지 모른다.

어머니의 발목을 붙잡는 원인이 나라는 사실을 깨달았을 때, 몇 번이나 자살을 생각했지만 어린 탓에 그 수단을 생각해내지 못했다. 그때 몇 번이나 기도하지 않았던가.

병에 걸리고 싶다, 라고.

그 소원이 뜻하지 않게 이런 형태로 이루어진 것이다. 예상 밖, 아니, 예상을 초월하는 전개였다. 그것도 대성공이라는 전개. 어머니도 살인범 아들보다는 중병을 앓는 아들을 더 걱정할 테고, 만나러 오기도 편할 것이다.

이상한 표현이지만, 그때 나는 돌연 생기가 솟았다.

가능하면 당장이라도 의사를 찾아가 HIV 감염 진단서를 받아 어머니가 근무하고 있을 대학원에 보내고 싶었지만, 결과는 석 달 후에나 알 수 있다.

초조하고 애타게 기다렸다. 어머니가 떠난 이후로 그렇게 충만한 시기가 있었던가. 아버지는 내가 어머니를 만나는 게 내키지 않겠지만, 병마에 시달리고 있다는 사실을 알면 사정도 바뀌겠지. 어쩌면 남은 몇 년의 인생을 어머니와 함께 보낼 수 있을지도 모른다.

잠복기는 통상 오 년에서 십 년. 어머니와 같은 대학에 진학해

공동 연구를 하자. 둘이서 위대한 발명을 하는 거다. 그리고 나는 숨을 거둔다. 어머니가 지켜보는 가운데.

그런 장면을 수도 없이 상상하며 새 학기를 맞이했다. 시모무라는 등교를 거부하고 있었고 같은 반 바보들은 감염이 두려워 나를 피했기 때문에 더없이 쾌적하게 지낼 수 있었다.

하지만 바보들이 조금씩 시답잖은 짓을 하기 시작했다. 우유팩을 책상과 신발장에 쑤셔 넣거나, 체육복을 숨기거나, 교과서에 '죽어'라고 쓰거나. 이런 시답잖은 짓을 용케도 끝없이 생각해낸다. 짜증스러우면서도 감탄했을 정도이다. 상한 우유가 책상 속에서 터졌을 때는 한순간 살의를 품었지만, 그것조차 어머니와 함께 할 생활을 상상하면 용서할 수 있달까, 아무래도 상관없다는 심정이었다.

그리고 학수고대하던 석 달이 지나, 이웃 동네에 있는 종합병원에 혈액검사를 받으러 갔다.

그 후로 꼭 일주일이 지났을 때였다. 비록 바보라 해도 집단의 힘은 우습게 볼 수 없다. 방과 후, 바보들이 뒤에서 기습해 붙들어 매더니 접착테이프로 손발을 묶어버렸던 것이다. 용의주도하게도 습격한 놈들은 마스크와 고무장갑을 준비했다.

살해당할지도 모른다. 예전의 나였다면 그래도 상관없다고 생각했으리라. 하지만 지금 죽을 수는 없었다. 이제 곧 꿈이 이루어지는데.

이 바보들한테 눈물을 흘리며 싹싹 빌면 풀어줄까? 무릎을 꿇고 빌면 용서해주려나? 그런 굴욕적인 행동을 해도 상관없을 정도로 살고 싶었다. 하지만 그날의 표적은 내가 아니었다. 제재라는 이름의 시답잖은 게임을 담임에게 고자질했다는 의심을 산 반장이 표적이었다.

반장은 결백을 호소하며 그것을 증명하기 위해 내게 우유팩을 집어던졌다. 팩은 얼굴에 맞고 소리를 내며 요란하게 터졌다. 그 순간─ 어머니에게 맞았던 기억이 머릿속을 스쳤다. 나는 어떤 표정을 짓고 있었을까. 눈이 마주치자 반장은 '미안'이라고 중얼거렸다. 그 순간 유죄가 확정되었다. 판결, 키스. 나는 그것을 위해 붙잡혀 있었던 것이다.

어째서 이렇게 시답잖은 인간들만 가득할까. 그런 생각을 하며 집에 돌아오니 우편함에 병원에서 보낸 봉투가 들어 있었다.

드디어 왔다! 떨리는 손으로 봉투를 뜯은 순간, 단숨에 나락으로 굴러 떨어졌다. 음성. 감염되지 않았다. 그럴 가능성이 없었던 것은 아니었다. 어째서 의심하지 않았을까. 아마도 그날 담임의 귀기 어린 박력이 그럴 여지를 주지 않았으리라.

차라리 오늘 살해당했더라면 좋았을 텐데. 그렇게 생각했다.

깊은 밤, 반장을 휴대전화로 불러냈다. 더는 아무 가치도 없는 종이쪼가리를 버릴 수 없었기 때문이다. 내게는 가치가 없어도, HIV 감염자와 키스했다고 믿고 있을 그 애한테는 생명이나 다름없는 가치를 가질지도 모른다.

아니, 이 이유는 변명이다. 혼자 있기 싫었다. 그리고 전부터 아주 조금, 관심이 있었다. 그편이 맞다. 관심을 가진 이유는 약국에서 그 애가 몇 종류의 화학 약품을 사려다가 거절당하는 모습을 본 적이 있기 때문이다.

"염색하고 싶어서……."

점원한테는 그렇게 말했지만 나라면 그걸로 폭탄도 만들 수 있다. 동시에 그 애도 그럴 목적이 아닌가 싶어 신경이 쓰였다.

누구, 죽이고 싶은 놈이라도 있었던 걸까. 어쩌면 뭔가 서로 이해할 수 있는 부분이 있을지도 모른다. 심지어 그런 기대도 해보았다.

상당히 소박한, 고작 그런 사정으로 불러낸 반장은 내가 보여준 혈액검사 결과를 보더니 예상 밖의 대답을 했다.

"알고 있었어."

그렇게 말했다. 그것은 어떠한 방법으로 나보다 먼저 혈액검사 결과를 알아냈다는 말일까? 혹은 HIV 바이러스의 감염 경로를 상세히 조사해, 담임이 쓴 방법으로는 감염될 확률이 낮다는 사실을 알고 있었다는 말일까? 하지만 '연구실' 현관 앞에서 들은 이야기는 전혀 다른 대답이었다.

담임은 우유에 피를 넣지 않았다. 마지막으로 그 교실을 떠난 반장은 나와 시모무라의 출석번호가 적힌 빈 우유팩을 집으로 가져가서 갖고 있던 약품으로 조사했던 것이다.

그렇다면 나는 담임의 농간에 빠져 줄곧 꿈을 꾸고 있었다는 말인가.

그보다도 어째서 담임은 그런 거짓말을 했던 걸까. 결국 아무런 복수도 하지 않은 셈이잖아. 단순히 심리적 압박이 목적이었던 걸까? 시모무라의 경우는 그 방법이 대성공이었을지 모른다. 실제로 그 녀석은 어머니를 식칼로 찔러 죽이고, 약간 맛이 가서 경찰 조사도 순조롭지 않은 상태이다. 하지만 종업식 날, 그 시점에서 그런 예측이 가능했을까?

내 입장에서는 그 마마보이 시모무라가 HIV 바이러스 감염 사실을 어머니에게 털어놓지 않았다는 사실이 더 뜻밖이었다. 그 녀석 성격에, 돌아가자마자 눈물을 흘리며 어머니에게 매달려서는 아직 감염 여부 검사도 불가능한 때부터 매일같이 병원에 다녔을 줄 알았는데.

모 아니면 도, 담임이 그런 승부수를 던졌다면 시모무라에 대한 복수는 성공했다고 할 수 있으리라. 하지만 내 경우는 어떤가. 분명 실제로 아이를 죽인 사람은 시모무라일지 모른다. 하지만 내가 살해 계획을 세우지 않았더라면 아이가 죽을 일은 없었다. 나를 증오하지 않을 리가 없다. 반면, 감염되지 않았다는 사실에 내가 낙담하리라는 예측은 아무리 그래도 불가능할 터였다.

하지만 담임의 의도야 어쨌든, 결국 계획은 실패로 끝났다는 말이다. 시시했다. 살아 있다는 사실이 시시했다. 하지만 죽음을 선택하는 것도 바보 같았다.

화풀이를 하고 싶었다. 그렇다, 그 바보들에게 복수해주자. 이대로 내가 HIV 감염자라고 믿으라지.

이튿날, 역전극은 오 분도 채 걸리지 않았다. 유쾌한 선물을 남기고 간 담임에게 감사해야겠다.

자, 그런데 이렇게 되면 폭탄을 설치한 '동기'를 이해할 수 없겠지? 어머니를 향한 애정을 반장이라는 여자친구가 메워주면서 해결, 이런 식으로 단정 짓지 말기를 바란다.

반장 이야기를 여기에 쓰기는 망설여지지만, 얼토당토않은 억측을 살 바에야 제대로 써놓는 편이 낫겠지.

머리도 나쁘지 않고, 그럭저럭 분별력도 있다. 이렇다 할 특징이 없는 밋밋한 얼굴도 싫지는 않다. 하지만 내가 반장에게 호의를 품은 것은 그런 이유 때문이 아니다. 모두가, 부끄럽게도 나역시 담임의 이야기를 철석같이 믿고 저마다 공포심을 품고 있었을 때, 반장만이 유일하게 의심을 하고 사실을 확인했다. 게다가 알아낸 사실을 건방지게 떠벌리지도 않고 가슴속에 담고 있었다. 그 점에 경의를 품었기 때문이다.

반장의 환심을 사기 위해 '누군가에게 칭찬받고 싶었을 뿐인데' 어쩌고 하면서 동정을 유발하는 치사한 작전까지 썼을 정도이다. 사실은 '누군가에게'가 아니라 '어머니에게'였지만, 결과는 대성공이었다.

하지만 반장은 기가 막힌 바보였다. 바보라기보다 어리석다고 해야 할까.

여름방학 내내 반장은 새 발명품을 만드는 내 옆에 앉아 집에서 가져온 노트북 자판을 두드리고 있었다. 뭘 하고 있는지 물어도 가르쳐주지 않았지만, 별로 추궁할 생각도 없었다. 아무리 여자친구라지만 남의 이야기를 듣기 귀찮았기 때문이다. 어느 문학상에 응모할 원고라고 말해준 것은 그 원고를 우송한 날이었다. 일주일 전의 일이다.

"특수한 약품을 갖고 있기에 과학을 좋아하는 줄 알았는데, 그런 것에도 관심이 있었네."

그렇게 말하며 전에 약국에서 우연히 보았다는 이야기를 털어놓자 반장은 기다렸다는 듯이 약품을 모으는 이유를 떠들기 시작했다.

반장은 폭탄을 만들고 싶었던 것이 아니었다. 그렇다고 정말로 염색하고 싶었던 것도 아니었다. 죽이고 싶은 녀석이 있었던 것도 아니었다. 자살하고 싶었던 것도 아니었다.

단순히 루나시에게 물들어 있었을 뿐이었다.

'루나시 사건' 뉴스를 처음 들었을 때, 루나시가 또 하나의 자신이라는 생각이 들었단다. 증거는 '루나시'라는 이름이야. 루나시는 달의 여신. 이건 내 이름 '미즈키美月'에서 딴 거야. 그런 헛소리를 끝도 없이 지껄였다.

대답할 가치도 없는데 반장은 계속 떠들어댔다.

루나시하고 내가 원래 동일 인물이었다는 증거는 이름뿐만이 아니야. 왜냐면 사건 당시에 나도 루나시하고 똑같은 약품을 갖고 있었거든. 주간지에 루나시가 지니고 있던 약품 목록이 실린 걸 보고 할 말을 잃었어― 이런 소리를 했다.

참고로 내가 약국에서 반장을 발견한 것은 그 잡지가 발매된 후였다. 반장이 어디까지 진심으로 그런 소리를 하는지 알 수 없었지만, 그 약품 가운데 하나로 우유팩에 피가 들어 있는지를 조사했다니까 일단은 유용하게 써먹은 셈이다.

그 약, 새 담임한테 써볼까. 반장이 그런 말을 꺼냈다.

열혈 학교 드라마(본 적은 없지만 느낌상)에나 나올 법한 데라다의 성격이 짜증스럽기는 해도 살의를 품은 적은 없었다. 게다가 반장은 시모무라 문제로 경찰에게 참고인 조사를 받았을 때 데라다를 상당히 몰아세우는 증언을 했다. 그래도 아직 분이 풀리지 않은 그 모습에 의문을 느꼈다. 나는 오히려 우연히 담임을 맡았을 뿐인데 마치 시모무라가 사건을 일으키도록 유도했다는 취급을 받는 데라다가 약간 불쌍할 정도였다.

"데라다의 어떤 점이 그렇게 마음에 안 들어?"

이 질문에 반장은 최악의 대답을 했다.

"나오키는 내 첫사랑이니까……. 아, 하지만 지금은 슈야를 좋아해."

나하고 시모무라를 같은 수준으로 취급하고 있다. 이보다 더한 굴욕이 있을까?

"최악이다. 바보 아냐?"

마음속으로만 생각한 줄 알았는데 실제로 소리 내어 말했던 모양이다. 내친 김에 루나시에 빠져 있는 점도 비웃었더니 반장은 흥분해서 나를 '마마보이'라고 욕했다.

이 수기 앞머리에 쓴 내용의 일부를 말한 적은 있지만, 그걸 그런 한심한 단어로 표현하다니 분했다. 반장은 반론하는 나를 재차 몰아세웠다.

"엄마는 나를 사랑했지만 꿈을 추구하기 위해 고통스러운 결단을 내리고 떠나갔다─ 넌 그렇게 생각할지 몰라도 결국 버림받았을 뿐이잖아. 그렇게 엄마가 그리우면 직접 만나러 가지 그래? 도쿄면 하루 만에 다녀올 수 있고, 어느 대학에 있는지도 안다면서? 주절주절 떠들면서 기다리고 있는 건 너한테 용기가 없어서 그래. 만나러 갔다가 거절당할까봐 무서운 거 아냐? 사실은 훨씬 전에 엄마한테 버림받았다는 걸 깨달았지?"

이보다 더한 모독이 있을까! 반장은 나뿐만 아니라 어머니까지도 모욕했다. 정신이 들자 가녀린 목을 움켜쥐고 있었다. 살의를 동반한 살인에 흉기를 고려할 여유는 없었다. 이 살인 너머에는 아무것도 없다. 다시 말해 이곳이 최종 지점, 결과로서의 살인이다. 그녀의 죽음 역시 물거품이 터지는 것보다도 싱거웠다.

미성년자가 사람 하나 죽인들 별로 큰 반향이 없다는 사실은 시모무라 사건을 통해 분명해졌다. 반장의 죽음을 이용할 생각은 없었다.

시체는 '연구실' 대형 냉장고 속에 넣어두었다. 일주일이나 지났는데 아무도 찾지 않는 불쌍한 반장을, 가능하다면 내일 폭탄으로 함께 날려주고 싶기도 하다. 이유는 반장이 수집한 약품으로 만든 폭탄이기 때문이다. 여기 두는 편이 그럴싸하잖아, 하고 반장이 직접 '연구실'에 가져왔었다. 하지만 생명은 물거품보다 가벼워도 시체는 쇳덩어리보다 무거워, 학교까지 운반하는 일은 포기했다.

하지만 오해 말기 바란다. 폭탄 설치와 그녀를 죽인 것은 서로 아무 상관도 없다.

사흘 전, 모든 일을 마무리 짓기 위해 K대학으로 향했다.

가능하다면 어머니가 만나러 와주길 바랐다. 하지만 어머니는 이혼했을 때 나하고 연락을 취해서는 안 된다는 조건이 동반되었다. 고지식한 어머니에게는 그 규칙이 무거운 족쇄가 된 것이다. 나를 그리워하며 만나고 싶다고 바랄수록 족쇄는 단단히 파고들어 어머니를 꼼짝 못하게 얽어매는 것이다. 이제 내가 그 족쇄를 풀어주지 않으면 모자가 얼굴을 맞댈 수 있는 방법은 없다.

K대학까지 기차, 고속열차, 지하철을 갈아타기를 네 시간. 어떤 낙원보다 멀다고 생각했던 장소는 고작 이 정도 거리였다. 그래도 목적지가 다가오자 점점 호흡이 거칠어지고 가슴이 옥죄어드는 것처럼 갑갑했다.

K대학 이공학부 전자공학과 제3연구실. 그곳이 어머니가 소속된 연구실이다. 드넓은 캠퍼스를 걸어가며 재회 장면을 이래저래 상상해보았다.

연구실 문을 두드린다. 나오는 사람은 어머니. 나를 보면 어떤 표정을 지을까. 무슨 말을 할까. 아니, 말없이 품에 끌어안을지도 모른다. 어쩌면 연구실 조수나 학생이 나올지도 모른다. 야사카 부교수님 계십니까. 그다음에 이름을 밝혀야 할까, 잠자코 있어야 할까…….

그런 생각을 하는 사이에 전자공학과 건물에 도착했다. 거기서 뜻밖의 인물과 예상치 못한 재회를 했다. '전국 중고생 과학 공작전'에서 발명품을 심사해준 세구치 교수였다. 놀랍게도 교수도 나를 기억하고 있었던지 그쪽에서 먼저 말을 걸었다.

"여어, 오랜만이구나. 이런 데서 무슨 일이니?"

어머니를 만나러 왔다는 말은 차마 나오지 않았다. 하지만 거짓말은 금방 튀어나왔다.

"이 부근에 볼일이 있어서, 교수님을 뵐 수 있을까 싶어 찾아왔어요."

"그거 기쁜 소리구나. 그럼 뭔가 새 발명품이라도 가져왔니?"

"예, 몇 개……."

거짓말은 아니었다. 어머니에게 보여주려고 거꾸로 가는 시계와 충격 지갑, 거짓말 탐지기를 가져왔던 것이다. 교수는 기꺼이 연구실로 안내해주었다. 3층 동쪽 끝에 있는 제1연구실. 제3연구실은 바로 위, 4층 동쪽 끝이었다.

발명품을 보여준 다음, 사실은 어머니를 만나러 왔다고 털어놓아도 되겠다.

호오, 네가 야사카 부교수 아들이니? 어쩐지 우수하다 했구나.

그런 낯간지러운 상상을 하면서 교수의 뒤를 따라 제1연구실로 들어갔다.

최신식 기계와 산더미처럼 쌓인 전문서적. 상상했던 발명가의 연구실에 한없이 가까운 방이었다. 교수는 내게 소파에 앉으라고 권하고는 칼피스를 만들기 시작했다. 하릴없이 방을 둘러보다가, 책상 위에 있는 액자에 눈길이 멎었다.

세구치 교수와 한 여성이 단둘이 찍은 사진이었다. 배경은 유럽. 독일의 고성일까. 세구치 교수에게 기대어 온화하게 미소 짓고 있는 여성.

아무리 봐도…… 어머니였다.

어떻게 된 거지? 학회나 연수 여행 때 찍은 사진일까……. 교수가 칼피스를 눈앞의 테이블에 내려놓아도 사진에서 눈을 뗄 수가 없었다.

내 시선을 알아차린 교수가 쑥스러운 듯이 웃으며 이렇게 말했다.

"부끄럽지만 신혼여행 사진이란다."

물거품이 터졌다.

"신혼여행?"

"하하, 낫살 깨나 먹어서 주책인가. 작년 가을에 혼인신고를 했지. 쉰을 바라보는 나이에 겨우 한 아이의 아버지가 되려니, 이거 참 쑥스럽더군."

"한 아이의 아버지?"

"12월 말에 태어날 예정이야. 그런데 집사람은 오늘도 학회 때문에 후쿠오카까지 출장을 갔으니, 참 걱정이야."

물거품이 투두둑 터지는 소리가 머릿속에 울려 퍼졌다.

"……야사카 부교수님, 이시지요?"

"허어, 집사람을 아나?"

"제…… 존경하는 분, 입니다."

그 이상은 온몸이 떨려서 말이 나오지 않았다. 마지막 물거품이 사라졌다. 의아한 표정으로 내 모습을 쳐다보던 교수가 흠칫 놀란 듯이 말했다.

"자네, 혹시 그 사람의……."

교수의 말을 끝까지 듣기 전에 연구실에서 뛰쳐나왔다. 한 번도 돌아보지는 않았지만, 교수가 쫓아오는 기색 역시 없었다.

재능 넘치는 어머니는 꿈과 맞바꾸어 가정을 포기했던 것이 아니었나? 발명가가 되겠다는 위대한 꿈을 이루기 위해 사랑하는 아이를 두고 떠났던 것이 아니었나?

하나뿐인 내 자식. 그렇게 말하지 않았던가? 그 아이를 만나러 오지도 않고, 자기보다 더 우수한 남자와 결혼해 그놈의 아이를 낳고 행복해지겠다는 건가?

어머니가 떠난 지 오 년. 겨우 깨달은 사실이 있다. 어머니에게 짐이 되었던 요소는 자식이라는 존재가 아니었다. 슈야라는 이름이 붙은 자식이 짐이었던 것이다. 그리고 어머니가 떠난 그날부터 슈야는 이미 과거의 존재일 수밖에 없었다. 아니, 벌써 기억에서 말소했는지도 모른다.

그 증거로, 교수는 분명 눈치챘는데 어머니에게서는 아무런 연락도 없다.

이제부터 실행할 대규모 살인은 어머니에 대한 복수이다. 어머니가 본인이 저지른 죄를 각성하게 하려면 이 방법밖에 없다.

그리고 이번 증인은 홈페이지에 올린 이 유서를 읽고 있는 당신들이다. 소년 범죄사에 이름을 남길 내일 사건을 부디 끝까지

268

지켜보고 이 영혼의 호소를 어머니에게 전해주기 바란다.

잘 있거라!

○

"잘 있거라!"

'생명'이라는 제목의 시답잖은 작문을 연단에 내던지며 교복 주머니에서 휴대전화를 꺼냈다. 번호는 미리 입력해놓았다. 천천히 발신 버튼, 폭탄 스위치를 눌렀다.

일 초, 이 초, 삼 초, 사 초, 오 초……

아무 일도, 없다. 어떻게 된 거지? 불발? 아니, 폭파 장치에 설치한 휴대전화가 진동하는 낌새조차 없다. 설마! 연단을 들여다보았다.

폭탄이, 없다…….

누가 홈페이지를 보고 미리 해체했나? 하지만 학교에 경찰이 온 흔적은 없다. 초보자가 조작하기에는 너무 위험하다. 그렇다면 대체 누가……. 설마! 엄마?

돌연, 움켜쥔 휴대전화에서 착신음이 울리기 시작했다. 발신 번호 표시 제한.

떨리는 손가락으로 천천히 통화 버튼을 눌렀다.

6
장

전
도
자

伝
道
者

슈야, 엄마란다─ 그럴 줄 알았나요? 애석하게도 엄마가 아니랍니다. 모리구치입니다. 다섯 달 만이군요. 혹시 폭탄이 터지지 않아 놀랐나요? 오늘 아침, 제가 해체했습니다.

일정 온도 이하에서는 정지하는 특이한 기능을 가진, 대단히 뛰어난 '발명품'이었습니다. 이거라면 '연구실'에서 만든 폭탄을 학교로 운반할 때, 급속 냉동해서 아이스박스에 넣어두면 다소 흔들려도 폭발하지 않겠지요. 전자공학뿐만 아니라 화학도 평소에 열심히 공부했나보군요.

와타나베 군이 그 재능을 좋은 방향으로 살렸더라면 분명 장래에 훌륭한 발명가가 되었겠지요. 하지만 와타나베 군은 뛰어난 재능을 나쁜 방향으로, 범죄 도구를 만드는 일에 활용하고 말았습니다. 시답잖은 목적을 달성하기 위해서 말입니다.

사랑하는 엄마에게 보내는 러브레터, 잘 읽었어요. 부끄러운 줄도 모르고 그런 편지를 홈페이지에 올릴 정도이니 자기가 비극의 주인공인 줄 알고 있겠지요?

재능이 넘치는 멋진 엄마. 그 피를 이어받은 유일한 아이, 나. 엄마는 꿈을 이루기 위해 눈물을 삼키며 나를 시골 동네에 남겨두고 떠났다. 하지만 엄마는 약속했다. 나한테 큰일이 생기면 반드시 달려오겠다고. 나는 그 약속을 믿었다. 이윽고 아버지는 재혼했고, 계모와의 사이에 아이가 태어났다. 나는 고독했다. 엄마를 만나고 싶었다. 그래서 발명품을 콩쿠르에 출품했다. 하지만 엄마는 연락이 없었다. 그래서 살인을 저지르기로 했다. 범죄자가 되면 엄마가 연락할 테니까. 하지만 멍청한 동급생 때문에 계획은 실패했다. 복수를 당해 병에 걸릴 줄 알고 기뻐했다. 엄마가 연락할 테니까. 하지만 병에도 걸리지 않았다. 쓸쓸함을 달래기 위해 같은 반 여학생에게 구원을 청했다. 하지만 마마보이라는 잔소리를 듣고 죽여버리고 말았다. 마음을 굳히고 엄마를 만나러 갔다. 그리고 엄마를 만나기 전에 엄마의 재혼 상대를 만나, 엄마가 임신했다는 사실을 알았다. 아아, 나는 버림받았던 건가. 엄마한테 복수할 테다.

요약하면 이런 줄거리인가요? 그래서 폭탄을 설치했군요.

바보 아닌가요? 러브레터 속에 온통 바보라는 단어를 썼더군요. 대체 자기가 뭐라도 되는 줄 아나요? 대체 무엇을 창조했고, 본인이 바보라고 말하며 업신여기는 사람들에게 어떤 은혜를 베풀었다는 건가요?

와타나베 군은 심지어 친아버지마저 살아 있을 가치가 없다고 표현했는데, 지금 와타나베 군이 살아 있는 건 누구 덕분이지요? 그런 줄도 모르고 공부 좀 한다고 선민의식에 빠져 있는 와타나베 군이야말로 가장 아무것도 모르는 인간, 와타나베 군이 말하는 바보이지 않습니까?

마나미는 그런 인간에게 살해당하고 말았던 거군요. 소중한 인생을 빼앗기고 말았던 거군요. 러브레터를 읽고, 와타나베 군에게 복수했다고 믿었던 제 안이한 생각이 부끄러웠습니다. 복수에 대한 이야기는 종업식 날부터 말하는 편이 좋겠군요.

그날 아침 저는 분명히, 잠든 남편, 사쿠라노미야의 혈액을 채취해 학교에 가져왔습니다. 우유는 아침 9시에 학교에 배달되어 사무실 옆에 있는 냉장고에 들어갑니다. 저는 종업식 중간에 자리를 떠 와타나베 군과 시모무라 군의 출석번호가 적힌 우유팩에 주사기로 혈액을 주입했습니다. 의심 많은 와타나베 군이 눈치채지 못하도록 네모난 팩의 모서리 쪽으로 말입니다. 그리고 우유 시간이 끝난 후 그 이야기를 했던 거지요. 반 아이들이 모두 듣는 앞에서 말한 이유는, 어떤 의미로 가장 잔혹한 판단을 내릴 사람들 속에 두 사람을 던져넣고 싶었기 때문입니다. 비록 아무리 잔인한 아이라 해도 어른들은 정해진 규칙에 따라 보호해주니까요.

와타나베 군도 뒤늦게 알아차렸듯 제가 취한 방법으로는 HIV에 감염될 확률이 지극히 낮다는 사실은 처음부터 알고 있었습니다. 하지만 제로가 아닌 이상 하늘이 공정한 처단을 내릴 줄로 믿었습니다.

이것으로 전부 끝났다고 생각했어요. 물론 두 사람이 죽음의 공포를 느끼고, 같은 반 아이들에게 어떠한 처벌을 받는다 해도 제 마음이 풀리지는 않습니다. 실제로 복수를 한 후에도 두 사람을 증오하는 마음은 전혀 변하지 않았어요. 아마 칼을 들고 두 사람을 이 손으로 직접 갈기갈기 찢는다 해도 결과는 마찬가지겠지요. 모든 기억을 지워주는 복수는 존재하지 않는다는 사실을 깨달았습니다.

그래도 억지로라도 마음을 정리할 수는 있었다고 믿었습니다. 마나미는 평생 잊히지 않을 테지만, 언제까지고 두 사람을 상대할 생각은 없었으니까요. 남편이 마지막 순간을 맞이하면 처음부터 인생을 새로 시작하려 했습니다. 지금껏 남을 위해 무슨 일을 한다는 생각은 별로 해본 적이 없었으니, 그런 일에 주목해야겠다는 생각도 했습니다.

그리고 한 달이 지난 4월 말, 남편은 마지막 순간을 맞이했고, 저는 깜짝 놀랄 이야기를 들었습니다. 그 사람은 이렇게 말했습니다.

당신을 행복하게 해주지 못한 게 후회가 돼. 그래서 대신, 하다못해 당신을 범죄자로 만드는 것만은 막으려 했어. 종업식 날, 당신이 내 피를 뽑는 걸 알았어. 뭔가 꿍꿍이가 있구나, 하고 바로 눈치챘지. 학교에 갔더니 당신이 우유팩에 피를 넣고 있더군. 끔찍한 복수였어. 당신이 떠난 후에 바로 새 우유로 바꿔놓았지. 당신은 나를 용서할 수 없을지 몰라. 하지만 증오를 증오로 갚아서는 안 돼. 그런다고 절대 마음이 풀리지는 않아. 그보다 그 두 사람은 반드시 갱생할 수 있을 테니 그렇게 믿어. 그건 당신이 회복하는 길로도 이어질 테니까…….

그것이 남편의 마지막 말이었습니다. 내 아이를 죽였는데도 복수해서는 안 된다, 죄를 저지른 아이들은 갱생할 수 있다는 것이었습니다. 성직자라는 말이 정말로 있다면, 정녕 그 사람에게 걸맞은 단어가 아닐까요.

참고로 와타나베 군의 논리에 빗대어보면, 사쿠라노미야는 철들기 전부터 어머니가 옛날이야기를 들려주는, 그런 환경에서 태어나지는 않았습니다. 와타나베 군은 교실 뒤에 놓여 있는 수기를 읽지 않았겠지만, 그 사람은 태어난 지 얼마 되지 않아 병환으로 어머니를 잃었어요. 아버지는 와타나베 군과 마찬가지로 그 사람이 초등학교 5학년 때 재혼했습니다. 그 사람은 와타나베 군만큼 우등생이 아니어서 계모와 사이도 나빴고, 가출을 거듭했어요. 그 이후는 결코 세상에 자랑할 만한 인생이 아니었습니다. 실제로 와타나베 군이 그 사람과 아는 사이였다면 분명 바보 취급했을 거예요. 하지만 그런 사람이 와타나베 군을 구했습니다.

인간의 윤리관은 와타나베 군이 말한 것처럼 단순한 학습효과에 지나지 않을지도 모릅니다. 모름지기 보통 사람들이 유년기에 배우는 윤리관을, 그 사람은 성인이 다 되어서야 간신히 익힐 수 있었습니다. 그것은 그 사람이 스스로 자기의 부족한 점을 깨닫고, 그래서는 안 된다고 생각했기 때문입니다. 하지만 와타나베 군은 자기 윤리관이 결핍되어 있다는 것을 알면서도 그게 마치 멋진 일인 것처럼 굴었고, 그렇게 된 이유를 어머니 탓으로 돌리며 윤리관을 배우려 하지 않았지요. 오히려 자기가 변하면 어머니와 본인 사이에 있는 눈에 보이지 않는 연결이 끊어질 것 같아 일부러 배우려 하지 않았던 건지도 모르겠군요. 하지만 그런 것도 이제는 아무래도 상관없는 일입니다.

저는 남편의 행동을 받아들일 수 없었습니다. 말은 제 행복을 위해서라고 하면서, 죽는 그 순간까지 부모이기보다 교사이려 했던 그 사람을 용서할 수 없었습니다. 당연히 그 사람이 지켜낸 두 사람을 용서할 수 있을 리가 만무합니다. 하지만 당장 새로운 복수를 궁리할 수도 없었습니다. 그래서 잠시 상황을 지켜보기로 했던 겁니다.

두 사람 소식은 담임인 베르테르 선생님, 데라다 요시키 군이 수시로 알려주었어요. 데라다 군은 사쿠라노미야의 제자였어요. 저도 재직 기간이 일 년 겹치기 때문에 마침 데라다 군을 기억하고 있었습니다.

데라다 군은 크게 비뚤어진 학생은 아니었지만, 남편을 숭배하는 경향이 있었습니다. 그래서 남편이 중학교 때 부모님 몰래 담배를 피웠다고 하면 자기도 콜록대면서 담배를 피우거나, 싫어하는 선생님 자동차에 장난을 쳤다고 하면 자기도 같은 짓을 하는 등 이상한 문제 행동을 일으키는 면이 있었습니다. 하지만 성격이 그렇다보니 남편이 설득하면 당장 태도를 고치는 단순한 학생이기도 했습니다.

남편이 세상을 떠난 후, 매스컴에 '세상을 바꾸는 철부지 선생님'이 아이들 마음속에 영원히 살아 있기를 바란다는 그럴싸한 이유를 붙여 장례식 날짜도 장소도 알리지 말아달라고 부탁했지만, 데라다 군은 장례식장에 찾아왔습니다. 사쿠라노미야 선생님에게 큰 신세를 졌으니 그 보답으로 부디 선생님께 인사를 드리고 싶다. 데라다 군의 고지식한 이유에는 짜증이 났지만 와버렸으니 어쩌겠어요. 장례식이 끝나자 데라다 군은 그 사람 영정 앞에서 소리 내어 과거의 악행을 사죄하기 시작했습니다. 그 모습에는 남편도 쓴웃음을 지었겠지요. 그런데 그러는 사이에 데라다 군이 선생님의 유지를 받들어 중학교 교사가 되었다는 이야기를 하더군요. 그리고 올봄부터 S중학교에 부임했다고요.

저는 데라다 군에게 나도 작년까지 S중학교에 있었다고 털어놓으며 학교 소식을 물어보았습니다. 그러자 데라다 군이 2학년 B반 담임이 되었다지 않겠어요? 이런 안배가 있기도 한가 봅니다. 데라다 군은 제가 1학년 때 담임이었다는 사실을 모르는 눈치기에 군이 알리지 않고 학생들 소식을 물었습니다. 그랬더니 등교를 거부하는 학생이 있다고 털어놓더군요. 시모무라 군이었어요. 데라다 군의 이야기를 들어보니, 시모무라 군이 HIV에 감염되었다고 믿고는 있지만 그 이야기를 어머니에게 털어놓지 않았다는 게 쉽게 짐작이 되더군요. 조금 뜻밖이었지만, 돈독한 그 모자지간에도 눈에 보이지 않는 벽이 있다는 사실을 알고 그 틈새를 이용할 방법을 궁리했습니다.

말하자면 시모무라 군을 좀 더 몰아세울 수 있지 않을까 싶었던 거죠. 저는 데라다 군에게 만약 남편이었다면 이러지 않았을까, 하고 몇 가지 조언을 했습니다. 남편이었다면 가정방문을 갔겠지. 분명 학생도 함께 데려갔을 거다. 상대가 다소 싫은 기색을 비쳐도 언젠가는 반드시 이해해주리라 믿고 끈기 있게 갈 것이다. 일주일에 한 번은 가겠지. 비록 문전박대를 당해도, 밖에서라도 설득하려 들지 않을까. 그런 식으로 말입니다.

그리고 어려운 일이 있으면 뭐든지 의논하라고, 내게 의논했다는 말은 아무에게도 하지 않겠다고 했습니다. 아마 데라다 군은 학교 안에서 누구에게도 털어놓지 못했던 모양이에요. 이런 저런 문제들을 메일로 저와 의논했습니다. 데라다 군은 전년도 담임과 성실하게 연락을 취했던 겁니다. 그러니 혼자서 폭주했다는 책망을 살 이유는 어디에도 없습니다.

와타나베 군이 왕따를 당하고 있다는 얘기도 하더군요. 그 문제는 데라다 군이 직접 왕따 문제를 지적하기보다 학급의 누군가가 먼저 알아차렸다고 하는 편이 학생들도 문제 의식을 갖기 쉬울 것이다, 그렇게 조언해주었어요. 데라다 군이 특유의 정의감을 발휘하지 않았던가요? 그래서 와타나베 군에 대한 왕따가 조장되면 좋겠다 싶었는데, 그 불똥이 미즈키 양에게 튄 것은 참 미안하더군요.

게다가 혹시 그 일만 아니었더라면 와타나베 군에게 살해당할 일도 없었을지 모른다 생각하니 정말 마음이 아팠어요. 하지만 그렇게 되면 와타나베 군 같은 어린애들은 금세 책임을 전가하니 제 탓이라고 말하지는 않겠습니다. 미즈키 양을 살해한 사람은 와타나베 군이에요. 정곡을 찌르는 '마마보이'라는 말에 흥분한 와타나베 군이 저지른 짓입니다. 뭐가 결과로서의 살인이란 거죠? 바보일수록 변명을 좋아하는 법입니다.

두 사람을 관찰하는 사이, 시모무라 군이 어머니를 살해하고 말았습니다. 두 모자 사이에 어떤 일이 있었는지 상상도 되지 않고, 다소 상상할 수 있다 한들 그 일을 이해하는 척 떠들어서도 안 되겠지요.

하지만 확실히 할 수 있는 말은, 시모무라 군이 마나미를 살해하지 않았더라면 어머니를 살해할 일도 없었다는 겁니다. 그러니 시모무라 군을 동정할 마음도 전혀 없고, 그 어머니 역시 자기 아들을 그렇게 키운 벌을 받았을 뿐이라고 생각할 따름입니다. 남편이 방해했지만, 시모무라 군에게는 충분히 복수를 했다고 생각했습니다.

남은 것은 와타나베 군 한 명뿐입니다. 와타나베 군도 자각하고 있듯이 마나미를 직접 죽음에 이르게 한 사람은 시모무라 군이라 할지라도, 와타나베 군이 어리석은 계획을 구상하지 않았더라면 마나미는 죽지 않았을 겁니다. 두 사람 다 끝내 고통스러워하면서 죽어버리면 좋겠지만, 그래도 더 증오스러운 사람을 하나만 고르라면 와타나베 군을 고를 겁니다.

잔혹한 동급생에게 제재라는 이름의 수난을 당하다가 살해당하면 좋겠다. 그런 생각을 몇 번이나 했던지요. 하지만 데라다 군이 왕따 문제는 해결되었다고 보고하더군요. 데라다 군은 정말로 기뻐 보였어요. 선생님 조언 덕분이라며 고맙다는 인사까지 했습니다. 믿을 수 없었지만, HIV 감염을 역으로 이용했을 거라고 짐작하기는 쉬웠어요. 그럴 거면 처음부터 그랬으면 될 텐데, 하는 의구심도 있었지만 말입니다.

와타나베 군에게 복수하려면 직접 손을 쓸 수밖에 없는 걸까.

하지만 가령 그런다 한들, 와타나베 군은 숨을 거두는 순간까지도 마나미에게 잘못했다고 생각하지 않겠지요. 그래서는 의미가 없습니다. 저는 와타나베 군의 약점을 알고 싶었어요. 부질없는 짓인 줄 알면서도 매일 와타나베 군의 홈페이지도 체크했습니다. 하지만 '세상이 인정한 발명품, 도난 방지 충격 지갑!' 이래로 아무런 변화도 없었습니다. 부질없는 짓을 싫어하는 와타나베 군이 어째서 폐쇄하지 않는 걸까. 이것도 의문이었습니다. 당장 복수하는 일은 포기하고, 앞으로 계속 감시하다가 와타나베 군이 소중한 존재를 손에 넣으면 그걸 망가뜨릴까. 그런 생각을 하던 어느 날이었습니다. 홈페이지를 갱신했더군요.

사랑하는 엄마에게 보내는 러브레터 덕분에 와타나베 군의 아주 약간 불쌍한 태생을 알 수 있었습니다. 가령, 정말로 가령입니다만, 와타나베 군이 제게 '충격 지갑'을 가져왔을 때 칭찬해 주었더라면 뭔가 달라졌을까. 그런 생각도 했습니다. 후회할 뻔도 했습니다. 하지만 어차피 철없는 잠꼬대입니다. 와타나베 군도 '충격 지갑'은 장난감이라고 쓰지 않았던가요? 만지면 감전되는 물건을 만들어 칭찬을 받으려 하다니, 어리광에 불과합니다. 사람이 떨어질 구멍을 판 아이를 칭찬하는 어른이 과연 있을까요? 와타나베 군은 자기 재능을 자랑하고 싶었던 것뿐입니다. 남에게 도움이 되는 물건은 만들지 않고 그저 재능을 과시하려고 만든, 아무 짝에도 쓸모없는 물건을 누가 칭찬하겠어요? 얌전히 혼자 만족했더라면 좋았을 것을.

와타나베 군이 어떻게 생각하든, 와타나베 군의 인격은 어머니 이외의 인물을 인정하려 들지 않는 본인 스스로가 만들어낸 것이고, 범죄를 저지른 것도 다른 누구 탓이 아닌 본인 탓입니다. 그래도 와타나베 군이 아닌 다른 누군가에게 책임이 있다면, 자기 욕구가 채워지지 않는다고 오래도록 어린아이에게 손찌검하면서 마음을 비우다 못해 욕구를 달성하자마자 한시적이고 무책임한 애정을 남기고 떠나가버린 와타나베 군의 어머니 탓이 아닐까요?

그런 이기적인 면은 정말 부모 자식이 똑같군요. 어머니에게 복수하려고 폭탄을 설치했다. 그랬다고 했지요? 아무 상관없는 수많은 사람들만 죽이는 게 와타나베 군의 복수인가요? 마나미 때도 그랬지요. 와타나베 군의 마음은 오로지 어머니를 향하고 있는데, 언제나 어머니가 아닌 다른 사람이 피해를 입는군요.

와타나베 군의 세계에 와타나베 군과 사랑하는 엄마밖에 존재하지 않는다면 엄마를 죽이도록 해요. 그러지도 못하는 겁쟁이가 언제까지고 잘난 척 종알종알, 멋대로 구는 일은 더는 용서치 않으렵니다.

와타나베 군, 이제 곧 그곳에 경찰이 들이닥칠 겁니다. 슬슬 미즈키 양의 시신을 발견했을 시간이네요. 와타나베 군이 체포되면 시모무라 군의 사건과 병행해 마나미의 사건도 세상에 알려지겠지요. 하지만 와타나베 군은 어떤 벌을 받아도 그걸 벌이라고 생각하지 않겠지요. 작문도 훌륭하게 할 수 있으니 봉사활동도 성실하게 하겠지요. 과거를 지우고 새로운 인생에 빛나는 경력을 곁들여가며 살 수도 있겠지요.

그렇게 되기 전에 한 가지만 말해두겠습니다.

와타나베 군의 러브레터를 읽고 폭탄을 해체한 후에 저는 누굴 좀 만나러 갔습니다. 마음 한구석으로 와타나베 군을 동정했는지도 모릅니다. 남편이 제게 하고 싶어했던 말을 다시 한 번 되새기고 싶었던 건지도 모릅니다. 마나미의 죽음은 거기에 그 원점이 있다고 생각했기 때문인지도 모릅니다.

와타나베 군이 그렇게나 만나고 싶어했던 사람을 저는 너무나 쉽사리 만날 수 있었습니다. 저는 먼저 와타나베 군의 러브레터를 보여주었습니다. 그리고 와타나베 군이 마나미에게 한 짓, 시모무라 군의 사건도 이야기했습니다.

대답이 궁금한가요?

……미안하군요. 주위가 조금 시끄러워졌네요. 경찰차와 사이렌 소리가 와타나베 군에게도 들리겠지요.

와타나베 군, 저는 와타나베 군이 만들어 학교에 설치한 폭탄을 그저 해체만 한 게 아닙니다. 그것을 다른 장소에 새로 설치해놓았어요. 와타나베 군이 스위치를 누르지 않기를 바랐습니다. 하지만 와타나베 군은 스위치를 눌렀어요. 불발은 아니었습니다. 와타나베 군이 어느 정도의 규모를 예상했는지는 모르겠지만, 철근 건물을 반쯤 날려버릴 정도의 효과는 충분히 있었습니다. 와타나베 군의 재능을 믿고 멀리 피신했기에 망정이지, 저도 위험할 뻔했네요.

K대학 이공학부 전자공학과 건물 제3연구실. 그곳이 폭탄을 새로 설치한 장소입니다. 폭탄을 제작한 것도, 스위치를 누른 것도 와타나베 군 본인입니다.

어떤가요, 와타나베 군. 이것이 진정한 복수이자, 와타나베 군의 갱생을 향한 첫걸음이라고 생각하지 않나요?

옮긴이의 말

　　하나의 살인 사건을 둘러싼 관계자들의 독백 형식으로 짜인
이 작품은 어느 여성 교사의 고백으로 시작됩니다. 종업식, 봄방
학을 앞두고 와자지껄 소란스러운 학생들 앞에서 처음에는 상냥
한 말투로 이러저런 이야기를 털어놓는 선샘님, 그러나 마냥 흐
뭇하기만 하던 이야기는 연초에 불행한 사고로 목숨을 잃은 여
성 교사의 딸에 대한 부분에 이르러 점점 불온한 기색을 띠기 시
작합니다. 그녀는 그것은 사고가 아니었다, 학급의 어느 학생이
딸을 죽였다는 충격적인 사실을 털어놓습니다. 단숨에 밝히는
것이 아니라 목을 죄어오듯, 개미지옥에 빠지듯 서서히 밝히는

진실. 그리고 마지막의 복수. 여성 교사는 '선생'이라는 직함이 가지는 도덕적 굴레에 얽매이지 않고 딸을 죽인 범인들에게 개인적으로 제재를 가하고 학교를 떠납니다.

여성 교사의 첫 번째 고백이 끝나고, 이번에는 남은 학생들과 그 가족들의 고백이 이어집니다. 상상을 초월하는 잔인한 복수를 당한 범인들의 반응, 그리고 그 범인들이 속한 '학급'이라는 작은 사회가 보여주는 집단의 광기, 그들을 지켜보는 제삼자의 시선. 어느 한 챕터도 놓칠 수 없는 긴박한 스토리가 펼쳐지고, 다시 여성 교사의 마지막 독백으로 작품은 끝을 맺습니다.

'살인'이란 분명 용서받을 수 없는 행위지만 등장인물들의 고백을 통해 그들이 어째서 그런 정신세계를 갖게 되었는지, 그 상황에서 왜 그런 행동을 택했는지 알 수 있습니다. 어떤 인물에게는 일말의 동정심까지 느끼게 됩니다. 하지만 올바른 방향을 찾지 못하고 길을 잃은 이기적인 자아들은 서로 맞물려 걷잡을 수 없는 방향으로 빗나가고, 결국 자신의 파멸까지 불러오는 결말을 가져옵니다.

이 작품에서는 범인들에게 가한 '복수'가 어떻게 전개되는지도 흥미롭지만, 교사로서의 윤리보다 사랑하는 아이를 잃은 한 부모로서의 분노와 절망에 초점을 맞추어, 무책임한 청소년 범죄와 그것을 처벌할 수 없는 제도적 허점에 대해 통렬하게 비판하는 여성 교사가 보여주는 주제 의식도 놓칠 수 없습니다.

저자 미나토 가나에는 이 작품을 통해 소설가로 데뷔했습니다. 처음 이 작품을 읽었을 때, 데뷔작이라는 사실이 믿기지 않을 정도로 강렬하고 힘 있는 문장에 손에서 책을 놓지 못하고 단숨에 읽었던 기억이 납니다. 《고백》은 현지에서 폭발적인 반응을 얻어 2008년 '주간문춘 미스터리 베스트10' 1위, '이 미스터리가 대단하다!' 4위, 2009년 서점대상을 받았으며, 저자는 그 이후로도 《소녀》《속죄》라는 작품을 선보이며 여전히 뒤가 궁금하게 만드는 설정과 문장으로 독자들을 사로잡고 있습니다.

저자는 집필 전 작품에 등장하는 모든 인물들에게 이력서를 작성해 캐릭터의 성격을 세세하게 설정하며, 이력이 결정되면 인물들이 자발적으로 움직인다고 합니다. 이러한 꼼꼼한 설정 덕분에 《고백》에 등장하는 모든 인물들도 가공의 인물임에도 불구하고 실체를 가진 모습으로 살아 숨 쉬며 작품의 치밀한 구성을 뒷받침하는 것입니다.

《고백》은 그 충격적 소재 때문에 아마도 모든 사람들이 편히 읽을 수 있는 작품은 아닐 것입니다. 그러나 이 작품은 단순히 '복수'에 초점을 맞춘 작품이 아닙니다. '독백'이라는 형식을 빌려 한 가지 사건에 유기적으로 얽혀 있는 인물들이 갖는 다양한 관점을 보여줍니다. 또한 그들이 왜 그런 행동을 하게 되었는지를 밝히는 과정에서도 이러한 옴니버스 스타일의 독백 형식은 대단히 효과적입니다. 화자가 한 명으로 한정되는 경우보다 더 자연스럽게 다양한 등장인물들의 내면에 접근할 수 있기 때문입니다. 똑같은 상황이라도 보는 사람의 관점에 따라 어떻게 비치고 해석되는지, 그 미묘한 차이까지 활용한 치밀한 구성과 이야기 전개가 매력적인 이 작품을 읽는 순간, 여러분은 순수한 '읽는 재미'를 느낄 수 있을 것입니다.

2009년 9월

김선영

독자 여러분의 많은 사랑 덕분에 《고백》 개정판이 나오게 되었습니다. 개정판 소식을 듣고 되돌아보니 제가 이 멋진 작품을 우리나라에 소개할 수 있는 행운을 얻은 지 벌써 햇수로 십 년이란 시간이 흘렀더군요. 처음 《고백》을 읽었을 때 느꼈던 짜릿함과 충격은 아직도 기억 속에 선명한데, 어느새 시간이 이렇게나 흘렀다는 사실에 새삼 깜짝 놀랍니다.

지금도 완벽하지는 않지만 2009년 당시 번역을 시작한 지 이 년도 채 못 되어 여러 모로 부족함이 많았던 제게 《고백》은 그 후 많은 기회를 가져다준, 실로 행운의 열쇠였습니다. 그중에서도 특히 고마운 점은 꾸준히 미나토 가나에 선생님의 여러 작품들을 번역할 기회를 얻을 수 있다는 것이었는데, 그 인연으로 2016년에는 처음으로 한국을 찾아주신 미나토 가나에 선생님을 직접 만나 인터뷰에 동행하기도 했습니다.

당시의 인터뷰나 사인회 풍경은 여러 매체에 나와 이미 알고 계시는 분들도 많을 것입니다. 《고백》《리버스》 등 충격적인 반전으로 '이야미스의 여왕'으로 불리는 미나토 가나에 선생님의 이미지를 다소 독하다고 생각하는 분도 계실 것 같습니다. (사실은 제가 그랬는데요.) 2016년 방한 당시 미나토 가나에 선생님은 마지막 일정이었던 잡지 인터뷰를 마치고 관계자들과 마지막 인사를 나누다가 그만 왈칵 눈물을 쏟으셨습니다. 한국의 독자들이 본인의 작품을 이렇게 사랑해주고 많은 관심을 쏟아준다는 사실이 너무나 고맙다고 눈물을 흘리시며 말을 잇지 못하셨는데, 날카로운 작품 성향은 물론 현재까지도 일과 가정을 완벽하게 양립하고 계시는 철저한 선생님께서 그렇게 여린 감성의 소유자이실 줄은 상상도 못했습니다. 하지만 생각해보면 그렇게 감수성이 예민한 분이기 때문에 위태로운 청소년들의 군상이 잘 드러난 《고백》이나 제목처럼 꽃 같은 인연이 고운 결실을 맺는 《꽃 사슬》, 편지 형식으로 독자들의 마음을 뭉클하게 만드는 《왕복서간》과 같이 주제와 색깔이 전혀 다른 작품들을 집필하실 수 있는 게 아닐까 싶습니다.

　십 년이면 강산도 변한다는 속담이 있지만, 세월도《고백》의
재미는 비껴가는 것 같습니다. 그것은 단순히 권선징악의 구조
가 통쾌하기 때문만은 아닐 것입니다. 안타깝지만 점점 험해지
고 각박해지고 있는 사회 속에서, 이 작품을 통해 우리는 여러
가지 생각을 해볼 수 있을 것 같습니다. 딸을 잃은 피해자이면서
동시에 법망을 초월해 사적인 제재를 가하는 모리구치 선생님,
중요한 성장기에 일그러진 가족 관계 속에서 올바른 인격 형성
의 기회를 놓친 나오키와 슈야. 윤리와 도덕이라는 사회적 기준
은 절대적이지만, 걸어가야 할 길을 선택하는 사람들의 마음은
그때그때 처한 상황과 입장에 따라 흔들릴 수밖에 없습니다.《고
백》이 오랜 세월 사랑받는 이유는 어느 한쪽만의 입장이 아니라
피해자와 가해자로 명확히 구분하기 어려운 여러 등장인물들의
인생을 입체적이고 극적인 방식으로 조명하여 다양한 각도에서
독자들의 공감을 불러일으키기 때문이라고 생각합니다.

　올해도 미나토 가나에 선생님의 작품은 일본과 한국에서 꾸준
히 소개될 예정입니다. 십 년 동안 많은 사랑을 받은《고백》이지
만 십 년, 이십 년 후에도 여전히 빛나는 작품으로 남을 것이라
믿어 의심치 않습니다. 저 역시 계속 미나토 가나에 선생님의 작

품과 소중한 인연을 맺어나갈 수 있기를 조심스레 바랍니다.

2018년 8월

김선영

옮긴이 김선영

한국외국어대학교 일본어과를 졸업했다. KBS를 비롯한 다양한 매체에서 전문 번역
가로 활동했다. 옮긴 책으로 미나토 가나에의 《리버스》《야행관람차》, 이케이도 준
의 《아키라 아키라》, 오쓰이치의 《어둠 속의 기다림》《실종 홀리데이》, 야마시로 아
사코의 《엠브리오 기담》, 사사키 조의 《경관의 피》, 나가오카 히로키의 《교장》, 온다
리쿠의 《꿀벌과 천둥》 등이 있다.

고백 블랙&화이트 018

1판 1쇄 발행 2009년 10월 12일
1판 52쇄 발행 2018년 2월 28일
개정판 1쇄 발행 2018년 8월 23일
개정판 13쇄 발행 2023년 9월 2일
지은이 미나토 가나에 **옮긴이** 김선영
펴낸이 고세규
편집 장선정 **디자인** 정지현

발행처 김영사
주소 경기도 파주시 문발로 197(문발동) 우편번호 10881
등록 1979년 5월 17일(제406-2003-036호)
구입 문의 전화 031)955-3100 **팩스** 031)955-3111
편집부 전화 02)3668-3295 **팩스** 02)745-4827 **전자우편** literature@gimmyoung.com
비채 블로그 blog.naver.com/viche_books
트위터 @vichebook **인스타그램** @drviche
ISBN 978-89-92036-96-2 03830 책값은 뒤표지에 있습니다.

비채는 김영사의 문학 브랜드입니다.
이 도서의 국립중앙도서관 출판예정도서목록(CIP)은 서지정보유통지원시스템 홈페이지(http://seoji.
nl.go.kr)와 국가자료공동목록시스템(http://www.nl.go.kr/kolisnet)에서 이용하실 수 있습니다.
(CIP제어번호: CIP2016007507)